U0455525

国家社会科学基金青年项目（项目批准号：13CZW046）资助

义理与考据之间

清代王文诰
苏诗整理与注释研究

赵超 著

社会科学文献出版社
SOCIAL SCIENCES ACADEMIC PRESS (CHINA)

目　录

绪　论／1

第一章　王文诰与《苏文忠公诗编注集成》的成书过程／13
　　第一节　王文诰生卒年与字号／13
　　第二节　王文诰的生平与创作／15
　　第三节　《苏文忠公诗编注集成》的成书过程／17

第二章　王文诰苏诗注的特点、成就与意义／20
　　第一节　王文诰对苏诗旧注之指瑕／21
　　第二节　王文诰对旧注的继承与开拓／26
　　第三节　王文诰事实释证的方法与重点／31
　　第四节　王文诰对苏诗句意篇旨的阐释及其特点／35
　　第五节　王文诰对苏诗艺术特色的发明／39
　　第六节　王文诰苏诗注的历史价值／43

第三章　王文诰苏诗编年平议／45
　　第一节　王文诰对前代苏诗编年的因革／45
　　第二节　王文诰苏诗编年的特点／50
　　第三节　王文诰苏诗编年之不足／55

第四章　王文诰对前注的取舍及其得失
　　　　　——以《集成》《合注》关系为中心的考察／72
　　第一节　王文诰与冯应榴对前注的取舍与价值评判／74
　　第二节　王文诰对前注的删改原则与方式／82

第三节　王文诰对冯应榴注的明删与暗采 / 92

第四节　王文诰对前注的删削重点及其注释理念 / 101

第五节　王文诰对前注删削的失当之处 / 112

第五章　王文诰对纪批苏诗的继承与驳难 / 119

第一节　王文诰对纪批的认同与征引重点 / 119

第二节　王文诰对纪批的驳难及辨析 / 127

第三节　王文诰引用纪批的总体评价及其注苏心态 / 136

第六章　王文诰《编年总案》综论 / 140

第一节　《编年总案》与前代年谱之异同及其体例创新
　　　　/ 141

第二节　《编年总案》与《编年古今体诗》/ 149

第三节　《编年总案》对时事、人物等方面的考订
　　　　/ 159

第四节　《编年总案》对苏轼文、词的考订与编年
　　　　/ 176

第五节　《编年总案》的疏漏与不足 / 180

结　语 / 184

附录一　《苏轼诗集》点校疑误举隅 / 187

附录二　苏诗自注的文献价值与诗学意义 / 196

主要参考文献 / 221

后　记 / 225

绪　论

一　两大苏诗注本系统与其中的几个问题

在苏轼生前，对其诗歌的探讨和注释就已经开始，陈师道、黄庭坚等人都被作为苏诗注者列入"百家注姓氏"中。① 苏诗的最早注本是四注本，注者是程缜、宋援、李厚和赵次公，后加入林子仁一家成为五注本。五注本之后，又有赵夔、师尹、孙傅三家注加入，成为八注本。在八注之后，又新增二注，一为胡注，一为傅注。"胡"或为《苕溪渔隐丛话》的作者胡仔，或为胡铨，"傅"指《东坡纪年录》的编者傅藻。胡注和傅注最不稳定，多有和他注重合者，"有可能是十注编者从八注中任意抽取几条注，妄归在胡、傅二人名下，从而将八注推广为十注"②。因此，可以说八注、十注本是后来一切苏诗注本的母本。四注、五注、八注和十注今全本皆不传，惟残存《集注东坡先生诗前集》四卷，据刘尚荣先生考证，此为五注与十注的拼合本。③

八注、十注之后，南宋又出现了两种形式截然不同的苏诗注本，一是《百家注分类东坡先生诗》（简称"分类注"）。分类注传世的最早刻本，是南宋中叶黄善夫家塾本，题为《王状元集百家注分类东坡先生诗》，纂集

---

① 各分类百家注本卷首皆附注者姓氏。分类注者众多，号称百家，实有九十六家，常见者仅十家左右。
② 见刘尚荣《苏轼著作版本论丛》，巴蜀书社，1988，第47页。
③ 见刘尚荣《苏轼著作版本论丛》，巴蜀书社，1988，第40页。

者署名王十朋。此书凡二十五卷，将苏诗按题材分为七十九类，① 和以前的各注本有所不同，我们将这种按类编排的苏诗注本称为分类注系统。二是施元之、顾禧、施宿的《注东坡先生诗》（简称"宋施注"）。施元之、顾禧是此本的最早注者，曾托陆游撰序，但没有刊刻。施元之之子施宿，对父作进行补充，② 并于嘉定六年刊刻。和分类注不同，施注为编年注，凡四十二卷，前三十九卷为编年诗，第四十卷为翰林帖子词和遗诗，第四十一、四十二卷为《和陶诗》。清代注家一直认为施元之等人不仅为苏诗作注，而且还进行了编年，这实际上是误解。施注是对"八注"的补苴罅漏之作，只负责注释，不负责编年，仅承袭"八注"或白文本的编年。③ 将宋刊《集注东坡先生诗前集》与《东坡七集》中"前集"相对照，可以发现他们的编排顺序完全一致，由此可知四注、五注、八注、十注皆为编年注本。④ 为了和分类注相区别，我们将按编年作注的注本称为编年注系统。

在清代以前，分类注十分盛行。在黄善夫家塾分类注之后，宋末元初，又出现一部分类注，题为《增刊校正王状元集注分类东坡诗》，凡二十五卷，七十八类。除仍署"王十朋龟龄纂集"外，另增署"东莱吕公祖谦分类"和"庐陵须溪刘辰翁批点"。较之前本增加了部分注文和刘辰翁的批点，另外还调整了部分编次和类别。⑤ 到了元、明时期又出现了一部题为《增刊校正王状元集注分类东坡先生诗》的分类注，亦为分二十五

---

① 据分类注卷首赵夔序所言可知，赵夔曾将苏诗分为五十类。见宋刊《王状元集百家注分类东坡先生诗》卷首，赵超、曹辛华主编《苏轼诗集丛刊》第 11 册，北京燕山出版社，2019，第 3 页。

② 关于施元之、顾禧、施宿注释之分工及刊刻时间请参看郑骞先生所撰《宋刊施顾注苏东坡诗提要》，载《增补足本施顾注苏诗》卷首，台湾：艺文印书馆，1980。另王水照先生所撰《评久佚重现的施宿〈东坡先生年谱〉》（《中华文史论丛》1983 年第 3 辑）对此问题也有考证，可参看。

③ 施宿在《东坡先生年谱》序中说："东坡先生诗，有蜀人所注八家，行于世已久。先君司谏病其缺略未究，遂因闲居，随事诠释，岁久成书。"可以看出施注是在"八注"基础上成书的。施注只注不编年的观点是郑骞先生在《宋刊施顾注苏东坡诗提要》中提出的，他认为施注所依编年乃南宋时通行的东坡前后集，施、顾只是重新进行了分卷，并在每卷卷首列编年提纲，其编年与东坡前后集全同。

④ 见何泽棠《历代苏轼诗注研究》，中山大学 2006 年博士学位论文，第 46 页。

⑤ 详见王友胜《苏诗研究史稿》，岳麓书社，2000，第 66 页。

卷，七十八类，但不收刘辰翁的批点，只署名"王十朋"纂集，乃是据南宋本挖改，此种刻本的典型代表是建安虞平斋务本书堂本。① 此本后被收入《四部丛刊》，长期被误认为宋本。到了明代，分类注本从内容到体例都发生了较大变化。万历年间，茅坤之子茅维将苏诗类别改为三十类，将原来的二十五卷改为三十二卷，增收《和陶诗》和见于《东坡续集》而前本未收的诗作，删削旧注，增补新注，另外还调整某些诗的编次，更改注家姓氏，失宋、元分类注之真。明崇祯年间，王永积又据茅维本翻刻，流传甚广。清康熙三十七年，朱从延据茅维本重刻，将三十类合并为二十九类，仍为三十二卷，后收入《四库全书》。

与分类注不同，编年注先隐而后显。施宿刊刻《注东坡先生诗》不久，即离世，后又遭抄家，故此书流传甚少。南宋景定三年（1262）郑羽曾补刊过一次，但流传仍然不广。元明两代施注未见翻刻，藏书家亦极少著录。直到清朝康熙年间，宋荦从江南藏书家处购得宋施注原本三十卷残帙，请邵长蘅、李必恒补所缺之注，又收入苏轼佚诗四百余首，嘱冯景为之作注，同时对旧注多有删削，并羼入分类注，失原本之真，遭到了时人和后人的激烈批评，但因该本后被收入《四库全书》，题为《施注苏诗》（简称"清施注"），流传较广。自从宋施注复显于世后，编年注逐渐取代分类注，成为学人学习、研究的主要注本。

在清施注之后，清代又出现了三大编年全注本，分别是清初查慎行的《苏诗补注》（简称"查注"）、冯应榴的《苏文忠公诗合注》（简称"《合注》"）和王文诰的《苏文忠公诗编注集成》（简称"《集成》"）。查注乃在施注编年的基础上大量调整篇目的次序，对前注之不足多有补充，成五十卷的规模。《合注》以查注编年为宗，整合前代各家注，并增入新注，为集大成之作。《集成》在《合注》基础上删削增改而成，在阐发、注释、编年等方面多有创新。

在分类注和编年注这两大注本系统内部和系统之间，存在不少问题需要厘清。以下就与本论题相关的几个问题略作说明。

---

① 详见刘尚荣《苏轼著作版本论丛》，巴蜀书社，1988，第55页。

（一）关于后注对前注的删削问题

中国诗歌创作的含蓄性和隐喻性自律使诗歌注释成为一项十分困难的工作，单靠一人之力很难获得全面索解，因此诗歌注释具有很强的世代累积性质。一个好的注本往往要经历数代人的集体努力方能成就，后注只有在前注的基础上不断开拓方能后出转精。但对前注是全盘接受还是批判继承，历来有两种不同的做法：一种是服膺前注全部接受，如清人对宋施注的接受就属此类；但更多的是有选择地接受，既然是有选择就存在删削的问题。在苏诗注历史流变的过程中，有过几次大规模的删削活动，对此后人基本持否定态度，并大多以学术态度不够严谨责之，但事实上问题并非如此简单。后注者对前注的删削，有些是因为注释观念的不同，有些是因为前注确实存在某些流弊，有些则是力求简明而删去关系不大者，不一而足。

最早对前注进行删削的是宋刊分类注者对八注、十注的删削。以宋刊《集注东坡先生诗前集》残四卷和宋刊分类注比较可以看出，十注被大量删削。何泽棠先生对比研究发现，十家注中以赵次公、赵夔、师尹的注文被删削最多，删削内容主要包括四个方面：一是分析用典之法，二是解释词义，三是阐释诗意，四是评论艺术特点。[①] 这些注释虽然在现存分类注中仍可见到，但数量已大大减少。分类注者为何删削前注，王十朋序称乃"刬繁剔冗"[②]，但细察被其删削之注，不少并非繁冗，而是注解十分恰当、准确。分类注对旧注的删削很可能与宋人对《文选》五臣注的清算以及对《文选》李善注典范的确立有关。

《文选》五臣注和李善注是两种完全不同的注释模式：李善注重在对词语、典故、事实的客观征引，极少夹杂个人评论和分析。五臣注则重在句意篇旨的分析和艺术技巧的诠释，多在注释中发表自己的评论和见解。北宋以前，诗歌注释刚刚起步，其体例和内容都尚未确立，因此在最早的十家苏诗注中，有的以李善注为典范，有的以五臣注为典范，各类型注皆

---

① 何泽棠：《论〈集注东坡先生诗前集〉的文献价值》，《图书馆论坛》2006年第3期。
② 宋刊《王状元集百家注分类东坡先生诗》卷首，赵超、曹辛华主编《苏轼诗集丛刊》第11册，北京燕山出版社，2019，第6页。

有，但唐宋文人大多认同李善注而排斥五臣注。在宋代，以苏轼对五臣注的贬斥最具代表性，他说："五臣注《文选》，盖荒陋愚儒也。"① 又说："李善注《文选》，本末详备，极可喜。所谓五臣者，真俚儒之荒陋者也。而世以为胜善，亦谬矣。"② 其他如洪迈《容斋随笔》、姚宽《西溪丛语》皆斥五臣注而尊李善注。从最早分类注的编者对十注的删削可以看出其尊李善注的倾向，所删注和五臣注风格相近，而被保留者大多为征引故实之注，这种删削应该主要是因为注释观念的不同引起的。

第二次删削是元人对宋末元初刊本中刘辰翁批点的删削。此次删削使得注释和评点重新分离，诗注得到了纯化，这也是注释理念不同导致的删削。在元代注者看来，诗歌注释和评点是两种完全不同的阐释方式，不宜在注本中使用评点，直到清代查慎行、冯应榴这些知名注家仍然秉持这样的注释理念。

第三次删削是明代茅维对宋元旧注的删削。此次删削力度很大，所删注文有十余万字。③ 这次删削虽有很多操作失误之处，但将分类由原来的七十八类并为三十类，增收《和陶诗》和漏收诗，使所收诗作大大增加，较之前本更为合理和完备。

第四次删削是清初邵长蘅等人对宋施注的删削。虽然邵长蘅等人对宋施注十分推崇，说："施氏合父子数十年精力成是一编，征引必著书名，诠诂不涉支离，详赡而疏通，它家要难度越。"④ 但同时又说："注家于诗中引用故事，每见辄注，有寻常习见语而再注、三注，或至十余注，施氏亦同此弊，数见不鲜，累纸几成骈拇，甚无谓也。"⑤ 因此，邵长蘅等人对宋施注并未全采，删去了他们认为繁冗的注文。

① 苏轼：《书〈文选〉后》，苏轼著，孔凡礼点校《苏轼文集》卷67，中华书局，1986，第2095页。
② 苏轼：《书谢瞻诗》，苏轼著，孔凡礼点校《苏轼文集》卷67，中华书局，1986，第2093页。
③ 刘尚荣：《苏轼著作版本论丛》，巴蜀书社，1988，第56页。
④ 邵长蘅：《注苏例言》，邵长蘅等删补《施注苏诗》卷首，浙江大学出版社影印清康熙三十九年宋荦刻本，2019，第22页。
⑤ 邵长蘅：《注苏例言》，邵长蘅等删补《施注苏诗》卷首，浙江大学出版社影印清康熙三十九年宋荦刻本，2019，第21页。

以上几次删削，都毫无例外地遭到了后人的批评。但透过这些删削我们可以看到，苏诗注逐步趋向李善注模式，逐步追求精简的发展趋势，这对于我们将要论述的王文诰对前注的删削有一定的参考价值。

（二）关于各本注释特点的问题

钱大昕在为冯应榴《合注》所作序中云："窃谓王本（分类注）长于征引故实，施本长于臧否人伦，查本详于考证地理，先生则汇三家之长。"① 钱氏从整体着眼指出各注特点，是很有见地的，但他并没有揭示其中的原因。各注家对不同注释重点的选择，一方面是扬长避短的无奈之举，另一方面也是各家注释观念的自觉体现，同时还与当时的学术风气密切相关。

前面已经说过，苏诗最早的八注、十注总体上并没有明确的注释观念，因此各种类型的注皆有，到分类注出现时，删去赵次公等人诗意解释和艺术分析的注释，表现出实证的注释倾向，因此钱氏称分类注"长于征引故实"。施元之、顾禧注最早是补八注之未足而成，其补注部分主要为典故、名物、词语等，同样是注重实证，绝少主观阐释，态度较八注、十注严谨，风格近于李善注。何泽棠先生认为："两宋之交的诗歌注释本质上是一种诗学分析，诗歌注释发展到南宋中后期，注家自觉地对这种解释方式进行调整，这其中既有继承，又有创新：继承表现为南宋中后期诗注仍以征引典故作为解释的基础，创新表现为注家变换解释方式，将重心从诗学分析转换到历史分析之上，前者属于内证，后者属于外证。"② 这种见解是颇具眼光的。就苏诗注来说，八注、十注是两宋之交的代表③，而南宋中期以后出现的分类注和宋施注则体现了当时的注释观念。

对于宋施注之特点不可一概而论，因为施宿的补注和施元之、顾禧原

---

① 冯应榴辑注，黄任轲、朱怀春点校《苏轼诗集合注》钱大昕序，上海古籍出版社，2001，第2636页。按：以下所引该书较多，为避繁冗，仅注书名、卷数和页码。
② 何泽棠：《历代苏轼诗注研究》，中山大学2006年博士学位论文，第37页。
③ 刘尚荣先生通过对宋刊《集注东坡先生诗前集》避讳字的考证后认为："集注本——包括五注和十注，均应是北宋末年编定，南宋初年（高宗朝）刊行，至迟在宋孝宗前问世。"（刘尚荣：《苏轼著作版本论丛》，巴蜀书社，1988，第49页。）

注有很大差别。较之原注，施宿的注释观念更为明确，并表现出很大不同。施宿注重时事的考证，他在《东坡先生年谱》（简称"施《谱》"）中单列"时事"栏，专门说明与苏轼相关的政治背景，同时在题下多引时事证诗，[①] 探求诗作本事。施宿的这种注释具有开创性，深受清人好评，如张榕端在《施注苏诗》序中称赞说："又于注题之下，务阐诗旨，引事征诗，因诗存人，使读者得以考见当日之情事，与少陵诗史，同条共贯，洵乎其有功玉局而度越梅溪也。"[②] 钱大昕所云"施本长于臧否人伦"，也主要指施宿注。清人对宋施注众口一词的赞扬与当时的学术风气密切相关。清人注重考据、重实证，因此对宋施注较为严谨、求实的注释风格十分欣赏。同时，清人解诗重以史证诗、诗史互证，钱谦益所作《钱注杜诗》堪称这方面的杰出代表，赵翼曾明确指出"注苏诗，不难于征典故，而难于考时事"[③]，施宿注恰好符合了清人这方面的要求。

查慎行近乎地理考据的诗歌注释也正是当时重考据学风的体现。冯应榴以极其严谨的态度对分类注、宋施注和查注进行整合，标志着苏诗注实证风格的完全成熟，同时也预示着这种注释模式的终结。此后产生的王文诰注乃是对这种注释模式的反动，是对施宿引时事解诗模式的极力发扬，也是对南宋以来被摒弃的诗学分析传统的复归。

（三）关于各本优劣之争的问题

在苏诗注释史上，对于各注本之优劣有过两次令人瞩目的争论：一次是关于分类注和宋施注的争论，一次是关于冯应榴《合注》和王文诰《集成》的争论。前者发生在清代，此次争论随着宋施注的重新发现而兴起。邵长蘅在《施注苏诗》卷首《注苏例言》中开列了分类注"分门别类失之陋""不著书名失之疏""增改旧文失之妄"等三条罪状，极力贬低分

---

① 据郑骞先生考证，宋施注本中，题左注全为施宿所为。前人将题左和题下注皆统称为题下注，实则题下注为施元之所注，数量很少，内容和诗中注相类。题左注为施宿所为，数量远远多于题下，内容主要为人物和时事。（见《宋刊施顾注苏东坡诗提要》，《增补足本施顾注苏诗》，台湾：艺文印书馆，1980，第16~19页。）

② 邵长蘅等删补《施注苏诗》张榕端序，浙江大学出版社影印清康熙三十九年宋荦刻本，2019，第6页。

③ 赵翼著，霍松林、胡主佑校点《瓯北诗话》，人民文学出版社，1963，第67页。

类注之价值，查慎行和冯应榴等人对分类注这些方面的失误也都有所指出。而王文诰、叶德辉和傅增湘等人能够发现分类注的优点，给予较为客观的评价。但从总体上讲，支持宋施注者要远远多于支持分类注者，自宋施注复归以后，分类注的地位一落千丈。刘尚荣先生对此次争论总结说："清代学者或扬王而抑施，或扬施而抑王，均出于门户之见。……今日学者若能将类注宋、元旧刻本与施、顾编年注本加以综合利用，互相取长补短，必然会推进《苏轼诗集》的新注及苏轼研究向纵深发展。"① 此为卓识之论。

另一场争论是关于冯应榴《合注》和王文诰《集成》的优劣问题，这场争论至今还在进行。《集成》较《合注》晚出二十余年，《集成》以《合注》为底本进行了不少删改增补的工作，成为较有特色的苏诗注本，并逐渐取代《合注》成为人们学习、研究的通行注本。冯应榴之孙冯宝圻最先指责王文诰"阴据之而阳鷖之"，还指责《集成》"笔舌冗漫""多半无谓"，② 对王文诰及《集成》进行了全面否定。今人顾易生、王友胜等人支持冯宝圻之说，认为《合注》的成就要大于《集成》。但孔凡礼、刘尚荣等人则能看到《集成》胜于《合注》之处，并且他们认为以《集成》为底本整理出版《苏轼诗集》是合理的。双方对二者的争论焦点是：《集成》是否不遵守学术规范而剽窃《合注》，《集成》是否取得了与其影响力相当的学术成就。目前学界对此众说纷纭，莫衷一是，因此这一问题仍为文学史公案。正是基于此，拙作试图通过详细的对勘比较，从历时和共时的维度进行综合考察，希望对此问题有一个全面的认识。

二　苏诗注的研究现状及本书的研究对象与思路

苏诗注的研究随着苏诗注本优劣之争而展开，清代注释家和藏书家对分类注、宋施注、清施注、查注、《合注》、《集成》等优劣短长的评论，增强了人们对各注本特点的认识，为后人的研究奠定了基础。真正的苏诗

---

① 刘尚荣：《苏轼著作版本论丛》，巴蜀书社，1988，第 68 页。
② 冯宝圻：《新修补苏文忠公诗合注序》，《苏轼诗集合注》附录二，第 2633 页。

注本和注释研究是从 20 世纪 80 年代开始的，刘尚荣先生最早开始从文献角度对历代苏诗注本进行了较为全面的研究，他的《苏轼著作版本论丛》（巴蜀书社，1988）对宋刊集注本《东坡前集》与《百家注分类东坡诗集》、宋刊《施顾注苏诗》、新版《苏轼诗集》等古今苏诗注本都有细致的考察，取得了很多令人信服的结论。刘著虽以文献考证为主，但对分类注、施注等注释特点、历史评价等问题亦间有涉及，为后来研究者提供了坚实、可信的文献依据。接下来对各苏诗注本的注释体例、内容、特点等展开全面研究的是王友胜，他的《苏诗研究史稿》（岳麓书社，2000）对自宋至清十余种苏诗评点、注释和研究著作进行了详细考察，其中他对历代苏诗注本的考察尤其令人瞩目，他接连在各类刊物发表了《冯应榴与〈苏文忠诗合注〉》（《文学遗产》2000 年第 2 期）、《施元之等〈注东坡先生诗〉平议》（《中国韵文学刊》2002 年第 1 期）、《〈苏诗补注〉的文献诠释与历史价值》（《文学评论》2008 年第 3 期）等文章，对各个苏诗注本进行具体的和历史的考察，揭示了各本的注释成就和历史地位，成为近年来苏轼研究的重要成果之一。同期还有曾枣庄先生的《苏轼研究史》（江苏教育出版社，2001），集合海内外学者共同参与撰写，对历代苏诗注也有所论及。对苏诗注展开专门研究的是 2006 年中山大学何泽棠所作博士学位论文《历代苏轼诗注研究》，对自宋至清重要的注本和注者皆有论述，发表了系列论文。作者在博士学位论文《引言》中称："本文的根本任务在于总结各个注本在注释学上的特点与成就，并试图揭示中国古典诗歌注释学从宋代到清代的发展轨迹。"① 此文的特点是对苏诗注的历史流变有较为准确的宏观把握，对各个时期苏诗注的特点及其成因有深刻的认识。

同期，台湾地区苏诗注的相关研究，最值得注意的是郑骞先生为《增补足本施顾注苏诗》（台湾：艺文印书馆，1980）所作《宋刊施顾注苏东坡诗提要》。《提要》对宋本施顾注的价值、注者、流传等情况皆有细致分析，提出了不少独得之见。另外，李贞惠所撰《〈百家注分类东坡诗〉评价之再商榷——以王文诰注家分类说为中心的讨论》（《台大文史哲学报》

---

① 何泽棠：《历代苏轼诗注研究》，中山大学 2006 年博士学位论文，第 7 页。

2005 年 11 月第 83 期），研究细密，视野宏阔，重新衡定了分类注在苏轼研究史及宋代文化史上的价值。苏诗注在日本的流传和日本的苏诗注也引起了学界的关注，王水照先生所撰《苏轼作品初传日本考略》（《湘潭师范学院学报》1998 年第 2 期）较早论及此问题。还有董舒心《论日本苏诗注本〈四河入海〉的学术价值》（《古典文学知识》2012 年第 3 期）、卞东波《域外汉籍与施顾〈注东坡先生诗〉之研究》（《文学遗产》2017 年第 6 期）、卞东波《古注与古钞：苏诗日本注本〈翰苑遗芳〉研究》（《古典文献研究》2020 年第 23 辑上卷）等论文聚焦日本的苏诗注本。

对王文诰注进行专题研究的成果亦有一些，如王友胜《王文诰〈苏诗编注集成〉得失论》［《湘潭师范学院学报》（社会科学版）2002 年第 6 期］、林阳华《"致广大而尽精微"——论王文诰的苏诗评点对苏诗本意的探索》［《苏州大学学报》（哲学社会科学版）2011 年第 2 期］、王睿《"苏诗"王文诰注失误举隅》（《图书馆理论与实践》2012 年第 2 期）、何泽棠《从诗歌注释的视野看王文诰的苏诗批评》［《南昌大学学报》（人文社会科学版）2013 年第 4 期］、何泽棠《论王文诰〈苏诗编注集成〉的历史解释》［《燕山大学学报》（哲学社会科学版）2013 年第 4 期］、彭文良《王文诰〈苏诗总案〉作品编年指误》［《华南理工大学学报》（社会科学版）2014 年第 1 期］等，这些成果分别对王文诰的注释特色、价值、疏误等问题进行了阐发和考证，不断将研究推向深入。

实际上，王文诰注与分类注、宋施注、清施注、查慎行注、冯应榴注、何焯评点、纪昀评点等都有着较为密切的联系，近年来相关研究成果亦不断出现，为免冗蔓，兹不赘述。但与学界对《文选》注和杜甫诗注的研究相比，无论在广度上，还是深度上，苏诗注都有很多尚待开拓的空间。思维定式和因循旧说的现象仍然屡见不鲜，对于分类注的价值、流传，以及编年注和分类注的关系等，这些问题都需要厘清。以偏概全、不做全面分析而轻易否定前人成果的做法，已经不能适应当前深入细密学术研究的现状。尽力发现古人有益的研究成果，为当前的学术研究服务，成为一种必然选择。

基于以上认识，本书选取王文诰的《苏文忠公诗编注集成》作为研究的切入点，具体原因有以下几个方面。

其一，虽然以《集成》为底本整理出版的《苏轼诗集》（中华书局，1982）已经成为当前较为通行的苏诗注本，但人们对其成绩、得失的认识并不全面，甚至有不少偏颇之处。更有甚者，以王文诰某方面的不足而否定他所有的成绩。因此，有必要对此问题做一全面、深入的考察，给予尽可能客观的评价。

其二，王文诰苏诗注和传统注释风格迥异，这是因为他所秉持的注释观念和前注有所不同，他还对前注之积弊多有批驳。王文诰的意见是否正确，他的注释观念在诗注中有何体现，怎样看待他注释上的新变？只有认清了这些问题，才有可能对《集成》做出客观的评价。

其三，王文诰在查慎行《苏诗补注》编年的基础上，调整了很多诗篇的编年次序。对于王文诰编年的特点、方法、不足等问题，学界的认识还较为模糊，因此有研究之必要。

其四，王文诰在《集成》中大量引用纪昀的苏诗评点，为其书增色不少。王文诰为何要特别选入纪批，其内在原因是什么？他选录的标准是什么，他的诗学观与纪昀的异同是什么？这些问题长期被忽视，有进行探讨之必要。

其五，王文诰《集成》所依底本为冯应榴《合注》，后人多有指责王文诰在依《合注》进行删补时不遵守学术规范，并有不少失误，《集成》之成绩没有《合注》大，但流传却比《合注》广，有失历史公正。事实是否如此，《集成》与《合注》的关系究竟怎样？这些都是对《集成》进行全面评价时绕不开的问题，需要仔细考察和分析。

其六，王文诰另有《编年总案》（简称"《总案》"），可称详尽的苏轼年谱，附诗注流传，后人对其评价颇高，但大都失之粗略。这一方面因为《总案》的一些成果被孔凡礼先生补入诗注，方便了阅读，但《总案》原本受到了冷落；另一方面孔凡礼先生已经出版了更为详尽的《苏轼年谱》（中华书局，1998），《总案》的大部分成果被采用，故《总案》的参考价值大大降低，故不受人重视。但是，作为王文诰苏轼研究的重要成果，其历史价值不容忽视，不应成为研究中的盲点。

综上，王文诰的《苏文忠公诗编注集成》具有丰富的学术内涵和较高的学术品质，值得深入研究。具体思路和方法有如下几点：

一是以文本细读的方式总结王文诰的注释、编年和考证成绩，并指出其中的缺陷和不足；

二是以对勘的方法全面比较《集成》与《合注》的异同，并总结王文诰对前注删削的方法、类型和重点；

三是通过具体的例子编排，提炼王文诰的注释观念、诗学宗尚、注苏心态等；

四是以纵向比较的方法揭示王文诰注释、编年的历史价值、时代意义及其对后世的影响。

企望通过本书的研究增强人们对《集成》的认识，消除偏见和误会，使其更好地为当代苏轼研究服务。同时希望通过此个案研究，唤起学界对历代苏诗注更深入和全面的研究。

第一章

王文诰与《苏文忠公诗编注集成》的成书过程

王文诰是生活于乾隆、嘉庆、道光年间的重要苏诗注家，他所辑注的《苏文忠公诗编注集成》主要包括《编年总案》（即《苏文忠公诗编注集成总案》）四十五卷，《编年古今体诗》四十五卷，《帖子口号词》一卷，《两宋杂缀》一卷，《苏海识余》四卷，等等，成为后世影响较大、流传较广的苏诗注本，孔凡礼先生负责点校的《苏轼诗集》（中华书局，1982）即以此为底本。对于王文诰的生平、著述、交游以及《苏文忠公诗编注集成》的成书情况向来所知甚少，今人对此虽有考订，然仍存疏漏，今就所见，略作补正。

第一节　王文诰生卒年与字号

关于王文诰的生卒年，其《自序》云："乾隆庚寅（1770），诰七龄矣。"① 由此推知，他生于乾隆二十九年（1764）。其卒年不可确考，据其《苏文忠公真像记》自识②和阮元序③的写作年份可知，不早于道光三年

---

① 王文诰撰，林冠群校点《苏文忠公诗编注集成总案》自序，海南出版社，2012，第11页。按：下文所引该书较多，为避繁冗，以下所引皆简称"《总案》"，仅标注卷数和页码。
② 《总案》附载，第847页。
③ 《总案》阮元序，第7页。

（1823）。又据新见《仁和王氏茔录》载王文诰之子王霖圻为其立碑时间为道光二十八年（1848）①，王文诰卒年不晚于该年，具体时间待考。王文诰曾被敕授儒林郎，候选州同②。

关于王文诰的字号，后人称呼一直比较混乱。清代《历代画史汇传》引《蝶隐园书画杂缀》言："王文诰字见大，仁和人。"③ 民国《杭州府志》④ 所载同。但《两浙輶轩续录》⑤ 和《晚晴簃诗汇》⑥ 则俱载："王文诰，字纯生，号见大，仁和人。"又王文诰多以"见大"自称，而在《陶庵梦忆》评语中多以"纯生氏"自称。⑦ 今人对其称谓也多不一致，《清人诗集叙录》云"字纯生，号见大"⑧，《清人别集总目》称"字纯生、见大"⑨，《清人诗文集总目提要》称"字见大，号纯玉（按：当为'生'）"⑩。王友胜和曾枣庄先生皆称"王文诰，字见大"⑪。由上可知，关于王文诰的字号大致有三种意见：一为字见大，号纯生；二为字纯生，号见大；三为字纯生、见大。新见《王氏家乘》载："文诰，字纯生，号见大，候选州同知。著有《苏文忠公诗编注集成》四十五卷、《编年总案》四十五卷、《苏海识余》四卷、《韵山堂诗》七卷。"⑫ 撰者王为干为王文诰四世孙，其记载当较可信。另外，《韵山堂诗集》前小传亦云："王文诰，字纯生，号见大。"⑬ 因此，王文诰字号当为："字纯生，号见大"。

---

① 王为桢：《仁和王氏茔录》，吴平、张智主编《中国祠墓志丛刊》第 56 册，广陵书社，2004，第 107 页。

② 王为桢：《仁和王氏茔录》，吴平、张智主编《中国祠墓志丛刊》第 56 册，广陵书社，2004，第 107 页。

③ 彭蕴灿：《历代画史汇传》卷 29，清道光刻本。

④ 李楁：《杭州府志》卷 146，民国十一年铅印本。

⑤ 潘衍桐编纂，夏勇、熊湘整理《两浙輶轩续录》卷 29，浙江古籍出版社，2014，第 2088 页。

⑥ 徐世昌编《晚晴簃诗汇》卷 110，民国退耕堂刻本。

⑦ 见张岱著，王文诰评，栾保群校注《陶庵梦忆》，江苏凤凰文艺出版社，2019。

⑧ 袁行云：《清人诗集叙录》卷 50，文化艺术出版社，1994，第 1765 页。

⑨ 李灵年、杨忠主编《清人别集总目》，安徽教育出版社，2000，第 104 页。

⑩ 柯愈春：《清人诗文集总目提要》，北京古籍出版社，2002，第 995 页。

⑪ 王友胜：《苏诗研究史稿》，岳麓书社，2000，第 273～274 页；曾枣庄等：《苏轼研究史》，江苏教育出版社，2001，第 296～300 页。

⑫ 王为干：《王氏家乘》，宣统三年撰序本，藏上海图书馆。

⑬ 清光绪十四年（1888）浙江局刻本。

第二节　王文诰的生平与创作

　　王文诰为浙江仁和人（今属杭州），一生未入仕途，其生平以二十七岁为界可大致分为前后两个时期：前期乡居读书，览胜；后期漫游，旅居岭南。王文诰性闲逸，善诗画，爱游览。对此，时人法式善（1753～1813）有记述："仁和王见大文诰负异才，不染尘俗，兼工诗画。戊申（1788）上春，独游皋亭山，至太平废寺，爱其二松奇古，因自署为'二松居士'。鹤山龙泉，精蓝琳宇，所至有诗，且为援考故事，订正旧闻。兴至则鼓素琴，写寒花数幅而去。"① 皋亭山位于杭州城东北部，是人文荟萃之地，这次游览展示出王文诰善诗、善画、喜考订的特点，标志着他走出书斋，开启了新的人生历程。其自述："乾隆戊申（1788），诰年二十有五矣，亦尝入山选胜，为《皋亭纪游诗》百数十篇，明年己酉，（吴）锡麟序而刊之。"② 王文诰将二十五岁这次皋亭山之游所作诗篇结集为《皋亭纪游》，请吴锡麟为之序，刊刻行世，但关于刊刻的具体时间，各记载稍有出入。他又自述："庚戌（1790），诰往游吴楚，是冬入粤，刻所著《皋亭纪游集》，既而还浙西，再游豫章之间，度大庾，适长沙，甲寅（1794），休于龙潭之上。"③ 他于乾隆五十五年（1790）冬入粤，《皋亭纪游》的刊刻在入粤后，因此刊刻时间很可能在辛亥年（1791），当较吴锡麟写序时间晚一些。

　　王文诰在二十七岁时离开家乡，开始长途漫游，先后到达湖南、广东、江西等地，二十八岁后④开始长期旅居广州一带，主要原因当是为了生计，充当幕僚。其间他曾多次专程探访苏轼被贬之地惠州，并有多首次韵之作，这些作品保存在《韵山堂诗集》中。《韵山堂诗集》七卷，收录

---

① 法式善著，张寅彭、强迪艺编校《梧门诗话合校》卷7，凤凰出版社，2005，第224页。
② 《总案》卷11，第249页。
③ 《总案》凡例，第34页。
④ 《韵山堂诗集·自序》（清光绪十四年浙江书局刻本）云："壬子（1792）游岭南。"在评点本《陶庵梦忆·序》（清乾隆五十九年王文诰刻本）中王文诰则自称："辛亥（1791）游岭南。"王文诰最迟从二十八岁开始旅居广州一带。

了王文诰寓居岭南五年间（1794～1798）①的诗作，其中也收录了一些与当地文人和官员的唱和、交游之作。旅粤期间，王文诰交游广泛，其中较为显贵者有朱珪、赵文楷等人。朱珪（1731～1806）字石君，号南厓，《清史稿》有传，曾任两广总督，他对王文诰的才华十分赏识，有赠诗曰："健笔龙文举，芳膏凤髓煎。有心追正始，无意梦其年。诗法河干雅，游踪海月偏。何时旋桂棹，三奏鹿鸣弦。"（《题王文诰感旧集》）②朱珪的称赞扩大了王文诰的影响，梁同书说："会朱文正公持节开府，引君（王文诰）为上客，谓：'君必名世。君诗上追正始，宜于述作。'载入《知足斋集》。君用是益信，而士大夫求交于君者，户为之满。"③韩崶也说："曩者，使粤诸公，朱石君、长牧庵、吴昙绣、蒋砺堂、曾宾谷，并以鸿儒硕学，淹通经史，既至，必引君为重，相与友善。"④王文诰的诗歌也颇得好评，潘衍桐评王文诰诗云："《韵山集》多游岭南作，如题《白云碧虚观》、《罗浮华首台》诸诗，故山风景，神与之接。春音薄寒，帘外桃花，吹满苔际，采诗甫罢，不胜乡关之思。"⑤《晚晴簃诗汇》云："五七古雕绘山水，穷及幽险。尤能考订故事，富赡华丽。"⑥可以看出，在诗歌创作上王文诰取得了一定成绩，这对他注释苏诗无疑是有所裨益的。嘉庆五年（1800），王文诰曾入赵文楷幕，并随其册封琉球。⑦

　　王文诰一生主要的学术活动是辑注《苏文忠公诗编注集成》，阮元不仅为其撰序，还赠诗称扬他"南海清游曾佳事，东坡知己得斯人"⑧，充分肯定了王文诰苏诗注释所取得的成绩。另外，他客粤期间，还编辑评点过

---

① 对此张云璈的赠诗《金粟庵遇王九见大，越日来访，示〈韵山堂诗集〉，走笔赋赠，兼送北行》中有明确记录"投我逾寸厚，五年七卷诗"，并自注云："自乾隆甲寅至嘉庆戊午。"（《简松草堂诗集》卷16，清道光刻三影阁丛书本。）
② 朱珪：《知足斋集》卷12，清嘉庆刻增修本。
③ 《总案》卷首梁同书序，第3页。
④ 《总案》卷首韩崶序，第2页。
⑤ 潘衍桐：《缉雅堂诗话》（上），光绪辛卯九月杭州刻本。
⑥ 徐世昌编《晚晴簃诗汇》卷110，民国退耕堂刻本。
⑦ 张云璈赠诗有《送王见大文诰入赵介山文楷修撰幕册封琉球》，《简松草堂诗集》卷16，清道光刻三影阁丛书本。
⑧ 彭蕴灿：《历代画史汇传》卷29，清道光刻本。

张岱的《陶庵梦忆》，另辑录有小说集《唐代丛书》，计一百六十四种①。除此，他还曾撰《谁堂笔记》和《借园诗话》②，书或未成，抑或失传。《两浙輶轩续录》又载王文诰另有集《二松庵游草》③，当是他在各地漫游的作品，未及刊刻，后来遗失④。

第三节　《苏文忠公诗编注集成》的成书过程

王文诰很小就开始接触苏诗，这和其父的影响与鼓励分不开，王文诰自云："乾隆庚寅（1770），诰七龄矣，方从塾师章句读，会有求贷于先君者，已而以文忠公诗文集为报。先君举以授诰，且诏曰：'异日汝与经史相发明也。'诰谨受而藏之。由是行役之暇，手订是编，未尝一日去左右。"⑤ 后王文诰随父游江南，得古本《栾城集》，与苏轼集同参，补旧注之失，"先君以为当，且诏曰：'汝当作一书，发明其意。'诰谨识之。盖是书之所由起也"⑥。这是王文诰注释苏诗的缘起。

王文诰《苏文忠公诗编注集成》的成书大致经历了三个阶段。一般认为王文诰的苏诗注比冯应榴注晚出二十几年，其注主要参考裁剪冯注而成，其实在王文诰最初整理苏诗旧注时冯注尚未出现，他所针对的是清施注本和查慎行注本，他自云：

> 查注初于诗后先列施注，后列补注；施详则查略，施疏则查密，相倚为用。后人窘于资斧，专刊补注，遂与施分驰，致读者皆失此意。而纪氏专主查注，六年五阅，始终不悟所因，故论有谬误也。二

---

① 刘锦藻：《皇朝续文献通考》卷271《经籍考》著录，民国影印十通本。王文诰辑录的《唐代丛书》有清嘉庆十一年（1806）刻本存世。

② 《借园诗话》事见《三哀诗》其二《姚春漪》自注，《韵山堂诗集》卷七。又在《陶庵梦忆》卷4《世美堂灯》评语中说："余撰武林灯事四十八条，存《谁堂笔记》。"

③ 潘衍桐编纂，夏勇、熊湘整理《两浙輶轩续录》卷29，浙江古籍出版社，2014，第2088页。

④ 王文诰在《韵山堂诗集·自序》中说"癸丑（1793）一帙旧于龙潭失去"，所失者当为此集。

⑤ 《总案》自序，第11页。

⑥ 《总案》凡例，第34页。

注必当合读，但施为邵本并审，其注不辨有无，查则变增卷册，改补题诗，又以唱和乱之，如欲依编年次序合读十诗，则终日翻检目录，不能讫事。是此二注，冰炭不入，仅可付之不求甚解，人云亦云，而无从知其得失也。诰以是取施、查汇辑，而刬其增补之失，都为一书，名《苏诗补注粹》，凡十年成，已授梓矣。①

可以看出，王文诰认为查注是对施注的补充，不可将施注与查注分离，为了便于阅读，他将施注和查注汇辑到一起，并删繁就简、匡误指谬。

后来王文诰见到冯应榴注本，对其颇多不满，遂再续旧作，他说：

"又三年，得合注读之，而诰欲削正者，悉刊集内。所补虽善，独与本事不合。其所纠误编，施、查皆不可从。至有因驳一诗而全卷动摇，不定何年作者。诰欲出其旧作，而牵连缠误甚多，非入合注并论，各案不可立矣。……缘兼收王注、合注汇辑，改名《编注集成》。"②

为了能够更好地厘清问题，王文诰就在原来施注、查注的基础上，又汇辑了王注（分类注）、《合注》，将编年问题进行全面考查，遂将书名改为《编注集成》，突出"编"和"注"的集成性质。

在《苏诗补注粹》的基础上，《编注集成》做了大量增补和删改，"汇诸注损益之，重定题注，通其注路，而移载驳词于《案》补内。外制铭、赞、词、赋之未备者，概入《案》中。其弦诵诸文，但摘出语，去其习见，不与他文同例。诸注小误，亦皆更正。"③另立《总案》是王文诰苏诗编注的重要特点，关于《总案》的编纂原因，他说：

公在齐安，与陈师仲书云："足下所至诗，不择古律，以月日次之，异日展观，便是行纪。"时师仲官于杭，因为公编述《超然台》、

---

① 《总案》凡例，第 19 页。《苏诗补注粹》成书于嘉庆三年戊午（1798），见凡例，第 34 页。
② 《总案》凡例，第 19 页。改名《编注集成》在嘉庆七年壬戌（1802），见凡例，第 35 页。
③ 《总案》凡例，第 35 页。

《黄楼》二集。集以地著，此即编年；述其所编，此即笺释。本集有注，盖自陈师仲始，公所亲见，而诸注不知也。诰以月日系诸古律，多有月日备而古律阙者，无地弥缝，往往脱阙。诗旨有偏全之憾。前注于古律之外，不再寻求其编述。古律至误，亦由于此。缘立《总案》统之，使不越于绳墨之外，而后事理通，而诗旨见。古律可为行纪，此本公之遗意，断非坚持、不屑排缵、转欠审确等说者所能管蠡也。①

可见王文诰立《总案》的方法是以苏轼其他作品填补诗歌编年上的空缺，使编年前后贯通。王文诰想通过《总案》对苏轼所有作品进行编年，这样在看待具体的编年和诗注问题上就能够从全局着眼，其最终目的是获得诗旨的确解。应该说这种思路和方法具有重要的开创意义，其难度也是可想而知的。因此，《总案》对于苏诗的理解具有重要作用，与诗注密切联系，两者不可分割。

嘉庆十一年（1806），王文诰已经完成苏轼自出蜀至湖州太守时诗作的注释，②嘉庆十六年（1811）初稿全部完成。嘉庆十八年（1813）重新修补，并"汰其宽存者"。嘉庆二十三年召工舍局开始刊刻，道光元年（1821）《总案》落成，③道光二年《集成》全部完工。④从最初的《苏诗补注粹》到最后的《苏文忠公诗编注集成》，前后历时三十余年，王文诰几乎将毕生精力都倾注于苏诗编注。该书有武林韵山堂本，后被收入《续修四库全书》，还有光绪十四年（1888）浙江书局重刻本。

---

① 《总案》凡例，第19页。
② 梁同书序云："嘉庆丙寅，犹子宝绳宰博罗归，携出蜀、凤翔、直馆、杭密徐湖'各卷，为道君意，征序于予。"《总案》卷首，第4页。
③ 《总案》凡例，第35页。
④ 《总案》凡例，第35页。

第二章

王文诰苏诗注的特点、成就与意义

　　王文诰的《苏文忠公诗编注集成》成书后，流传较广，逐渐成为后人学习、研究苏诗的重要注本，《续修四库全书总目提要》撰者认为："要其包罗之富，研索之勤，考论眉山诗事，终不能不以是书为渊薮耳。"[①] 孔凡礼先生点校的《苏轼诗集》[②] 即采王文诰辑注本为底本。但因《集成》所采底本为冯应榴的《合注》，并承袭较多，又因王文诰多有自我炫耀的夸饰之言，因此学界对《集成》有一种厌恶情绪，并进而质疑其价值。钱锺书先生曾指《集成》"夸大噜苏而绝少新见"[③]，王友胜先生亦云"于苏诗注释绝少发明"[④]，曾枣庄先生也说"此书的价值实不在注释，而在《总案》"[⑤]，顾易生先生更认为"他在'注'的方面除了照搬《合注》之外，实在拿不出多少自己的东西来"[⑥]。确实，王文诰在传统苏诗注释方面所取得的成绩远逊于前人，但他在努力突破传统注释的局限和弥补前代注释不

①　中国科学院图书馆整理《续修四库全书总目提要（稿本）》第 10 册《苏文忠公诗编注集成》提要，齐鲁书社，1996，第 247～248 页。
②　王文诰辑注，孔凡礼点校《苏轼诗集》，中华书局，1982。按：以下所引该书较多，为避繁冗，仅注书名、卷数和页码。
③　钱锺书选注《宋诗选注》，人民文学出版社，2005，第 64 页。
④　王友胜：《苏诗研究史稿》，岳麓书社，2000，第 269 页。
⑤　曾枣庄等：《苏轼研究史》，江苏教育出版社，2001，第 297 页。按：是书合撰，此乃曾枣庄先生言。
⑥　《苏轼诗集合注》前言，上海古籍出版社，2001，第 35 页。按：以下所引该书较多，为避繁冗，仅注书名、卷数和页码。

足方面有着不容忽视的贡献，其苏诗注释具有鲜明的特点，这一点值得认真探讨，否则无法正确、全面地评价《集成》价值和苏诗注释发展的问题。

第一节　王文诰对苏诗旧注之指瑕

苏诗注释从苏轼生前就已经开始，在南宋王十朋百家注姓氏中就有黄庭坚、陈师道、潘大临等与苏轼同时代的人，南宋更是注家蜂起，出现了百家分类注本和施顾编年注本，这两个注本已经达到了很高的学术水准。又经过清代查慎行、冯应榴的补充和完善，苏诗注释表面上已经尽善尽美，在此后出现的王文诰注本似乎成了一种多余。事实上，在王文诰看来并非如此，他对旧注从理念、方法到具体注释方面都多有指瑕，举其要者，有如下几点。

（一）王文诰反对表面相似之硬注、误注事典

传统苏诗注重释事而轻释意，多遵从《文选》李善注之标准。这种注释方式自有其严谨、客观之优点，但有时并不能将诗意说明清楚，于读者理解无补。如《有言郡东北荆山下，可以沟畎积水，因与吴正字、王户曹同往相视，以地多乱石，不果。还，游圣女山，山有石室，如墓而无棺椁，或云宋司马恒魋墓。二子有诗，次其韵，二首》其二："试着芒鞋穿荦确，更然松炬照幽深。"施注曰："《南史》：顾欢好学而贫，夕则燃松节读书。"王文诰案曰："此暗用温峤燃犀事，谓察知水中有乱石也。故下有镵石句，因现成石椁，就便过脉。前注多不知本集手法，而专事寻扯，故其注字面者多也。"① 检《晋书》卷六十七《温峤传》云："（峤）至牛渚矶，水深不可测，世云其下多怪物，峤遂毁犀角而照之。须臾，见水族覆火，奇形异状，或乘马车着赤衣者。"② 王文诰注较前注更深入一层，施注实为无谓。又如《浴日亭》"剑气峥嵘夜插天"，分类注曰："《晋书·张华传》：初，吴之未灭也，斗牛之间，常有紫气。华闻雷焕妙达纬象要宿，华

---

① 《苏轼诗集》卷15，第770页。
② 房玄龄等：《晋书》，中华书局，1974，第1795页。

曰：'是何祥也？'焕曰：'宝剑之精，上彻于天耳。'"① 王文诰并不满足于此种表面相似之注，因此进一步指明诗意："日欲出时，当空先有红气一道，浮而不动者良久，其色不见，则东方渐白。此由日未出时，其光漏出海上，又自海激射于天也。此句正形容其状，王注乃道其字面而已。"可以看出，王文诰的注释理念是力求阐明诗意。再如《和陶饮酒二十首》其六："百年六十化，念念竟非是。"诰案："此即推明今是昨非之意，施注引《庄子》、柳诗，似不然也。邵注已删此二条，今亦不载。"② 王文诰认为施注所引似与诗旨无关，同意邵注的处理意见。

　　注释之学，后出转精，此为常理。但限于注释体例，前注多引事注典，少释意，有时虽经多人注释诗意仍不明朗，王文诰抓住此薄弱环节，弥补旧注之不足。如《用前韵再和霍大夫》："行看凤尾诏，却下虎头州。君意已吴越，我行无去留。归途应食粥，乞米使君舟。"王文诰案曰：

　　　　王注次公误以常州为虎头州，须溪已正其非，邵注又辨之，至查注复详载出处。然此数句诗意，始终未明也。盖是时霍汉英罢虔州，将赴泰和听后命，似尚有别故，而代者江公著，亦即到虔，特告未下耳。自"行看"句下，皆指此事，意谓当与汉英同发，故结入"使君舟"也。读者照本案，三复自知。③

此种解释前注所无，真正有益于读者理解诗意。不难发现，在外注引古和内注解意之间，王文诰更加注重后者。

　　前注在引事注典方面有两种不良的倾向：一是浅，如上所举几例，这些注释只求表面之相似，为注而注，并无助于诗意理解；二是晦，注者未明诗意，所引与诗意不符，误导读者，因此第二种情况远较第一种严重。如《石炭》"投泥泼水愈光明"，施注云："《新唐书·张说传》：武后为泼寒胡戏。说上疏曰：'乞寒泼胡，未闻典故，泪泥挥水，盛德何观焉。'"

---

　　① 《苏轼诗集》卷38，第2067页。
　　② 《苏轼诗集》卷35，第1885页。
　　③ 《苏轼诗集》卷45，第2439页。

诰案曰："施注傅会此条，可见彼于题字，全不懂也。"① 诗意应指石炭之精美,② 施注所引不仅无益，反倒有碍诗意理解。

（二）王文诰反对没有区别地注释诗句出处

传统诗歌注释有两大任务，一为注诗中典故，二为注诗句出处。典故大多有迹可循，苏诗大量用典，为后代注家提供了尽情发挥的舞台。但诗句出处有时却很难判断，因为后人在诗歌创作之前，无必要也不可能先全部了解自己的用语和构思是否和前人相同，不同时代的诗作表现出某种相似的现象十分普遍，宋人赵夔对此有深刻的认识，他说："先生（东坡）之用事，不可谓无心。先生之用古人诗句，未必皆有意耳，盖胸中之书，汪洋浩博，下笔之际，不知为我语耶，他人之语也。观者以意达之可也。"③ 这于诗歌注释者来说，就要把握好取舍的尺度，否则注不胜注，并且于读者理解无补而徒增篇幅，正如蒋寅先生所说："诗人实际使用的语词，与我们认为的理论上的出处（最早的或最经典的）可能并无关系，他接受的来源完全可以是多方面的。"④

王文诰对旧注中存在的没有鉴别地注释诗句出处的做法提出了批评。如《溪阴堂》"白水满时双鹭下，绿槐高处一蝉吟"，冯应榴注曰："《能改斋漫录》云：唐李端《茂陵山行陪韦金部》诗：盘云双鹤下，隔水一蝉鸣。东坡本此。"诰案曰："此类偶同甚多，作者多不自觉也，合注非是。"⑤ 应该说苏诗与李诗具有较大的相似性，不仅"双鹭下"与"双鹤下"、"一蝉吟"与"一蝉鸣"相似，而且句法也大致相同，这于其他注家是求之不得的好注，王文诰何以持反对意见？对此，他在另一首诗注中有较为具体的说明。《送小本禅师赴法云》"是身如浮云，安得限南北"，赵次公曰："两句皆老杜诗《别赞上人》全语。"⑥ 杜诗句为"是身如浮云，安可

① 《苏轼诗集》卷17，第903页。

② 王水照选注《苏轼选集》，上海古籍出版社，1984，第118页。

③ 《总案》卷首赵夔序，第38页。

④ 蒋寅：《〈杜诗详注〉与古典诗歌注释学之得失》，《杜甫研究学刊》1995年第2期，第50页。

⑤ 《苏轼诗集》卷26，第1367页。

⑥ 《苏轼诗集》卷33，第1758页。

限南北"①，诰案："凡似此类句法，最易偶同，若作者必搜索有出而后用之，则其劳加于信笔而下者百倍。凡能诗者，皆不为也。注家固应注明，而诗话以此为技能，最为卑鄙。"② 在这里，王文诰反对诗话以此为技能的原因有二：一是此类句法没有什么特别之处，人人皆可道；二是此种解诗方法在原理上有悖于创作的实际情况。这也是王文诰反对此类诗注的原因。

其实，王文诰之所以反对此类诗注，亦与他论诗反对死求字句、重性灵、讲独创有关。如《和陶归园田居六首并引》其六：

> 诰谓公《和陶》诗，实当一件事做，亦不当一件事做，须识此意，方许读诗。每见诗话及前人所论，辄以此句似陶，彼句非陶，为牢不可破之说，使陶自和其诗，亦不能逐句皆似原唱，何所见之鄙也。③

王文诰对苏诗的独创性尤为推崇，如评《书晁说之〈考牧图〉后》云："公诗法多有独辟门庭，前无古人者，皆由以文笔运诗之故，而其文笔则得之于天也。鲁直、觉范诸人，赞叹欲绝，每至无可名言，辄以般若为说，诰以为此小儿见解也。"④ 同时，王文诰对有些诗句却主张注明出处，如《渔夫四首》其三"酒醒还醉醉还醒"，诰案曰："此句用白乐天《醉吟先生传》，否则出之太易，即非公之所为也。凡此等句，又当数典以实之，与得诸性灵之诗，不可以典注实者不同。"⑤ 注与不注，其关键在于是否有明确的因承关系，还有与作者的创作方法有关。在注释时，应当将得诸性灵的作品与锤炼熔铸的作品区别对待。虽然实际操作起来有不小的难度，但应当看到王文诰对注释诗句出处的理念是具体而深刻的。

---

① 仇兆鳌注《杜诗详注》，中华书局，1979，第 667 页。
② 《苏轼诗集》卷 33，第 1758 页。
③ 《苏轼诗集》卷 39，第 2107 页。
④ 《苏轼诗集》卷 36，第 1967 页。
⑤ 《苏轼诗集》卷 25，第 1330 页。

（三）王文诰反对旧注中的穿凿附会之说

苏诗影响大、流传广，在传播过程中不可避免地产生了不少穿凿附会之说。宋代诗话发达，多有此类记载，而此类误说又往往被注家不加辨别地引入注中，混淆了诗意，增加了读者理解的难度，凡遇此，王文诰皆予批驳纠正。如《和章七出守湖州二首》其一"方丈仙人出森茫"，查慎行引《挥麈余话》、冯应榴引《吴兴备志》载章惇以为此句讥己出身而怨恨苏轼，后将其远谪海南。王文诰驳曰："公如知有其事，惟当怜惇之不幸，何忍揭其所生，且公陷台狱，惇力解之，公谪黄州，惇力劝之，凡此皆可以明惇之心，不得以元祐国是为仇而牵涉之也。……查注、合注引以释诗，即于公人品心术，殊有关系，不可诬也，故为正之。"① 此种不仅有悖事实而且有污苏轼人品的附会，王文诰必尽力予以驳正。又如评《余与李廌方叔相知久矣，领贡举事，而李不得第，愧甚，作诗送之》云：

> ……而流传小说，多有章援、章持窃李廌策题之说，此不足道也。乃查注全载赵潜说，而摘公《与李廌书》三数语，自诩辨正。其辨云："此必章惇父子造为此语以诬公。"惇父子大奸深险，非痴骏者流，何肯以此自诬。此种辨正，实出情理之外。……今……录公原书，观书中意，方叔之文似未到岸，即再知举，未见其必售也。②

王文诰指出窃题说之误，同时指出查注辨正之谬，最后引苏文证明李廌落第的原因乃其文"未到岸"，此种推论具有一定的说服力。

苏轼与僧人多有交往，有关此方面的荒诞传说，王文诰一般予以删除。如《以玉带施元长老，元以衲裙相报，次韵二首》其一"故与云山旧衲衣"，诰案："此句谓了元以衲裙相报也。王注引《冷斋夜话》'公前生为戒禅师，常衣衲衣'，其说诬。"③ 王文诰注诗主张以诗人之法解诗，反

---

① 《苏轼诗集》卷13，第651页。
② 《苏轼诗集》卷30，第1569页。
③ 《苏轼诗集》卷24，第1268页。

对以小说家之法释意，特别注意鉴别注诗材料的合理性。

宋人在诗歌注释方面虽然取得了很大的成绩，但是其态度也有不够严谨的地方。周裕锴先生认为：

> 以宋人的注杜为例，虽然其注释重视诗歌与史事相结合，但于史料之恰当与否、本事之真实与否则无暇顾及，野史传闻，街谈巷议，往往引之为据，未作深考，有些注解甚至在未考史传或史传失载的情况下，不惜编造史事来傅会诗意。换言之，宋人注诗"史"的意识固然很强，而"证"的观念则稍嫌缺乏。①

此论也适用于宋人的苏诗注，特别是南宋分类注引用不少诗话中小说家言，清代查慎行注和冯应榴注也多加沿袭，王文诰较为全面地对此类不经、附会之说一一进行了驳正，有功学林。

第二节　王文诰对旧注的继承与开拓

苏诗旧注在历史典故、诗句出处、典章制度和地理风俗等方面的注释已经相当完备，要想在这些方面有所开拓已十分困难，但对旧注存在异议的地方重新做出判断和取舍，是王文诰对旧注继承和发扬的重要方式。

（一）对异文的校勘

前注留下不少异文，王文诰采取多种方法对其进行鉴别取舍。如《宿余杭法喜寺，寺后绿野堂，望吴兴诸山，怀孙莘老学士》"问谍知秦过"，诰案："施注作问谍，查注、合注作问牒。又云：一作谍。《咸淳临安志》作路。今考《左传·宣公八年》'夏，会晋伐秦，晋人获秦谍'，乃公之所本。诸说皆非是。"② 王文诰采取他校的方式确定"谍"字，确实可信。他也偶用本校法，如《答王巩》"可以疗饥并洗耳"，诰案："此诗用'疗

---

① 周裕锴：《中国古代阐释学研究》，上海人民出版社，2003，第 377 页。
② 《苏轼诗集》卷 7，第 343 页。

饥'，合上句读之，即乐道忘饥之注脚。可见'疗''乐'通用，公乃用古本作疗字者也。后惠州《答周循州》'且觅黄精与疗饥'句，缤注引'疗饥'，并不误，乃邵注、翁注于彼句则纷然讼蔓，于此句则倪恍失之，不知引此以证彼。读书不能具体，虽复毛举何益。"① 但王文诰最为擅长的是理校法，如《单同年求德兴俞氏聚远楼诗三首》"云山烟水苦难亲"，诰案："山之有云，水之有烟，远则见之，近无有也。故下云'苦难亲'也。此七字已将作聚远之意拘到笔下。若别本作'雪山'，并失'烟'字之意。'青山绿水'更属梦呓，且何以便见华巧，而'雪山烟水'即是拙朴耶？"② 王文诰据诗意和表达效果确定为"云"而非"雪"，理由充分，令人信服。

理校法最见功力也最为危险，不可轻下结论，否则容易贻误后人。总的来说，王文诰的态度较为审慎。如《王伯扬所藏赵昌花四首·黄葵》"檀心自成晕"，诰案："檀字已为设色，'檀心自成晕'，其紫字色泽已到，妙在藏去紫字，而以五字出之也。若将紫字填实，则上之檀心，下之成晕，作意俱无，即为初学诗者重叠板实之夯句矣。且下句加意剪刻，上句亦有意以自字剪刻出之，其对森字，在轻重毫厘之间，若用紫字，即与森字轻重不论矣。今乃更正，并暂存查注，以俟有识。"③ 查注认为"自成晕"当为"紫成晕"，王文诰从诗歌艺术的角度分析"自"胜于"紫"，较有说服力。

王文诰在校勘字词时特别注意与诗意紧密联系，以理胜者为优。如《自普照游二庵》"独往神伤后难继"，诰案："此句'独往神伤'，《咸淳临安志》作'幽独神伤'。纪昀曰：'幽独神伤'，全用杜句，作'独往'非是。今屡复此诗，必如'独往'字，始与下句紧接，若用'幽独'，则前后脱气矣。纪氏专主查注，故失于细究耳。周益公尝言：凡墨迹石刻与集本互异，恐集本乃后所改定，不可轻动。其说最当。如此句，究应从王

---

① 《苏轼诗集》卷17，第864页。
② 《苏轼诗集》卷12，第591页。
③ 《苏轼诗集》卷25，第1335页。

本为是。"① 王文诰认为"独往"胜于"幽独",这样诗意更为畅达。

有时王文诰也采取综合方法进行校勘,如《与王郎夜饮井水》"凛然如我亦如君",《合注》云:"王本、《七集》本作'源龙如我',郑羽本作'凛然如我',则'源龙'二字,施氏原刻本亦必作'凛然'也。"王文诰对此案曰:"凛字草书,上蚀去一点,即似源字形,龙然二字作草,本相似也。合三注考之,从凛然为确。诗以'我''君'二字当冷字用,谓世皆趋热,而尔我独冷,不图此水凛然,正如我之与尔饮此为宜也。"② 王文诰据字形和诗意确定异文。

苏轼次韵诗的韵脚多有异文,王文诰对此有较为独特的认识,他说:"公以古韵、今韵参用,必有不易之法,而非《唐韵》《广韵》之所赅,……王注、施注在彼时,皆所习见,故不置一词。查注、翁注、合注,茫不知其通变。"③ 基于这种认识,王文诰对苏诗用韵的处理较他注更显灵活,如《再和》"破闷岂不贤捋蒲",诰案:"合注据《韵会》,改捋作蒲,但似此者,本集不一而足,未能概以韵通尽改之也,今仍从蒲字。"④ 同样的还有《百步洪二首》其二"醉中荡桨肩相摩",诰案:"公叠孤山蒲字韵,作蒱,和程正辅碰字韵,从木,作桠,见于自注。且似此者,尚不乏也。今用此例定作摩,即以施注论,亦当作摩也。"⑤ 又《谪居三适三首·旦起理发》"献与腰金翁",诰案:"纪昀曰:翁字胜公字,后首东坡押'沐猴'字,子由乃和'封侯',当日或不尽拘,不必以彼改此也。今考《栾城集》押'未肯易三公'句,故查注改翁以就公,而晓岚因有此说。查注主异,专以彼所见为是,而旧所有为非,并不顾是非皂白也。本集所见和韵,如须、鬓、杭、航、蒲、蒱,皆随意押,亦有换一韵少一韵者,后之人欲一一强为齐之,得乎?今仍作翁字。"⑥ 对于次韵诗的韵脚王文诰认为苏轼并不恪守原作,而是有所变通,以意胜为佳。或许王文诰的这种认识更符合

① 《苏轼诗集》卷9,第434页。
② 《苏轼诗集》卷19,第978页。
③ 《总案》凡例,第24页。
④ 《苏轼诗集》卷7,第322页。
⑤ 《苏轼诗集》卷17,第893页。
⑥ 《苏轼诗集》卷41,第2285页。

苏轼创作时的实际状况，以更加灵活的方式处理苏轼次韵诗的韵脚抑或更为合理。

（二）对篇题的考订

王文诰重视诗题对诗意理解的重要作用，他曾批评查注不录苏诗唱和之作题目的做法，如在《次韵钱穆父紫薇花二首》其一中注曰："此述己所见，以答穆父也。必合后诗及题细读，始知。以是知查注编唱和诗尽去原题之谬。"① 又如《将至筠，先寄迟、适、远三犹子》，诰案："公诗寄迟、适、远，故子由和诗寄迈、迨、过、遁，又以遁初生未见，故先有'因之亦梦添丁子''见面未曾惟遁耳'等句。其下递数迈、迨、过，不应以己子迟夹杂其中。……今更以时地证之，由己亥数至是年甲子，迈年正二十六，而迟方弱冠，非干父时也。查注编唱和诗，多去原题，改为原作和作，合注并此诗不载，故其得失，均无由知。今据《栾城集》补全之，而不改其讹字，俾凡读者观之，题为迈、迨、过、遁，而诗为迟、迨、过、遁，有此理乎否也？"② 正因诗题不少时候对理解诗意起关键作用，所以王文诰对诗题予以了特别关注。

王文诰校改诗题的方法有多种。

一是据本集校改，如《庐山五咏》，诰案："本集《超然台记》云：其东则卢山，秦人卢敖之所从遁也。山以卢敖得名，公已明言之矣，必无诗题皆作庐山之理。诸刻之误，虽不辩可也。"③ 又如《用王巩韵赠其侄震》，诰案："原题'赠二十侄震'，即为公赠己侄苏震之文，其义显误。此乃旧本'其'字脱缺不全，如廿字状，后遂讹为二十两字。今据前后二题，更正。"④

二是据子由集改，如《过宜宾见夷中乱山》，诰案："王注题作'夷中乱山'。《栾城集》：同公行，戎、涪一路，与黔境接壤，而不知其名，故云夷中乱山也。查注据《方舆胜览》，改题为'夷牢乱山'，谬甚。合注引

---

① 《苏轼诗集》卷32，第1709页。
② 《苏轼诗集》卷23，第1222页。
③ 《苏轼诗集》卷13，第620页。
④ 《苏轼诗集》卷27，第1442页。

《一统志》，夷牢为夷牟，尤无谓。今复原题。"①

　　三是据诗意改，如《记所见开元寺吴道子画佛灭度，以答子由题画文殊、普贤》，诰案："原题至'答子由'止，王、施本皆然，与诗意不合。今以《栾城集》原题补。……今以其原题补者，乃相诗补题之法。"② 又如《苏州闾丘、江君二家，雨中饮酒，二首》，诰案："是时久旱，得雨。诗首叙雨中，次及闾丘，皆闾丘家事，无江君也。且以题论，如二家并作，即应次入江君。今次首全叙闾丘归老事，不及雨饮，则前一首之雨中饮酒，信在闾丘家也。题应作'闾丘公显家雨中饮酒'。原题似讹。否则，诗有佚矣。"③ 再如《试笔》，诰案："此题原作：自笑一首。合注谓《七集》本有作'试笔'者，郑羽本亦云：一作'试笔'。今据诗意，自应以'试笔'为正。"④

　　四是考证事实与地理后改，如《别择公》，诰案："公在黄时，李公择已自舒州召还，即七年亦不在扬州，且凡与公择诗无偈颂体，尤可辨其非也。此诗施编不载，查注从邵本补编卷二十六《择老相送竹西亭》诗后，今从合注改题，并改编于此。"⑤ 又《望湖亭》，诰案："吴城山，今属南昌，与查注所引《志》合，则此题不得谓之南康望湖亭矣。今考别本，无南康二字。"⑥

　　王文诰对诗题重视的根本原因是他认为诗题与内容有紧密联系，因此对诗题的重视实际上是对诗意理解的重视。

　　此外，王文诰对部分组诗题目进行考证，酌情更改，如《仙游潭》，诰案："原题《仙游潭五首》，又分列潭、南寺、北寺、马融石室、玉女洞五题，盖以仙游潭五首一行为总题也。考诸本与《栾城集》题皆同，今以前列十一首总题已该此五首之数，不应重出，特删去'五首'二字及

---

① 《苏轼诗集》卷1，第8页。
② 《苏轼诗集》卷4，第170页。
③ 《苏轼诗集》卷11，第562页。
④ 《苏轼诗集》卷38，第2072页。
⑤ 《苏轼诗集》卷24，第1285页。
⑥ 《苏轼诗集》卷38，第2049页。

'潭'字一行，符体例也。"① 又如《和子由记园中草木十一首》，诰案：
"据《栾城集》赋园中所有十首，自注云：时在京师。其诗，一萱草、二
竹、三种芦、四病榴、五葡萄、六从苗、七果裸、八牵牛、九柏、十葵。
每章十二句。公和作以咏梦中'蟋蟀悲秋菊'诗一首，系于十首之后，故
凡集本作十一首。查注以第十首撤出，别作《记梦》之诗，而以第十一首
咏蟋蟀顶替第十首之数，合注既从误，晓岚点论亦为所绐。今仍作十一
首。"② 王文诰对诗题的考订大体是可信的，也是他在前人基础上进一步开
拓的显著表现。

第三节　王文诰事实释证的方法与重点

虽然王文诰对前注多有不满和指瑕，但不可否认宋施注、分类注、查
注和《合注》已取得了很高的成就，并且各注皆有独特之处。王文诰想要
有所创获必须选择前注的薄弱环节进行开拓，并且要更新注释理念，采用
前注使用不够充分的方法求得注释的突破。王文诰的注释条件并不优越，
他没有查慎行和冯应榴那样稳定的著书环境，也没有丰富的藏书可供随手
取用，更没有如冯应榴父兄皆为注诗名家的家学传统。他曾游粤三十年，
居食无定，但是他也有自己的长处。他一生钻研苏诗，对苏集熟烂于胸，
虽然他对宋前历史并没有表现出精深的造诣，但对宋史，特别是和苏轼有
关的事实了如指掌，对苏洵、苏辙的作品和行实也有全面掌握，并且在注
释理念上不囿于旧规，在注释方法上多有创新。综合来看，王文诰的事实
释证在精度和深度上有不少超越前人的地方，其方法独特，重点突出，效
果显著，具体来说表现在以下几个方面。

（一）王文诰善于寻找内证考订事实、人物

前注虽称详赡，但于苏集寻找内证方面尚有不少疏漏，王文诰在考订
事实方面特重内证，这是其可贵之处。于此他也多次表达对前注的不满，

---

① 《苏轼诗集》卷5，第194页。
② 《苏轼诗集》卷5，第200页。

如评《和欧阳少师寄赵少师次韵》云："此文公代作。查注征诸《乐全集》,可见其一意务外,于本集全未致力,宜其谬误多也。"① 查注引张安道《乐全先生集》中《赵康靖(少师)神道碑》作注,其实此文乃苏轼代张安道作,查注疏漏,没有指明。又如《梅圣俞诗集中有毛长官者,今于潜令国华也。圣俞没十五年,而君犹为令,捕蝗至其邑,作诗戏之》,查注云:"先生本集又有《于潜令刁同年野翁亭》诗,见第九卷。刁、毛二人为于潜令,皆在先生倅杭时。《咸淳志》于潜县令条下,并载两人姓名,无交代岁月可考。"王文诰曰:"是年正月,公在润州,作《刁同年草堂》诗云:主人不用匆匆去,正是红梅著子时。据此,则刁璹罢任,在是年正二月间,即毛国华交代时也。查注往往置诗不看,舍近求远,故多谬误。"② 王文诰据诗意指出刁、毛二人任职于潜的先后次序,其细密超过查注。又《与潘三失解后饮酒》,诰案:"潘原,字昌宗。失解即不调也。据本集《与鄂州朱康叔书》云:有潘原秀才,以买扑事被禁。某与其兄潘丙解元至熟,……据此以后《与潘彦明书》'昌言令兄'之语证之,是彦明为昌言之弟,而原又为彦明之弟,即潘三也。公既去,以雪堂付彦明葺治,如公存日。此又至熟之证,可见丙即彦明也。"③ 如果不是对整部苏集十分熟悉,很难对这些细小问题做如此详细的考订。

(二) 王文诰能够前后连贯,反复求证,使事实获得确解

王文诰熟稔整部苏集,能够将不同时期的作品串联起来进行综合考证。如《次韵孙莘老斗野亭寄子由,在邵伯堰》"吾生七往来,送老海上城",诰案:"元丰己未四月,公自徐移湖,已有'十年三往来'句。其四,己未八月赴台狱。其五,甲子乞常至南都。其六,乙丑自南都放还宜兴。合此,起知文登为七往来。诗之本意,言熙宁四年被出之后,至是已七往来于此,将送老于海上也。与前之'功名真已矣'句,一线穿下。余详卷三十五《淮上早发》'默数淮中十往来'句下。"④ 苏轼的时空观念很

① 《苏轼诗集》卷 8,第 365 页。
② 《苏轼诗集》卷 12,第 582 页。
③ 《苏轼诗集》卷 21,第 1087 页。
④ 《苏轼诗集》卷 26,第 1373 页。

强，所历之地、所经之事经常会在诗中反复出现，此种记述绝非散漫的概括之言，几乎都能求得实证，透过此类诗歌我们能够体察出苏轼恋旧惜时的情怀和一段时间内的生命体验与人生体悟，因此这类注释对理解诗歌是有益的。在《上巳日，与二子迨、过游涂山、荆山，记所见》注中，王文诰又说："可见前之三往来、七往来及后之十往来，皆由攻法被出积算，而治平中之载丧过淮，不在数也。"①紧接着在《早发淮上》"默数淮中十往来"句后注曰："元丰乙丑起知文登，已有'吾生七往来'句。再后元祐入而复出。其八，己巳守杭。其九，辛未召还。至是，又复被出，由颍移扬，故云'此生定向江湖老'，较前之'送老海上城'，更进一层。而默数熙宁辛亥被出，已十往来于其地，是则尤可慨也。查注杂揉十往来固误，合注以实有十一往来而不敢驳查之误，亦非。"②经过王文诰的反复求证，我们能很清楚地了解苏轼十次过淮的时间，如果将这十次过淮做一比较，再联系苏轼作诗时的处境，其诗中况味就不难理解了。再如《与叶淳老、侯敦夫、张秉道同相视新河，秉道有诗，次韵二首》，诰曰："公《奏状》：与叶温叟、张璹同往按视。张璹，即全翁也。诗题'张秉道同相视'，秉道，名弼，杭人，公屡称髯张者也。施注全窃《奏状》为己说，故有东坡与前转运使叶温叟、转运判官张璹之文，殊不知已将张璹注了张秉道也。其又云'张秉道乃吴兴六客之一'，自为缪辖。查注既误改全翁为金翁，又不知此注之误，而附会之，云'张秉道，施注谓即张璹，则金翁乃别号'，此又误也。施注又谓'秉道时客于杭'，亦误，均应驳正。"③王文诰对此介绍已经很清楚了，但在后诗注中仍不忘运用旁证材料再次进行证明。关于《送襄阳从事李友凉归钱塘》，诰案："查注于此处，又讹张璹即张秉道，已为改正。读此诗，知秉道信为杭人，可见施注前云'时客于杭者'误。"④王文诰的这种前后互证方式是前代注家很少使用的，能够帮助读者产生前后联想，利于诗意的理解，很有启发和借鉴意义。

---

① 《苏轼诗集》卷35，第1866页。
② 《苏轼诗集》卷35，第1870页。
③ 《苏轼诗集》卷33，第1752页。
④ 《苏轼诗集》卷36，第1961页。

（三）以己之见闻注苏诗

苏轼尚奇，他对陌生的人、事、物常抱好奇之心，并多行诸诗篇，其生命后期的远谪异闻反倒满足了他求新求奇的心理需要，因此在苏轼的贬谪诗中少了一份哀怨，多了几分怡然自得。王文诰旅粤三十年，对当地风物较为熟悉，并曾专门到惠州寻访苏轼旧迹，感受苏诗的奇趣。王文诰常以己之见闻注释苏诗，这种注释方法前所未有，可谓大胆之尝试。如《画车二首》，诰案："此车，今名二把手车，江北所在皆是。至查注所谓串车者，其说支离不类。诰于衡山道中见此车，则上悬布帆，乘风而行，若三楚渡艇然，此又与江北不同也。其来累数十轮，鱼贯如列阵，诰诗有'车帆匝地来'句，盖纪实也。"① 又如《次韵正辅同游白水山》"恣倾白蜜收五棱"，诰案："物之有廉角者为棱，洋桃四面起脊，用刀断之，则片片皆有五角，故曰五棱，亦名山敛。以其味酸涩，故曰敛也。作三敛即非。粤音呼敛为妍。诰居粤三十载，所蓄仆婢千指有余，作官语曰洋桃，讲土话曰山妍，而山带沙音，皆一辙也。其呼棱作浑，略带横王之音，不能以棱通敛也。凡所见洋桃树结实者，高二三丈而止，王注非是。翁注、合注是矣而语多不确，故为正之。"② 岭南僻远，地志记载多不详细，如非亲历其地，很多地名不知所云，如《赠郑清叟秀才》"海贼横泥子"，诰案："南海大良堡，本盗薮也，前明破黄萧养，始以其地设顺德县。去县数十里地，曰紫泥，与番禺石壁接壤，设紫泥司巡检。其地水道丛杂，越扶胥为捷径，今之奸民偷漏洋税者，必自石壁窜紫泥。是紫泥当作子泥，即古之泥子。"③ 惠、儋等地与中原远隔万里，不仅地理风貌不同，而且借以识时辨路的星象也有所不同，如《六月二十日夜渡海》"参横斗转欲三更"，诰案："海外测星与中原异，盖天水一体，皆高于北，而南去则低也。……若以此较，六月二十日海外之二三鼓时，则参已早见矣。凡此类，公非精核不下，而此句与内地不合，故详论之。"④

---

① 《苏轼诗集》卷45，第2443页。
② 《苏轼诗集》卷39，第2149页。
③ 《苏轼诗集》卷42，第2322页。
④ 《苏轼诗集》卷43，第2366页。

有时因为亲历其地，而更好地理解诗意，如《白水山佛迹岩》案云："此则白水之本状，而诗亦如之也。其中段落，本是难看，诰自亲至其地而后有得。"① 又《同正辅表兄游白水山》案云："此水潨流下注，约百数十丈，截为三潭，句乃象其形也。若仅以潭名之，似未尽其状，故云潭洞。非亲到其地，不见其句之妙也。"② 王文诰的这种注诗方式是不合旧注体例的，但只要有利于诗意理解，一切皆为我所用，由此可见王文诰注释不拘一格的特点。

第四节　王文诰对苏诗句意篇旨的阐释及其特点

和前代注家相比，王文诰不仅释事而且释意，即仇兆鳌所说的"内注解意"与"外注引古"③ 两者兼而有之。总体上，前代注家致力于"外注引古"者多，留意"内注解意"者少，正如阮元所说："然于各注，递为乘除，而贯穿一气，卒无有言其义者"④，王文诰的突破处主要表现在"内注解意"方面。王文诰并不完全遵从已经形成的注释惯例和标准，表现出了较明显的随意性，他在自觉或不自觉中打破了客观与理性的传统苏诗注释风格，形成了"释事""解意""评点"相结合，以诗意索解、诗艺探求为中心的注诗模式，这正是《集成》特立于各注的重要原因。然而，这一点往往被评论家所忽视。以下具体讨论王文诰在苏诗释意和赏评方面的成绩与特点。

对于诗意之理解，王文诰主张熟读精思，如《次前韵寄子由》案云："二诗本旨以不归为归，犹言此区区形迹之累，不足以囿我也。此篇亦照前首分节，熟读自知。"⑤ 又如《次韵子由书王晋卿画山水一首，而晋卿和二首》案曰："公此番入朝，无日不在煎熬中，故未尝作一诗。惟此琴画

① 《苏轼诗集》卷38，第2081页。
② 《苏轼诗集》卷39，第2147页。
③ 仇兆鳌注《杜诗详注》凡例，中华书局，1979，第22～23页。
④ 《总案》卷首阮元序，第7页。
⑤ 《苏轼诗集》卷41，第2249页。

十二首，皆无聊中借以发泄。若熟读总案，参以《破琴》诗叙，如谓不因刘挚而发，将焉往乎！"① 在此基础上，有时简短的评论也颇能启人神思，如《读孟郊诗二首》其二，诰案曰："或以'我憎孟郊诗，复作孟郊语'为谑者，答曰：是所谓恶而知其美也。著此二句，郊之地位固在。此诗笔之妙也。"② 此种解释颇能突破苏轼一味贬斥孟郊的传统认识。王文诰解诗虽然不拘一格，但绝不无的放矢，他的解说每每有较可靠的事实依据，在《六年正月二十日，复出东门，仍用前韵》注中，他说："解杜与解苏不同，杜无考，故易，苏事事有考，故难。邵注为此书，首以钱笺为蓝本，此乃惟知相沿前明陋习，自谓如是，足以迄事，而不知于此集，失之远甚。"③ 正因为王文诰对苏诗的特殊性有较为准确的认识，所以没有生硬套搬杜诗注释的方式，而是表现出自己的创新性。就释意来说，王文诰的苏诗注主要有以下几个方面的特点。

（一）王文诰善于密切联系苏轼当时的处境和心境，在充分了解创作背景的前提下阐释诗意

王文诰决不孤立地理解苏诗，往往将作品置于具体的时空背景下去解读。如《归宜兴，留题竹西寺三首》其二，诰案曰："公流窜七年，至是喘息稍定，势不能无欣幸之意，此三诗皆发于情之正也。故其意兴洒落，倍于他诗。"④ 又如《次韵范淳甫送秦少章》"吾将寄潜沱"，诰案："公自出颍以后，立意不复再入，其后召还，非公本意，故请郡不已也。然其恋恋不置者，独浙中耳。意将丐越一次，即请梓以归，故其说如此也。"⑤ 这种解诗的方法往往使得王文诰对诗意的理解超过他人，如《蒜山松林中可卜居，余欲僦其地，地属金山，故作此诗与金山元长老》"杜陵布衣老且愚，信口自比契与稷"，诰案："公论诗云：子美自比稷与契。人未必许也。然其诗云：舜举十六相，身尊道益高。秦时用商鞅，法令如牛毛。此

① 《苏轼诗集》卷33，第1771页。
② 《苏轼诗集》卷16，第798页。
③ 《苏轼诗集》卷22，第1154页。
④ 《苏轼诗集》卷25，第1347～1348页。
⑤ 《苏轼诗集》卷35，第1893页。

自是契稷辈人口中语。又云：知名未足称，局促商山芝。乃知子美诗外尚
有事在。以上皆公语也。子美以不愚为愚，而公诗仍其意。客有过韵山堂
论诗，谓公诋子美太过者，不觉失笑，因晓之曰：公作此诗在废中。自
'我材本无用'句后，所列数人，皆借以自托，至'暮年欲学'句，即一
概揽归于己，及以'不羁人'入元老，而前已截清，与元老无涉矣。时方
以杜自托，寓与世不合之意，肯诋之乎？"① 如果不是结合苏轼当时的处境
是很难理解苏轼对老杜何以作如此评论，这也就无怪乎有人会认为苏轼
"诋子美太过"了。

（二）王文诰善于分节释意，分段串讲

王文诰解诗注意揭示句与句之间的照应关系、关联作用。如《喜刘景
文至》"尺书真是耗手迹，起坐熨眼知有无"，诰案："此联乃既闻其至，
复见其书，而反疑是梦，皆喜极之词也。细究此层，乃知其首下'天明'
二字，已立意写到此地位矣。"② 又如《正辅既见和，复次前韵，慰鼓盆，
劝学佛》"勿忆齐眉羞"，诰案："此句不专指鳏居，因慰其丧妇，而暗解
释憾事也。羞字亦不泥作馐解，故下云何时放还，便与同归，诗意甚明。
但正辅方从事功名，若因两鳏而遽约同归，似与己之被放者并论，语意不
圆，故下又折出'君方''我亦'二联，以重申之，其意欲补入泛舟事，
但解因即纵壑，义本重出，惟坐实渐字分浅深也。既蹈此矣，率性入'宁
须''犹胜'二联，以自盖其迹，更以'南''北'叠结，遂不可知其故
矣。"③ 与此相关，王文诰还善于分节释意、分段串讲。如《和孔郎中荆林
马上见寄》，诰案："自起句至此一节，所谓旧令尹之政，必以告新令尹
者，言无数句，而和盘托出，明切晓畅。其仁爱恻怛之意，自然流露于齿
颊，讽之而意味无穷，此非他集之所有也。"④

对于有些长篇王文诰根据意思分为几个段落分别进行串讲，如《白水
山佛迹岩》将全篇分为四节分别释意：自开头至"融液相缀补"，"以上八

① 《苏轼诗集》卷24，第1278页。
② 《苏轼诗集》卷34，第1816页。
③ 《苏轼诗集》卷39，第2146页。
④ 《苏轼诗集》卷14，第702页。

句，开拓罗浮数百里境界，其意以为山灵如是作用，将于此结成白水山也。犹之阵雨未至，而云兴雷动，满天布势，皆题前之文。是为第一节"；至"涧谷犹呼舞"，"以上八句，点明白水山，然不肯直叙，却又回绕上文而下，反覆勾勒，以见造化结此奇境不易。此乃白水山正面，是为第二节"；至"掉尾取渴虎"，"此十二句为第三节，其下'我来''戏侮'二句，乃末节之提笔，'饥蛟''渴虎'是叙白水之住处，界限甚明，但以'戏侮'二字作过脉，打成一片也"；至结尾，"以上十二句，自'我来'起，自叙游事，仍用白水作结，以完章法，是为第四节"。在四节分别串讲后，王文诰又总结说："但此四节，特用意处处连络，光芒四射，不露四节之痕，使人读下，在处不可歇气，必读至终篇而止。"① 这种串讲有益于读者，这在查注和《合注》中是看不到的。

（三）王文诰善于以苏证苏，诗文互释

王文诰解诗经常前后照应，相互发明，最大限度地启发读者。如《中秋见月和子由》"明月未出群山高，瑞光万丈生白毫"，诰案："此言月未出时，光无所不备也。凡日月未出，皆有此光，故后作《浴日亭》诗，又有'瑞光明灭到黄湾'句。"② 结合时事阐释诗意，是王文诰经常使用的手法，如《昨见韩丞相言王定国，今日玉堂独坐，有怀其人》，诰案："韩绛出王氏，巩乃绛之嫡表弟也。巩屡为言者所排，而绛不能荐，故前者《和巩谢绛过饮》诗以寄意，此则巩之见排日益甚，而绛终不能有以安之，故云'置之江淮交，信美非所安'。盖谓绛已为自了汉，虽当我而念巩，亦无非杯酒余欢之所及，故云'丞相功业成，还家酒杯宽'，其为巩痛惜之也甚至，特其言隐耳。"③ 王文诰还特别注意诗文之间的互证，如《六年正月二十日，复出东门，仍用前韵》，诰案："公《历陈仕迹状》云：'先帝复对左右，哀怜奖激，意欲复用，而左右固争，以为不可，臣虽在远，亦具闻之。'此段语适当其时，正此句之本意所谓'暗香先返'者也。"④ 有

---

① 《苏轼诗集》卷38，第2080页。
② 《苏轼诗集》卷17，第862页。
③ 《苏轼诗集》卷29，第1544页。
④ 《苏轼诗集》卷22，第1155页。

时王文诰将相同内容的诗文串联起来阐释诗意，如《在彭城日，与定国为九日黄楼之会。今复以是日，相遇于宋。凡十五年，忧乐出处，有不可胜言者。而定国学道有得，百念灰冷，而颜益壮，顾予衰病，心形俱悴，感之作诗》"王郎九日诗千首，今赋黄楼第二篇"，诰案："公作《定国诗叙》云：念昔日，定国过余于彭城，留十日往返，作诗几百余篇。余苦其多，畏其敏而服其工也。又公有《九日和王定国》诗，此二句，亦追忆之词也。"① 此外，王文诰还对组诗之间的相互关系有所阐明，如《和陶拟古九首》，诰案："自此以上四篇，在《文选》诸赋夺胎，脱净《客嘲》、《宾戏》之迹"②；"自此以上三篇，杂述旧闻"③；"自此以上二篇，因出游而记近事也"④。此种解说力图最大限度上为读者理解诗意提供帮助。

同释事一样，王文诰充分发挥自己对苏轼作品及行迹熟稔的特长，对诗意作出融会贯通的解释，这种非孤立的阐释原则使得其解读更切合苏轼本意，避免了一孔之见的偏狭。

第五节　王文诰对苏诗艺术特色的发明

王文诰善于文本细读，对苏诗艺术上独特之处多有发明。苏轼现存诗歌二千八百多首，内容丰富，形式多样，但前人评论其诗多以天才目之，对其诗歌苦心经营、章法独创之处注意不够。受纪评苏诗及当时文章评点的影响，王文诰对苏诗章法、句法等艺术手法层面的特点多有注意，发前人所未发。

（一）关于章法

王文诰既注意苏诗整首诗的章法，又注意某句诗在篇章中的作用。例如《韩干马十四匹》，诰案："此用饮中八仙法，以其板滞，特下最后一匹

---

① 《苏轼诗集》卷35，第1905页。
② 《苏轼诗集》卷41，第2262页。
③ 《苏轼诗集》卷41，第2265页。
④ 《苏轼诗集》卷41，第2266页。

句，变其法也。查注引楼说乱之，遂有十四五六匹之疑，此等注最可恶。"① 前人因为不明苏诗章法而导致诗意歧解。又如《登云龙山》"歌声落谷秋风长"，诰案："通篇著意，妙在有此句一折，故能节短音长也。"② 又《轼欲以石易画，晋卿难之，穆父欲兼取二物，颖叔欲焚画碎石，乃复次前韵，并解二诗之意》"盆山不可隐，画马无由牧"句，诰案："十字通篇主脑，故末四句分承作结。无此关锁，则一诗分作二首矣。公但为诗立局，若必谓扫倒石画，此又小儿解也。"③

苏轼善以文为诗，后人常有阐发，但苏诗对《孟子》文法的借鉴前人论之者少，王文诰指出两者之间的内在联系。如《书王定国所藏〈烟江叠嶂图〉》，案曰："《孟子》长篇多两扇法，老苏有《孟子》批本，而欧阳永叔亦极推《孟子》一书。当时孟子未列从祀，作语孟、论孟诸说以疑之者，不一而足，故其所尚为足贵也。至公则并以取之入诗。如此诗即用两扇法，以上自首句凭空突起，至此为一扇，道图中之景也。"④ 王文诰不但点明苏诗学孟之处，而且结合当时学术风气指出苏轼学孟之可贵之处。又如《王晋卿作〈烟江叠嶂图〉，仆赋诗十四韵，晋卿和之，语特奇丽。因复次韵，不独纪其诗画之美，亦为道其出处契阔之故，而终之以不忘在莒之戒，亦朋友忠爱之义也》，诰案："自首句'山中望日'起，至此为一扇，于叙迁谪中，暗串诗画作和赠主婿。诗从'山中望日'入手，乃迁谪一扇之确据也"；"自'风流文采'句起，至此为一扇，于叙诗画中暗串迁谪。此诗五色炫目，不易分别段落"⑤ 此两扇亦当本《孟子》。王文诰这种细致的章法分析有助于对苏诗艺术特点和诗意理解的深化。

（二）关于结句

结句对一首诗的成败往往起着至关重要的作用，王文诰对苏诗结句艺术常有评析。如《题王逸少帖》"为君草书续其终，待我他日不匆匆"，诰

---

① 《苏轼诗集》卷 15，第 768 页。
② 《苏轼诗集》卷 17，第 877 页。
③ 《苏轼诗集》卷 36，第 1948 页。
④ 《苏轼诗集》卷 30，第 1608 页。
⑤ 《苏轼诗集》卷 30，第 1610 页。

案：“此二句入题作结，而仍收到帖，回翰疾甚，又若扬下者然，故其余韵长也。”① 余韵悠长当为最成功的结尾。又如《正月二十日，往岐亭，郡人潘、古、郭三人送余于女王城东禅庄院》“去年今日关山路，细雨梅花正断魂”，诰案：“此因赴岐亭而念关山也。但本意于末句暗藏路上行人四字，结住道中，读者徒知赞叹，未见其夺胎之巧也。”② 这种发现可谓独具只眼。再如《寄刘孝叔》“应怜进退苦皇皇，更把安心教初祖”，诰案：“时孝叔游心方外，特用‘问道’句留作种子，便于此处收煞。否则，公既未退，而孝叔亦不出，此诗无结处矣。其问道一层，且是孝叔丈当日身分。诗法细密如此，若以谭空当一件事论，即大可笑矣。”③ 苏诗诗法固细，王文诰论之也密。因为王文诰对苏诗过于欣赏，有时不免对其并不成功的结尾有意回护。如《初别子由至奉新作》“何以解我忧，粗了一事大”，诰案：“凡此类语，皆以诗无出路，借作歇手也。若认真当一事看，即为所绐。凡言理学者，指此类为赃证，皆如痴儿为所绐也。”④ 此类结尾无甚深意，不论可也。

（三）关于写题

王文诰不仅注意苏诗结尾艺术，还对苏轼写题艺术有所发明。王文诰对诗题之重要性有充分认识，已如前述，另外他还在《是日至下马碛，憩于北山僧舍。有阁曰怀贤，南直斜谷，西临五丈原，诸葛孔明所从出师也》注中说：“公诗法神变，不可测识，诰读老而后知难。如怀贤阁，是作此诗本旨，而诗中不露怀贤阁，读者须看清此题，方许读诗。”⑤ 读诗之前首先要认真阅读诗题，否则会影响内容的理解。因此，在注释过程中他常常指出内容与题目的照应之法，如《琴枕》“君若安七弦，应弹卓氏引”，诰案：“此二句钓渡‘枕’字以为戏，枯题之法也。”⑥ 虽然题目字

---

① 《苏轼诗集》卷25，第1343页。
② 《苏轼诗集》卷21，第1078页。
③ 《苏轼诗集》卷13，第637页。
④ 《苏轼诗集》卷23，第1228页。
⑤ 《苏轼诗集》卷4，第177页。
⑥ 《苏轼诗集》卷43，第2371页。

很少，但仍暗含法度，很能考验创作者的才力，和八股文中的"枯窘题"相类。

宋人偏重纪事的诗歌爱用长题，并多有序，其实长题与序功能相似，而序又承担着部分题目之功能，于此王文诰有所论述。如《百步洪二首》其一，诰案："此诗以题字为诗，时与参寥同游，故结到参寥，须知后诗夹不进参寥也。叙云一以遗参寥者如此。读者不可不知"①；其二，诰案："此诗以诗叙为题，专咏定国游事，故叙云一以寄定国也。公诗又有专以叙为题者，皆不重题字。每见论者死看题字，不悟其用意所在，故论多掣肘"②。对苏诗这种较为隐秘的艺术技巧的揭示于读者无疑是有益的，不仅能更好地帮助理解诗意，还能充分领略作者的经营安排之妙。

（四）关于句法

苏诗句法多奇幻，不主故常，对此王文诰也有所注意。如《陈季常见过三首》其二，诰案："句法奇幻，非意匠所及，此惟熟游三楚者知之。"③"奇幻"句法有时只可意会不可言传，但对某些特殊的句法王文诰则具体指明。如《和陶答庞参军六首》其五，诰案："此首不辨是情是景，是歌是哭，须看他尽敛淋漓痛快之气，于有意无意中，信笔而挥也。此亦单行到底，尤诗家所难。"④"单行到底"是这首诗的独特句法。

对于有些特殊的艺术手法，王文诰也时有揭示。如《观张师正所蓄辰砂》，诰案："本集小题大做之作，如《雪浪石》云：太行西来万马屯，势与岱岳争雄尊。凡此类者，未易悉数，又岂止此诗乎。晓岚主魏叔子之论，以小题大做，为俗人得意之笔，又以魏为洞见肺肝，宜其少所见而多所怪矣。"⑤"小题大做"对于苏轼来说是寻常事，所以不必大惊小怪。

对苏诗法度的重视，某种程度上是对苏诗整体艺术水准的肯定，体现出王文诰的苏诗观。

---

① 《苏轼诗集》卷 17，第 892 页。
② 《苏轼诗集》卷 17，第 894 页。
③ 《苏轼诗集》卷 21，第 1110 页。
④ 《苏轼诗集》卷 40，第 2225 页。
⑤ 《苏轼诗集》卷 20，第 1062 页。

第六节　王文诰苏诗注的历史价值

通过以上论述可以看出，王文诰苏诗注的主要成绩表现在对旧注的取舍、事实的精确考订、句意篇旨的阐发和艺术特色的发明等方面。王文诰注诗善于扬长避短，在前人的基础上开拓了新领域。王文诰的苏诗注在整个苏诗学史上具有不容忽视的地位，其价值主要表现在以下两个方面。

第一，王文诰在注释方法上多有开创，这对于诗歌注释具有普遍意义。王文诰注苏诗主张立足本集，不管是事实考订还是诗意阐发都应首先寻找内证，惟有如此才能使事实和诗意获得确解，提高注释的深度和精度，同时也能为读者提供最为直截了当的帮助。旧注着力点在释典、释事、释地及诗句出处方面，追求以古证今，因此对文本自身的关注不够。苏集浩如烟海，是一个不可分割的整体，古典与今典、此事与彼事常常交错联系，如果不是对整部苏集了然于胸，有时很难做出正确注释和准确判断。王文诰对整部苏集十分熟稔，在事实取舍、释事释意上往往能左右逢源而突破前注，这对于所有诗歌注者具有普遍的启发意义。另外，王文诰注意前后诗之间的联系，并善于彼此互证，这种方法不仅于注者有益，而且对读者理解也有很大帮助。

第二，王文诰的注释实践为后人提供了一种新的诗歌注释理念，那就是不将注释看成纯粹的文献之学，而是文献考据与文学批评并重之学。严谨的注家往往只注不释，根据中国古老的"诗无达诂"的诗歌阐释原理，一首诗歌可能有多种解释，因此注家对诗歌进行阐释是一种危险的行为，很容易遭到后人的反驳乃至唾弃，这一点可以从《文选》五臣注的不幸遭遇中获得证明。既然吃力不讨好，后代注家自然就只专心注事，将释意批评的任务完全交给了读者，苏诗注释一直持续着这种稳妥而保守的方式。例如查慎行，虽然他对苏诗的理解多有出奇创新之处，但他并没有将自己的一得之见纳入《苏诗补注》，而是单行成集，注中所显示的是他颇见功力的地理释证，这于他自己和注本本身都是安全的，也是符合当时的注释规范的。

苏诗注释并不是一个封闭的系统，它必然会受到当时整个注释风气的影响。杜诗是苏诗之前的一座大山，而杜诗注在不断寻求突破，并产生了不少成功范例，不可能不对苏诗注释产生影响。《杜臆》《钱注杜诗》《读杜心解》等都在理念上和实践中超越了传统注释，这是注释之学向前发展的必然选择。恪守旧注门径、不夹杂个人评论的客观征引式的注释方式在清初期后越来越显得不合时宜，又因为传统注释内容的有限性，这种注释可以发挥的空间越来越小，并逐渐失去活力。

王文诰在注释理念方面有自觉的追求，他说"然自有所业，意在扩闻见、通精义以为用，不以补苴典实为专务也"①，这也是时代风气使然。仇兆鳌的《杜诗详注》综汇众说，搜罗各家注、评、释之精粹，成集大成之作，这一点对苏诗注者具有启发意义。王文诰的苏诗注本号称"集成"，其实他对旧注之搜罗并没有超出冯应榴的范围，并且多承袭《合注》。何以称"集成"？其所谓"集成"不仅指汇"编""注"而成，也仿《杜诗详注》之体例，将"注""评""释"综为一编。

----

① 《总案》凡例，第34页。

第三章

王文诰苏诗编年平议

　　苏诗最早编年注本是宋施注本，清代查慎行又在宋施注的基础上进行了改编。王文诰一生致力于苏诗整理和注释，其用力最勤之处便是考察苏轼行迹、确定苏诗编年，并撰写了长达四十五卷的《苏文忠公诗编注集成总案》，对包括诗、文、词在内的大多数苏轼作品进行了最大限度的编年。王文诰的苏诗编年以查慎行的《苏诗补注》为底本，但其编年意见不只针对查本，还兼及宋施注本和冯应榴注本。王文诰的苏诗编年有不少突过前人的地方，当然也存在不少问题，以下就此展开论述。

第一节　王文诰对前代苏诗编年的因革

　　宋代施元之、顾禧、施宿的《注东坡先生诗》共四十二卷，其中《帖子补遗》一卷，《和陶诗》二卷，其编年诗共三十九卷。此书完成不久，施宿因舞弊案遭抄家，所刻之书沦为池鱼，因此后世流传甚少，元明两代几无传本。康熙三十八年（1699），宋荦在江苏巡抚任上，四处搜求，得残帙三十卷，所缺十二卷分别为卷一、卷二、卷五、卷六、卷八、卷九、卷二十三、卷二十六、卷三十五、卷三十六、卷三十九和卷四十。宋荦委托门客邵长蘅等参考分类注，补齐所缺篇帙，重新刊刻，至此宋施注才重见天日，但邵长蘅等人对宋施注进行了大量删削，失原本之真，招致后代注家的严厉批评。

查慎行一生酷爱苏诗,但他在对苏诗进行编注的初始阶段并没有目睹宋施注本,清施注本也没有刊刻,因此他的编年起初具有较强的独创性。在《苏诗补注》成书的前一年,查慎行至京城才得见清施注本,但他对其评价并不高,后又从别处借得宋施注影钞本,据此对编注进行了调整,然时间较为仓促,最后《苏诗补注》成五十卷规模,其中编年诗四十五卷、《帖子口号》一卷、《他集互见诗》两卷、《补编诗》两卷。后来冯应榴综汇各家注成《苏文忠公诗合注》,就注释来说具有集成性质,在编年方面虽然冯应榴也多有驳正,但他态度极为审慎,只对确凿无疑的两篇进行了调整,其他一仍查注。① 王文诰一生浸淫苏诗长达近四十年,② 他的《集成》在《合注》成书二十多年后刊行,乃在《合注》基础上,辨伪存真,删繁就简,其自注和引纪晓岚评语皆以“诰案”二字标明。关于编年,王文诰虽也承袭查编的总体格局,③ 但在具体篇目的调整上用力甚勤,他不但对查编、施编进行了全面考察和驳正,还针对《合注》对查编的驳正意见一一进行了回应,将苏诗编年向前推进了一大步。

具体来说,王文诰的《集成》删去查编《他集互见诗》和《补编诗》各两卷,成四十六卷规模,前四十五卷为编年诗,第四十六卷为《帖子口号词》,除了删削和补入正集部分,《集成》和查注本各卷规模大体相当。④ 王文诰将他的苏诗编年分为几种情况:

> 凡四十五卷中,有施注原编尚误,而查注、合注并从误者,有查注改编反误或经合注驳正及从误未知者,有原编、改编俱误而合注从其一者,有合注苛驳致此诗两无归宿者,有查注补编续补遗之误,或经合注驳正及从误未知者。其类繁多,不能尽举,今皆据本集考定,

---

① 按:冯本惟改编《新城道中》《次韵送张山人归彭城》二首。(见《苏轼诗集》卷1,第3页。)

② 王文诰在《总案》中说:“于本集求之,几四十年。”(《凡例》,第25页。)

③ 有些卷次王文诰也有微调,他说:“本注虽用查编分卷,间有改易。如十二卷《除夜》诗后,又编十一首,概谓尽十二月作,不能不改也。”(《总案》凡例,第20页。)

④ 可参王友胜《苏诗研究史稿》,岳麓书社,2000,第275~277页。

分别改编。①

以此为基础，我们可将王文诰对苏诗重新编年和改动的情况分为七类：一是施编误，查编从误者；二是施编误，查改编亦误者；三是施编不误，查改编误者；四是施编无，查补编误者；五是王文诰最新补入正集者；六是王文诰从正集删除者；七是和陶诗的编次。以下结合列表分别进行说明（各表见本章末）。

查注编年诗四十五卷，在施注编年诗三十九卷的基础上更加精细，但承变中有不少失误，经王文诰指出者主要有三类：一是施编误，查编从误者（见表1）；二是施编误，查改编亦误者（见表2）；三是施编不误，查改编误者（见表3）。在这三类中第一类所占比重较大，这一方面固然有施、查失检之处，但更重要的是王文诰执行了更为严格的编年标准，对此下文将有详论。第二类和第三类情况较少，但尤为可贵。王文诰编年不崇旧说，在全面考察的基础上，综汇众说，辨伪存真，为我所用。如《神宗皇帝挽词三首》（见表2：6）查慎行云："按《宋史》，神宗崩于元丰八年乙丑三月戊戌。先生奉讳时，方在南都，《挽词》必此时作。施氏注编入五月以后，似失次第。"冯应榴不同意查说，榴案曰："或曰诗作于上谥之后。施注所编自不可易也。"②王文诰首先驳正冯氏以"上谥"说支持施编于时间、地理皆不合，之后部分肯定查说"《挽词》确为南都所作，诗意显见"，但接着又说："然定谥究无明文可据，如仍施编列入归常，则诗旨全失，或仍查编置之《扬州竹西寺》诗前，则哀挽甫毕，遂有花鸟欣然之作，此属必无之事。改编南都，复为合注上谥之说挠败。"最后他颇为得意地说："今考公在南都，为张方平代作《荐斋文》，已称神宗皇帝，为定谥之明文，……使诰不能悉心检出为据，则此词三地皆不可编。"③王文诰虽有自吹自擂之嫌，但编年更为合理，理由也更充分，纠正了施编和查改编的失误。

---

① 《苏轼诗集》卷1，第3页。
② 《苏轼诗集合注》卷25，第1279页。
③ 《苏轼诗集》卷25，第1337页。

第四类是查慎行从他集补入正集而宋施注本所无者（见表4），其来源主要是邵长蘅所整理的《苏诗续补遗》（上、下卷）。《苏诗续补遗》（简称"《续补遗》"）是宋荦从《东坡续集》、《重编东坡先生外集》（简称"《外集》"）及分类注本中辑得而宋施注本所未收的诗，共466首。宋荦嘱冯景作注，分两卷附于《施注苏诗》四十二卷之后。① 冯景对这些诗只注不编，张道称其"错杂收录，不复编年，殊与施氏本左庚"。② 查慎行将这些诗采出，除少数据《外集》编年（如表4：7、12、14、16 等），大多数是首次编年，具有开创之功，王文诰对这一部分诗多有辨正。如《真兴寺阁祷雨》和《攙云篇》两篇，对于前篇查慎行曰："真兴寺阁，凤翔八观之一也。子由赋叙（按：指苏辙《登真兴寺楼赋》）云：季夏六月，子瞻与张户曹琥同游真兴寺，晚登寺后重阁，东南望五丈原，原上有白云如覆釜，慨然思孔明之遗迹，作书与辙曰'可以赋此。'则此诗当亦癸卯六月所作。"③ 对于后者查云："施氏原本不载，《外集》类编第三卷，凤翔时作也。"④ 王文诰将两诗联系起来考察，认为"公从宋选祷雨作也。查注、合注均指张琥，误甚"。又"总案云：诗有'太守亲从千骑祷，神翁远借一杯清'句，明言宋选祷雨，而往取漱水也。本集既有代宋选《乞封太白山神状》及《太白山神记》可考，应编诗七年三月"⑤。又在《攙云篇》叙中案曰："公初与百姓数千人，待于郊外，因祷真兴寺阁，入城。至是，祷毕，又复出城，故云'自城中还道中'也。"⑥ 王文诰引用内证进行编年，极具说服力，可信从，孔凡礼先生所作《苏轼年谱》即从此说。⑦

第五类为查编正集不载，王文诰首次纳入四十五卷编年诗者（见表5）。王文诰从查慎行、冯应榴《补编诗》中引入正集者共十五首，有些是王文诰根据查慎行的意见，又据自己的考订入集（如表5：7、11、12、

① 王友胜：《苏诗研究史稿》，岳麓书社，2000，第207页。
② 张道：《苏亭诗话》卷4，清光绪十九年刻本。
③ 《苏轼诗集合注》卷4，第168页。
④ 《苏轼诗集合注》卷4，第174页。
⑤ 《苏轼诗集》卷3，第140页。
⑥ 《苏轼诗集》卷3，第141页。
⑦ 孔凡礼：《苏轼年谱》，中华书局，1998，第105页。

13）。其中有些可以定编，有些则从类而编。

第六类为王文诰从查本正集删除者（见表6），共57首。① 他在《凡例》中称："虽有确考不当入集者，改列总案。此外，未录及合注附益诸诗，要之搜剔净尽，纵有完作，皆与本集气体不类，今皆删去，以杜炫假之弊。"② 所删者大多是查慎行从清施注本《续补遗》补编入正集的作品，其中不少冯应榴已确信或怀疑其为伪作（如表6：4、13、15 等），王文诰一般会根据冯应榴的意见而删除，但大多数情况王文诰并没有说明删除原因。有些删除篇目在《总案》中已经"确考"为真作，如《岩颜碑》和《永安宫》，但并没有具体说明"不当入集"的原因。

第七类为和陶诗的编次（见表7）。苏轼《和陶诗》最初单独成集流传，因此宋代分类注本不收《和陶诗》，宋施注本将《和陶诗》107 首分两卷编在卷四十一、卷四十二，不编年，清施本从之。查慎行首次将和陶诗纳入编年正集，对136 首和陶诗进行了大概编年，王文诰在查编的基础上对和陶诗的不少篇次进行了调整。③ 有些可以信从，如《和陶读〈山海经〉（十三首）》（见表7：3），查编于绍圣三年五六月间惠州作，诰案曰："此十三诗，其首句云：今日天始霜，众木敛以疏。此秋后作也。查注编下卷绍圣三年四月《迁居》诗后、六月两桥毕工诗前，误为夏中之作。"之后分析查编理由："盖其处有《和子由菖蒲花》诗，而《栾城集》、《菖蒲花》与《和山海经》同编，查注据此，故亦以《山海经》诗置《和菖蒲花》后也。"然后辨查编失误之由："考《栾城集》题菖蒲开花，其子远因子由生日作颂，故子由作此诗，乃二年二月之事。其后即《山海经》诗。又其下为法舟自惠还过高安之作，考法舟三年正月，始自惠还过高安，则此诗作于三年二三月也。查注以公之《山海经》诗篇入三年五六月，是公诗未作，而子由先已和韵，可乎？"最后又提出旁证："且是年之

---

① 孔凡礼点校的《苏轼诗集》将其纳入卷四十七《补编古今体诗六十七首》。

② 《总案》凡例，第21页。

③ 和陶诗篇目数量几个注本有所不同，王文诰在《和陶饮酒二十首并叙》中案曰："王注和陶独不分类，亦无笺注，计和陶诗一百二十四首、《归去来集字》十首、《和归去来词》一首，其诗数与邵注、查注合，与施注不合。独又误入元祐五年十月所作《问渊明》一首，则诸注所无也。"（《苏轼诗集》卷35，第1881页。）

冬，公与程正辅书云：和陶韵盖有四五十首。而查注仅编三十三首，其误审矣。今定为二年秋后作。"① 王文诰改编较之查编更为合理。但由于和陶诗本身所能提供的编年信息较少，因此有些编年显得证据不够充分，如《和陶乞食》（见表7：11），王文诰仅据"幸有余薪米，养此老不才"一句改海南为惠州作，理由不够充分，似此还有不少，值得进一步讨论。

除附表所统计王文诰明言改编理由的篇目外，另有从类改编而没有标明改编理由的篇目还有不少。王文诰的苏诗编年虽然存在一些错误，或者武断之处，但大多可以信从，其编年表现出较为明显的特点，以下就此问题作进一步的论述。

第二节 王文诰苏诗编年的特点

王文诰的苏诗编年之所以在施编和查编的基础上还能有所推进，与其编年的标准和编年方法有密切的关系，体现出较为显著的特点。

（一）务求精细

对施、查两家的编年，冯应榴认为："编年胜于分类，查本似更密于施顾本。但《后集》五家注本编年犁然不紊，施顾本每卷排次亦撮举大纲，最为得当，邵长蘅列言中已言之。查本细分年月，转欠审确。"② 看来冯应榴是不主张过细编年的，邵长蘅也持同样的观点，但王文诰的看法却与他们不同，并对此种意见提出严厉批驳。

> 邵注谓施注去公未远，其诠订先后，仅识大略，不屑屑排缵年月，如黄鹤、鲁訔之编杜，取讥后世。其说谬甚。杜陵诗外少文，传内无事，惟当以诗传选注为法，如欲排缵年月，则虽至德、元载前后数年，尽以唐书附会，而不足矣。邵注于杜，奉钱逆为主梟，载在凡例，而于本集，并未开卷，故其浩如烟海之文，昭然累朝之绩，皆眡

---

① 《苏轼诗集》卷39，第2129～2130页。
② 《苏轼诗集合注》凡例，第2641页。

習不知，率尔轻议。且杜以诗法为诗，公又兼以文法，观杜之题小序及所为文，其不兼用文法审矣。公则伸缩变化，于诗文之间，隐显不常，迹皆实据。使注杜诸家移其技以注苏，如童子入塾，问学一新，不能游刃而有余也。合注谓施编撮举大纲，最为得当。查注细分年月，转欠审确。此因掩护施短，借邵攻查，亦以已驳。查编多悬宕，不断改定，故模棱以自。盖查注刻意求进，失之犷锐，岂今女画者所可比哉。自诣创立总案，排缵年月，密于查注百倍，而后发明其诗，多有突过前注者。此途既辟，后之人自当于见到地，益求其进。今若去其门庭，弃其相与所窥美富，逐诸注彷徨路歧中，而进退涩缩，问所由径，以徇注杜饰说，不亦惑乎。①

王文诰认为，不能以杜诗编年标准来要求苏诗编年，两者不可相提并论，其理由主要有两点：一是杜甫"诗外少文，传内无事"，难以"排缵年月"，苏轼则文多事繁，可考者多。二是杜甫"以诗法为诗"，难以确考，苏轼则兼用文法，"伸缩变化，于诗文之间，隐显不常，迹皆实据"。基于对苏诗特点的认识，王文诰对苏诗编年不主张"撮举大纲"，而是力求精确。其苏诗编年不仅辨年月，而且别日期，还调整篇次，寻找一切编年的证据，调整旧编不够准确的编年。

王文诰有大刀阔斧的改编，如《黄河》（见表4：22），查编卷二嘉祐五年庚子作，王文诰新编入卷三十七绍圣元年四月作，前后相距三十四年之久。但更多的是近期年月的调整，如《次韵子由柳湖感物》（见表1：4），查编卷七熙宁四年冬初至杭州作，王文诰编卷六熙宁四年七月陈州作。又如《赠上天竺辩才师》（见表2：2），施编密州作，查编卷七熙宁五年杭州作，王文诰编卷九熙宁六年六月杭州作。其中最值得注意、最能体现王文诰编年追求的是对篇次的调整，其范围缩小在几日内。如《雪后书北台壁二首》（见表1：9），首先确定此诗为熙宁七年十二月作，然后说："据施注，误编此诗在《除夜赠段屯田》诗后。查注于《除夜》诗

---

① 《总案》凡例，第22页。

后，照施注编若干题，并云尽七年十二月作。"① 既然是尽"十二月"作，《除夜》之后就不应编入他诗，此属查注没有细检所致。又如《昨见韩丞相言王定国，今日玉堂独坐，有怀其人》（见表 1：16），查编同卷《和王定国倅扬》诗前，王文诰则编《和王定国倅扬》诗后，并在句中注曰："韩绛出王氏，巩乃绛之嫡表弟也。巩屡为言者所排，而绛不能荐，故前者《和巩谢绛过饮》诗以寄意，此则巩之见排日益甚，而绛终不能有以安之，故云'置之江淮交，信美非所安'。盖谓绛已为自了汉，虽当我而念巩，亦无非杯酒余欢之所及，故云'丞相功业成，还家酒杯宽'，其为巩痛惜之也甚至，特其言隐耳。"② 王文诰以诗意的会解来确定编次，方法独特，可备一说。王文诰对此类细微的编次调整并没有一一注明，他说："今凡似此编次，必当略为移易先后者，一集不可胜计。如逐题分晰注明，则此前彼后，纷纭参杂，终不了了，有考较者，检对各注目录自知。"③ 王文诰认为这样锱铢必较地调整编年是有意义的，对于诗歌的理解是有帮助的，所以乐此不疲。

（二）重视从本集寻找内证

由于王文诰追求更加细密的编年目标，所以他尽力综合运用各种编年方法从本集寻找编年依据。传统编年注重从他集和史书中寻找编年线索，王文诰也尽可能地使用这些编年方法，如《和吴安持使者迎驾》（见表 4：21），据《合注》引《续资治通鉴长编》改编；也有据子由集改编者，如《次韵杨褒早春》（见表 1：1）；还有从他集寻找依据者，如《二月十六日，与张李二君游南溪，醉后，相与解衣濯足，因咏韩公〈山石〉之篇……》（见表 5：3），据朱熹《韩文考异》已引此诗为证定编。但统观王文诰的改编方法，他主要从苏轼本人诗文集和苏轼一生行迹的细微处寻找编年依据，有时直接根据诗的气类、风格来确定编年，这是王文诰编年的一大特点。

---

① 《苏轼诗集》卷 12，第 603 页。
② 《苏轼诗集》卷 29，第 1544 页。
③ 《苏轼诗集》卷 12，第 603 页。

　　王文诰善于品读苏诗,他往往能从诗句中发现编年的线索,如《新葺小园二首》(见表5:1),诰案曰:"此二诗,外集谓凤翔作。查注从邵本收入续采诗中,今补编入集。"然后在第一首"使君尚许分池绿"句下注曰:"使君谓宋选也。《次韵子由岐下诗叙》云:各为一小池,皆引汧水。盖此水引于府廨也。"又在"邻舍何妨借树凉"句下注曰:"邻舍,乃东邻也。借树,谓邻多白杨也。详后《轩窗》诗注。"接着王文诰又在第二首首句注曰:"前诗有'北池近所凿,中有汧水碧'句,即此池水也。所植各树,并见后诗。"又在"西邻幸许庇甘棠"句下注曰:"签判廨宇,在府之东,故以宋选为西邻也。如府帅已是陈公弼,即无幸庇之词矣。"① 这是王文诰通过细密的分析,根据诗句所提供的人、物线索来确定编年之例。再如《和陶怨诗示庞邓》(见表7:27),诰案:"此诗有'如今破茅屋,一夕或三迁,风雨睡不知,黄叶满枕前'诸句,以《停云诗叙》'立冬风雨无虚日'之说合观,则绍圣丁丑十月作也。如谓后两年秋冬作,公已在新居,何至破败若是哉?"② 这是根据苏轼的生存境况来确定苏诗编年之例。又《李行中秀才醉眠亭三首》(见表1:8),诰案:"此诗施编在《何充》、《回先生》二题之后,误。考《赠何充》诗,作于苏州,《回先生》诗,作于常州,而醉眠亭在淞江也。据题,似当改编淞江。但是时李公择守湖州,刘孝叔湖人也,方家居。陈令举在杭。公临发,初不拟赴湖,有《与公择书》云:'深欲一到吴兴,缘舍弟在济南,须急去,遂不得一去别。''孝叔丈,无缘一别,且乞致意。''陈令举相次去奉谒。'其后公与杨元素、张子野、陈令举同至湖州,遂与刘、李有六客之会,此又意外之事,而与此书情事相合。《书》又云:李君行时,不及奉书。此乃李行中亦在杭州先公至湖之证。故李公择、张子野、陈令举皆有《醉眠亭》诗,是公诗亦同作于湖州也。"③ 此乃以文证诗之例也。总之,王文诰之改编善于挖掘内证,并且能够前后连贯确定时地,因此多有创获。

---

①　《苏轼诗集》卷3,第121~122页。
②　《苏轼诗集》卷41,第2271页。
③　《苏轼诗集》卷12,第585~586页。

（三）全面辨析前代注家的意见

王文诰对旧编成果进行了全面整理和继承，其关注点不惟施编和查编，还对《合注》和其他编年中疑而未断之处多有辨析。有查慎行有疑而无改编者，如《送杭州杜、戚、陈三掾罢官归乡》，查注曰："三掾罢官，乃熙宁五年事。此诗似应编入上卷。或罢任在五年冬，而去杭则在六年秋耳，故编次仍依原本。"诰案则云："凡举劾参处，必定谳始议上，至其往复文字甚缓。此狱以杖改决杀，法司必再三驳诘而后定，其文字更缓矣。《诗案》乃五年承勘，非五年冲替，查注此中茫如，故其轻议者多，若编五年冬月，即大可笑矣。"① 有修正《乌台诗案》者，如《往富阳新城，李节推先行三日，留风水洞见待》，诰案："与李佖三诗，皆六年同时作，《诗案》误作七年。是时公在常、润赈饥，并不在杭也。"② 有辨正《合注》不确或疑误者，如《过子忽出新意，以山芋作玉糁羹……》（见表2：9），诰案："合注谓难确定海外者，非是。盖是时，公所食物惟芋，过真无以为养，故变此方法也。子由每称过孝，以训宗族，登之史传。孝不可见，所可见者，类如此矣。食芋饮水，《墓志》明载昌化买地筑室之后。此即海外实录。"③ 又《和王晋卿送梅花次韵》"明年我复在江湖"，句下注曰："公是时尚无出守之事，其诗意谓今年必去，则明年定在江湖也。合注谓诗必作于三年屡乞郡时，始可与明年合，其意指公四年出守。是公已知四年必出守也。进退恩命，皆朝廷主之，岂人臣所可预必哉？公正以不能遽去，故且云明年也。必如是解此句，方是活句，若因苟查注而误诗，此则必不可也。"④ 总之，王文诰对前注中所涉及编年的问题皆有考察，并提出自己的意见，虽然有些并没有改变编次，但这些辨析为后人的苏诗编年提供了重要参考。

---

① 《苏轼诗集》卷10，第510页。
② 《苏轼诗集》卷9，第431页。
③ 《苏轼诗集》卷42，第2316页。
④ 《苏轼诗集》卷31，第1636页。

第三节　王文诰苏诗编年之不足

王文诰在苏诗编年上花费了大量心血，他也将编年看成自己的重要成果。但毋庸讳言，他的编年存在不少问题，这些问题产生的原因有些是方法的失当，有些是条件的制约，有些则是学术态度的问题。前人对王文诰的不满主要集中在注释方面，编年方面的问题同样需要讨论。

由上论可知，王文诰编年重内证，善于从诗句中寻找编年线索，这种方法自有其精细、可靠等优点，但如果将其发展到极端，仅凭诗意和诗风来判断编年，穿凿和失误则不可避免。如《和陶和胡西曹示顾贼曹》《和陶酬刘柴桑》《和陶戴主簿》三诗（见表7：12、13、38），王文诰在查编的基础上将三诗分编各处，并在第一首题下注曰："此诗悼朝云。"① 又在第二首题下注曰："又考《和刘柴桑》诗，乃儋州卜居之作，当改编戊寅。其《酬刘柴桑》诗，乃白鹤新居莳植之作，当改编丙子。彼则经营况瘁，此则从容自得，以其境遇不同，故诗之气质，亦绝不类也。又《酬刘柴桑》，有'穷冬出瓮盎'句，与林抃送花木事相合，当作于此时也。兹为改编。"② 在第三首题下注云："《和陶戴主簿》一诗，与前和《西田获早稻》、《下澨田舍获》二诗一辙，前则方事锄冶，此则乐其所成。而时已冬杪，故云'岁将穷'也。查注原编此卷之末，即为己卯，今既改定前二诗于卜居之后，此诗当改编戊寅，取其气类相通也。"③ 但据孔凡礼先生考订，宋刊本《东坡先生和陶渊明诗》卷四《和陶西田获早稻》《和陶下澨田舍获》《和陶戴主簿》《和陶和胡西曹示顾贼曹》《和陶酬刘柴桑》五诗连载，④ 并且《和陶西田获早稻》有小引云："小圃栽植渐成，取渊明诗有及草木蔬谷者五篇，次其韵。"⑤ 由此可知，五首作于同时，即元符元年四

---

① 《苏轼诗集》卷40，第2205页。

② 《苏轼诗集》卷40，第2216页。

③ 《苏轼诗集》卷42，第2317页。

④ 孔凡礼：《〈苏轼诗集〉编次订误》，《社会科学战线》1988年第4期，第333~334页。

⑤ 《苏轼诗集》卷42，第2315页。

月苏轼在海南筑屋五间后，不应分开。王文诰认为第一首"悼朝云"、第二首为"白鹤新居莳植之作"，因此将二者编为绍圣三年作，皆误。但第三首他据诗意、气类所作的编年判断大致不差，只是前又加入一首《过子忽出新意，以山芋作玉糁羹，色香味皆奇绝。天上酥陀则不可知，人间决无此味也》，失原本之真。

从以上三诗的误编可以看出，在没有旁证材料的情况下，全凭诗意和诗风来判断编年的方法并不十分可靠。在王文诰的苏诗编年中类似情况还有不少，如《次韵和子由闻予善射》（见表4：7），仅凭"岂信边隅事执羲"一句而改编为治平元年作。[①] 又如《寄周安孺茶》（见表5：8），据"自尔入江湖"与"外慕既已矣，胡为此羁束"句断为黄州作。又如《和陶赴假江陵夜行》据诗作情境改编。[②] 这些改编理由不够充分，似可再议。

王文诰对苏诗编年主要依据苏轼和苏辙作品[③]及《宋史》等习见材料，对于其他的材料很少引用，不少只是在他人所引材料基础上重做判断。如《司命宫杨道士息轩》与《葛延之赠龟冠》二诗，王文诰在《总案》"龟冠诗赠别"句下注曰："此诗，各本不载。查注据葛立方《韵语阳秋》及《梁溪漫志》、《诗话总龟》诸书收入《续采诗》中，延之，乃立方三从兄也，今改编入集……补编杨道士《息轩》、葛延之《龟冠》二诗，皆无年月可考。故附载于内迁之前云。"[④] 在此，王文诰并没有提出新的证据，只是根据查慎行的引证材料就将二诗从查《补编诗》中引入正集，其编年态度显然不如查慎行严谨。王文诰编年重视内证，一方面是因为他熟稔苏集，并且这方面前人重视不够，尚有开发之余地；另一方面则是客观条件的制约。王文诰的苏诗编注工作主要在他三十年游粤漂泊期间完成，书籍的使用受到很大限制，他曾说："甲子，马苇舟退闲越秀山下，拥书五屋，

---

① 《总案》卷5，第184页。
② 《总案》卷41，第718页。
③ 王文诰曾得古本《栾城集》，并与苏轼集对读，"一日重过江阴，弭棹虞山下，邻舟有吴兴贾，载书求售。得古本《栾城集》，即于舟中读之。自江阴还，复随先君再至太仓，避暑刘河别业。先君体稍复，累月无事，而无书可读，遂专讨二集。凡集中见有诗之本事，注所失载及抵牾者，辄写于高头，渐又缩蝇头，写于夹缝中。"（《总案》凡例，第34页。）
④ 《总案》卷43，第755页。

旧雨再盟，质疑相难，自是征揽差备。然独阙北宋文集。所有凌杂者十余种，皆非其类。粤坊惟苏、黄为备，而欧、曾已不足观。向与王梦楼同泊金阊，其舟中所置欧原本，公撰序，载有年月，及为编序，始需之。而寻求累年，粤皆选本，并无此序。其余司马、刘、孔、张、陈、秦、晁诸集，例皆无有。由于资重而道远，群籍之所不至耳。"① 这导致了王文诰编年重本集轻他集和注释方法相对单一的缺点，而王文诰又喜欢下断语、定编年，其改编篇目中不少都有待进一步考订。

经孔凡礼先生指出，除上引三首和陶诗外，还有三首属误编，分别是《和王晋卿并引》（见表1：23）、《过泗上喜见张嘉父二首》（见表4：11）、《正月八日招王子高饮》②（见表5：9），其中《过泗上喜见张嘉父二首》则是查编不误王文诰改编反误者。编年和注释不同，注释可据所获得材料多少而行，编年求的是确证，当证据不足时，是不能轻下结论的，这方面王文诰的做法有不少草率之处。

王文诰的苏诗编年采纳很多前人成果，其中对冯应榴成果的吸收和态度问题值得讨论。冯应榴的着力点虽然在注释方面，但他在苏诗编年方面也有不少成果，这些成果大多被王文诰采用。据附表统计，王文诰根据冯应榴意见进行改编、删除者在三十首以上，绝大多数王文诰在注文中标明据冯应榴意见改编，表现出较为严谨的学术态度。如《章质夫寄惠〈崔徽真〉》（见表2：4），诰案曰："此诗，施编徐州卷熙宁十年八九月间大水危城之时，本属不当。查注据宋景濂跋，以为元祐二年章粢知庆州所寄，改编在翰林时。合注谓章粢知庆州，《长编》载在六年。宋跋不足为据，应仍编徐州卷，以公在徐州时，尝为章粢作《思堂记》故也。今改编于此。"③ 也有根据冯应榴意见而略作补充者，如《次韵子由除日见寄》（见表4：2），榴案："汴京与凤翔相隔，子由于京都除日所寄，则和章必在下年，但下首即是二月，中间又无他诗，则编此亦合。"④ 诰案云："此诗施

① 《总案》凡例，第35页。
② 孔凡礼：《〈苏轼诗集〉编次订误》，《社会科学战线》1988年第4期，第328~331页。
③ 《苏轼诗集》卷16，第798页。
④ 《苏轼诗集合注》卷3，第103页。

编不载，查注从邵本编本年之末，合注已驳之，今移编于此。"① 又在《总案》中说："诗有'诗成十日到'句，应编于此。查注据子由原题，编辛丑之末者，非是。"② 有时，王文诰在注文中没有明确指出依据《合注》改编，但在《总案》中有所说明，如《滕达道挽词二首》（见表1：17），榴案："《长编》元祐五年十月载：滕元发卒，……又案：元发既卒于元祐五年，则先生挽词不应编入七年。今姑仍查氏之旧。"③ 王文诰据此言："此二诗施编在帅扬卷中，误，今改编于此。"在《总案》中指出改编的依据："合注明知施之误，辄委之于查，尤非，今驳正并改编。"王文诰本依据《合注》改编，但发无端指责，这一点确实不够厚道，让人厌恶。王文诰虽明言"合注不任编责"④，但他对冯应榴的编年意见颇多苛责。此类例子还有，如《韩康公坐上侍儿求书扇上二首》（见表4：19），榴案："惟《七集》本《续集》以'一一窗扉'一首为《书扇》诗，以'窗摇细浪''昔日双鸦'为《杂诗二首》，补施注本从之，故查本亦仍之。但据《侯鲭录》所云，似《七集》本有误。今从王本、旧王本、《外集》本。"⑤ 诰案据此曰："今考《侯鲭录》，乃三年正月十六日事，合注既从其说，复如查编上年冬杪，自为矛盾。"⑥ 其实冯应榴用"似"表明他对《侯鲭录》的记载并不十分确信，所以说得不很肯定，更没有据《侯鲭录》的记载改订编年，更何况即使有充足的把握冯应榴也遵从查慎行编年次序（除上所指明二诗外），这是其注本体例。王文诰从冯应榴所提供的线索中重新改订编年已有粗率之嫌，指责《合注》更属无理，于此无须回护。但是还应看到，王文诰并没有刻意隐匿、剽窃冯应榴的成果，这两点不可混为一谈。

　　施注、查注、《合注》和《集成》具有很强的前后因承关系：查注以施注为基础，《合注》以查注为基础，《集成》以《合注》为基础。后注

① 《苏轼诗集》卷3，第119页。

② 《总案》卷3，第158页。

③ 《苏轼诗集合注》卷35，第1795页。

④ 《总案》凡例，第13页。

⑤ 《苏轼诗集合注》卷30，第1565页。

⑥ 《苏轼诗集》卷30，第1565页。

在继承前注的同时，也针对前注的失误和不足多有指瑕，有时不免出现语词激烈、抬高自己贬低前注的失当之处，这在清代三大家注中都不乏其例。但王文诰对前注（主要是《合注》）的攻击却引起了冯应榴之孙冯宝圻的强烈不满，引发了一场至今悬而未决的文学史公案，对此案之判定，下章详论。这里想要说明的是，冯宝圻批评王文诰"阴据之而阳鳖之"①，就编年来说"阳鳖"是属实的，王文诰对冯应榴的编年确实有不少苛责，但王文诰并不存在刻意隐瞒或恶意剽窃冯应榴成果的行为，"阴据"之说并不属实。王文诰一再申明，他依据《合注》进行编和注，然而苏集卷帙浩繁，加之他在操作规范上又不如查慎行和冯应榴严谨，难免有极个别地方没有标注清楚或偶有遗漏，都在可以理解的范围之内，完全没有必要将这种现象放大。

表1　施编误，查编从误者

序号	篇名	查编	诰编[1]	改编依据
1	次韵杨褒早春	熙宁四年冬，卷七	熙宁三年正月，卷六，页238	据诗意与苏辙诗《和杨褒直讲揽镜》改编
2	宋叔达家听琵琶	熙宁五年十二月倅杭时，卷八	熙宁三年十月后，卷六，页254	据本集《别子由诗跋》《题庐鸿草堂图》诗推断
3	次韵子由初到陈州二首	熙宁三年，卷六	熙宁四年六月，卷六，页255	据诗意重新改编
4	次韵子由柳湖感物	熙宁四年冬初至杭州，卷七	熙宁四年七月陈州作，卷六，页263	据本集《记铁墓厄台》文证为陈州作
5	听贤师琴	熙宁七年九月罢杭倅后，卷十二	熙宁五年九月倅杭时作，卷八，页381	据未闻欧阳修之讣推断
6	和致仕张郎中春昼	熙宁五年《再用前韵寄莘老》诗前杭州作，卷八	熙宁五年十二月湖州作，卷八，页400	从《合注》据诗意改编
7	柳氏二外甥求笔迹二首	熙宁六年十一月秀州道中，卷十一	熙宁七年正月京口作，卷十一，页542	据《祭亡妹德化县君》文事实改
8	李行中秀才醉眠亭三首	熙宁七年十月《回先生过湖州……》诗后，卷十二	熙宁七年九月湖州作，卷十二，页585	据本集《与公择书》事实改

① 《苏轼诗集合注》冯宝圻序，第2633页。

序号	篇名	查编	诰编[1]	改编依据
9	雪后书北台壁二首	在《除夜病中赠段屯田》后，卷十二	熙宁七年十二月《除夜病中赠段屯田》前，卷十二，页602	据苏轼行迹综合考察
10	次韵刘贡父李公择见寄二首	熙宁八年十月《祭常山回小猎》诗后，卷十三	熙宁八年六月密州作，卷十三，页645	据《年谱》《纪年录》驳《乌台诗案》六年九月之误
11	任师中挽词	元丰六年正月，卷二十二	元丰四年四月，卷二十一，页1085	据本集《祭任钤辖文》互证
12	正月三日点灯会客	施、查皆为元丰六年二月，《合注》作三月，卷二十二	元丰六年正月黄州作，卷二十二，页1153	据诗意蜀地风俗定编年[2]
13	赠袁陟	元丰八年自南都至淮扬道中作，卷二十五	元丰七年八月自南京过真州作，卷二十四，页1264	据诗意及与袁真州、滕达道书考之
14	书文与可墨竹并叙	元祐元年，卷二十七	元丰八年未还朝前，卷二十六，页1392	据后题"与可既没八年始还朝"之说考之
15	题文与可墨竹并叙	元祐二年，卷二十八	元祐元年，卷二十七，页1439	据叙"始还朝"语推断
16	昨见韩丞相言王定国，今日玉堂独坐，有怀其人	元祐二年《和王定国倅扬》诗前，卷二十九	元祐二年《和王定国倅扬》诗后，卷二十九，页1544	据诗意改
17	滕达道挽词二首	元祐七年帅扬时作，卷三十五	元祐五年知杭州军州事任作，卷三十二，页1719	《合注》已指出，据滕达道卒元祐五年改
18	元祐六年六月，自杭州召还……次诸公韵三首	元祐六年八月将出京时作，卷三十三	元祐六年六月召还乞郡，不许再入翰林作，卷三十三，页1766	据诗意及本集《感旧诗叙》改编
19	生日，蒙刘景文以古画松鹤为寿且贶佳篇，次韵为谢	元祐七年冬，卷三十六	元祐六年冬，卷三十四，页1838	据本集《乞赙赠刘季孙状》：季孙以元祐七年五月卒于隰州
20	赠郑清叟秀才	北归过广州作，卷四十四	海南冬日作，卷四十二，页2321	据本集《与循守周文之二首》文与诗意改
21	题冯通直明月湖诗后	元符三年过英州作，卷四十四	元符三年去韶州之日，卷四十四，页2413	据《与冯祖仁书》改
22	绿筠亭	熙宁四年作，卷六	熙宁三年四月作，卷六，页246	据公此诗题跋及本集《赵清献公神道碑》改编

续表

序号	篇名	查编	诰编[1]	改编依据
23	和王晋卿并引	元祐二年九月诗后，卷二十九	元祐元年，卷二十七，页1422	据叙"不相闻者七年"及《王晋卿诗跋》《黄泥坂词》推断
24	次韵王巩正言喜雪	元祐元年《用前韵答西掖诸公见和》诗后，卷二十七	元祐元年起居舍人任作，卷二十七，页1424	据苏轼任起居舍人与知制诰先后定编

　　注：〔1〕按："诰编"列中的页码皆出自《苏轼诗集》。表中所云"邵本"指"清施注本"。
　　〔2〕按：王文诰的推断有误。（见王睿《苏诗王文诰失误举隅》，《图书馆理论与实践》2012年第2期，第38~40页。）

表2　施编误，查改编亦误者

序号	篇名	施编	查编	诰编	改编依据
1	送蔡冠卿知饶州	熙宁四年倅杭前	熙宁五年倅杭后作，卷七	熙宁三年京中作，卷六，页252	从《合注》据《宋史》改编
2	赠上天竺辩才师	密州作	熙宁五年杭州作，卷七	熙宁六年六月杭州作，卷九，页464	据公元丰八年自云"追十六岁"推断
3	海会寺清心堂	熙宁六年	查误熙宁七年为六年，卷十	熙宁七年，卷十二，页578	从《合注》及诗意和本集《跋蔡君谟书海会寺记》改编
4	章质夫寄惠《崔徽真》	熙宁十年八九月间徐州作	元祐二年官翰林学士时作，卷二十八	元丰元年徐州作，卷十六，页798	从《合注》引《章质夫思堂记》改编
5	次韵答参寥	徐州作	元丰二年湖州作，卷十九	元丰二年去徐之后至湖之前作，卷十八，页948	改题目，据诗意推断
6	神宗皇帝挽词三首	元丰八年五月归常后作	扬州《归宜兴留题竹西寺三首》前，卷二十五	元丰八年四月南都作，卷二十五，页1336	据《宋史》"上谥"时间定编年
7	再次韵答完夫穆父	混入前起居舍人作中	元丰八年十二月，卷二十六	元丰元年中书舍人任作，卷二十七，页1431	据苏轼任职先后改编次
8	过杞赠马梦得	《遗诗》卷	《临城道中并引》前，卷三十七	《临城道中并引》后，卷三十七，页2028	改题目，原题《初贬英州过杞》，从《合注》而驳，据苏轼行进路线改
9	过子忽出新意，以山芋作玉糁羹……	《遗诗》卷	绍圣四年海南作，卷四十一	元符元年海南作，卷四十二，页2316	据诗意推测

表3 施编不误，查改编误者

序号	篇名	查编	诰编（从施编）	改编依据
1	泗州僧伽塔	元丰二年自徐赴湖时作，卷十八	熙宁四年十月赴杭倅途中作，卷六，页290	从《合注》据诗意及后诗"再过龟山岁五周"为证
2	龟山	同上	同上，页291	同上
3	李顾秀才善画山，以两轴见寄，仍有诗，次韵答之	编《雪后至临平……》诗后，卷十一	编《雪后至临平……》诗前，卷十一，页527	《雪后至临平……》诗后之作品为熙宁六年十一月赴常、润道中作
4	答仲屯田次韵	元丰元年春夏，卷十六	元丰元年七月，卷十七，页857	施编不误，查编分卷致误
5	次韵僧潜见赠	据《乌台诗案》改编元丰元年四月，卷十六	元丰元年九月，卷十七，页879	从《合注》据诗句"秋风过淮"及《与秦少游书》证
6	苏州姚氏三瑞堂	自常、润过苏州作，卷十一	熙宁八年密州作，卷十三，页616	引本集《与姚君书》等证
7	次韵送张山人归彭城	施编守杭作，查列入《他集互见诗》卷中（《合注》编此诗入集）	元祐五年三月末杭州作，卷三十二，页1688	据诗意及本集《万松岭惠民院题壁记》确定编年

表4 施编无（或未见），查补编误者

序号	篇名	查编	诰编	改编依据
1	入峡	载邵本《续补遗》卷下，编《江上看山》前，卷一	《巫山》前，卷一，页31	从《合注》据《栾城集》编次与本集《滟滪堆赋》证
2	次韵子由除日见寄	载邵本《续补遗》卷上，编嘉祐六年末，卷三	嘉祐七年正月十日，卷三，页119	从《合注》及诗"诗成十日到"句改编
3	真兴寺阁祷雨	载邵本《续补遗》卷下，编嘉祐八年凤翔任作，卷四	嘉祐七年三月，卷三，页140	据诗意及《乞封太白山神状》与《太白山神记》改编
4	攓云篇	载邵本《续补遗》卷上，编入嘉祐八年凤翔任作，卷四	同上，页141	同上
5	题宝鸡县斯飞阁	载邵本《续补遗》卷下，编嘉祐七年凤翔任作，卷三	嘉祐八年三月凤翔任作，卷四，页168	据诗句意考订

续表

序号	篇名	查编	诰编	改编依据
6	重游终南，子由以诗见寄，次韵	载邵本《续补遗》卷下，编治平元年，卷五	嘉祐八年三月，卷四，页169	此年春日无游终南山诗，故改编
7	次韵和子由闻予善射	从《外集》编嘉祐八年，卷四	治平元年，卷五，页208	据诗句推断
8	骊山三绝	载邵本《续补遗》卷下，编嘉祐六年，卷三	治平元年，卷五，页223	据本集《送陈睦知潭州》诗推断改编
9	元翰少卿宠惠谷水一器、龙团二枚，仍以新诗为……	载邵本《续补遗》卷下，编《九日舟中二首》后，卷十	改九日后，卷十，页511	据本集《与元翰书》改编
10	颜乐亭诗并叙	载邵本《续补遗》卷下，编罢密州过济南作，卷十五	徐州作，卷十五，页776	据常理推测编年
11	过泗上喜见张嘉父二首	载邵本《续补遗》卷下，编元丰八年赴文登时作，卷二十六	元丰二年，卷十八，页939	从《合注》据苏轼所经路线及诗意改编
12	喜王定国北归第五桥	载邵本《续补遗》卷下，并据《外集》编元丰八年十二月，卷二十六	元丰七年，卷二十二，页1180	据王定国行迹改编
13	赠杨耆	载邵本《续补遗》卷下，编罢凤翔作，卷五	元丰七年黄州作，卷二十二，页1191	（改题目）据叙所言"二十年前"及本集《醵钱帖》改编
14	广陵后园题扇子	载邵本《续补遗》卷下，并据《外集》编元丰八年，卷二十五	元丰七年，卷二十四，页1282	（改题目）据诗意改编
15	别择公	载邵本《续补遗》卷下，编《择老相送竹西亭》诗后，卷二十六	元丰八年，卷二十四，页1285	（改题目）从《合注》据诗意改编
16	云师无著自金陵来，见余广陵……	载邵本《续补遗》卷上，据《外集》编元祐七年扬州作，卷三十五	元丰八年，卷二十五，页1345	从《合注》注，并据诗意改编
17	杂诗	载邵本《续补遗》卷下，编元祐二年，二十九卷	元丰八年重过密州作，卷二十六，页1383	据本集《徐州和赵成伯见戏》诗公自注改编

续表

序号	篇名	查编	诰编	改编依据
18	黄鲁直以诗馈双龙井，次韵为谢	载邵本《续补遗》卷上，编元祐元年十一月，卷二十七	元祐二年春，卷二十八，页1482	从《合注》据山谷诗改编
19	韩康公坐上侍儿求书扇上二首	载邵本《续补遗》卷下，编元祐二年，卷二十九	元祐三年，卷三十，页1565	（改题目）从冯并据《侯鲭录》改编
20	碣石庵戏赠湛庵主	载邵本《续补遗》卷下，编元祐元年春，卷二十七	元祐三年，卷三十，页1587	据诗意与石刻题名改编
21	和吴安持使者迎驾	载邵本《续补遗》卷下，编元祐二年，卷二十九	元祐三年，卷三十，页1611	据《合注》引《续资治通鉴长编》改编
22	黄河	载邵本《续补遗》卷下，编嘉祐五年，卷二	绍圣元年，卷三十七，页2026	据地理改编
23	戏和正辅一字韵	载邵本《续补遗》卷上，编与程正辅唱和诸诗之后，卷三十九	绍圣二年三月，与程正辅唱和诗第四首，卷二十九，页2113	据本集《与程正辅书》定编年
24	赠昙秀	载邵本《续补遗》卷下，编绍圣二年，卷三十九	绍圣三年春末，卷四十，页2190	据本集《与昙秀山光寺送客诗跋》改编
25	去岁，与子野游逍遥堂。日欲没，……	载邵本《续补遗》卷下，编绍圣四年，卷四十一	绍圣五年，卷四十二，页2309	据事实改编
26	往年，宿瓜步，梦中得小绝，录示谢民师	载邵本《续补遗》卷下，并据《外集》编海南作，卷四十二	广州作，卷四十四，页2392	据事实及子由集改编
27	书堂屿	载邵本《续补遗》卷上，编梧州作，卷四十四	韶州作，卷四十四，页2414	据地理改编
28	绝句	载邵本《续补遗》卷下，编《刘壮舆长官是是堂》诗后，卷四十五	清明节后作，卷四十五，页2447	据诗意改编
29	次韵程正辅游碧落洞	载邵本卷三十六，编绍圣二年四月十一日，卷三十九	绍圣二年六月诗，卷三十九，页2124	从《合注》据与程正辅文和诗意改编

表5　施编无，查编正集无，新入正集者

序号	篇题	查编	诰编	入集依据
1	新葺小园二首	查从邵本入《补编诗》诗中	凤翔作，卷三，页121	据本集《次韵子由岐下诗并引》诗意定编
2	与李彭年同送崔岐归二曲，马上口占	查从邵本入《补编诗》中	卷四，页155	据本集《与监承事书》与诗意改编
3	二月十六日，与张李二君游南溪，醉后，相与解衣濯足，因咏韩公《山石》之篇……	查从邵本入《补编诗》中	卷五，页198	据朱熹《韩文考异》已引此诗为证
4	亡伯提刑郎中挽诗二首，甲辰十二月八日凤翔官舍书	查从邵本入《补编诗》中	卷五，页218	据本集《苏廷评行状》与苏辙《伯父墓表》定编
5	入馆	查从邵本入《补编诗》中	卷五，页226	据《外集》补编
6	赠蔡茂先	查从邵本入《补编诗》中	卷五，页227	同上
7	安平泉	查从《咸淳临安志》入《补编诗》中	卷十一，页567	据查为仁《莲坡诗话》并实地考察，但作年不确定
8	寄周安孺茶	查从邵本入《补编诗》中	卷二十二，页1162	据诗意改编入正集
9	正月八日招王子高饮	诸本不载，查从《岁时杂咏·今集》入《补编诗》中	卷二十七，页1421	据子由次韵诗入正集
10	谢宋汉杰惠李承晏墨	施本不载，邵本载《续补遗》卷下，查不载，《合注》仍收入《补编诗》中	卷三十，页1579	据本集题跋及《外集》入编
11	司命宫杨道士息轩	诸本不载，查从《苕溪渔隐丛话》入《补编诗》中	卷四十三，页2352	据查引《苕溪渔隐丛话》改编，年月无考
12	葛延之赠龟冠	诸本不载，查从《韵语阳秋》等入《补编诗》中	卷四十三，页2354	据查引《韵语阳秋》《梁溪漫志》《诗话总龟》改编
13	别海南黎民表	诸本不载，查从《冷斋夜话》入《补编诗》中	卷四十三，卷2362	据查引《冷斋夜话》及诗意改

续表

序号	篇题	查编	诰编	入集依据
14	溪堂留题	诸本不载,查从《外集》入《补编诗》中	卷四,页185	据《外集》及诗意改

表6　从查本正集删除者

序号	篇名	查编	备注
1	岩颜碑	卷一	查从分类注本采,载《总案》
2	永安宫	卷一	查从分类注本采,载《总案》
3	嘲子由	卷七	邵本载《续补遗》下卷,止前四句,查从《外集》补全编年
4	题永叔会老堂	卷八	从别本采入,《合注》指其伪
5	留题徐氏花园二首	卷九	邵本载《续补遗》下卷,另一首入《他集互见诗》
6	游灵隐寺戏赠开轩李居士	卷十	邵本载《续补遗》下卷,《合注》指注有疑问
7	钱道人有诗云直须认取主人翁作两绝戏之	卷十一	从分类注本采
8	赵成伯家有丽人,仆呑乡人不肯开樽,徒吟春雪美句次韵一笑	卷十二	宋施本原编《遗诗》卷中,查据《外集》移编
9	成伯家宴造坐无由辄欲效颦而酒已尽入夜不欲烦……	卷十二	从新分类注本采
10	奉和成伯大雨中会客解嘲	卷十四	邵本载《续补遗》上卷
11	泗州过仓中刘景文老兄戏赠一绝	卷十八	从邵本《续补遗》下卷移编
12	次韵回文三首	卷二十一	邵本载《续补遗》下卷
13	附江南本织锦图上回文原作三首	卷二十一	此诗查编、《合注》皆难定真伪
14	数日前梦一僧出二镜求诗僧以镜置日中其影甚异其一如芭蕉其一如莲花梦中与作诗	卷二十一	邵本载《续补遗》上卷,据《外集》编黄州卷中
15	寄子由	卷二十一	邵本载《续补遗》下卷,依《外集》编此,《合注》指其可疑
16	洗儿戏作	卷二十二	宋施本原载《遗诗》卷中,据《外集》移编,《合注》指其疑
17	赠江州景德长老	卷二十三	邵本载《续补遗》下卷,查因地附编
18	半山亭	卷二十四	邵本载《续补遗》下卷,据《外集》移编,《合注》指其伪

续表

序号	篇名	查编	备注
19	常山赠别刘镈	卷二十六	邵本载《续补遗》下卷，查因地理编，《合注》指其疑
20	送范德孺	卷二十六	邵本载《续补遗》下卷，查因题编
21	获果庄（鬼章）二十韵	卷二十九	邵本载《续补遗》下卷，查据岁月编，《合注》指出其编年之误
22	次韵子由题憩寂图后	卷三十	邵本载《续补遗》下卷，查据子由诗叙移编，《合注》指出其编年之误。
23	题李伯时渊明东篱图	卷三十	邵本载《续补遗》上卷，据《外集》编
24	次韵黄鲁直书伯时画王摩诘	卷三十	从邵本《续补遗》上卷附编
25	次韵黄夷仲茶磨	卷三十	邵本载《续补遗》上卷，查移编，《合注》指其伪
26	谢曹子方惠新茶	卷三十二	据《外集》守杭时作，从邵本《续补遗》下卷移编
27	此君轩	卷三十二	从分类注本补
28	参寥惠杨梅	卷三十二	据《外集》编卷八守杭时作，从邵本《续补遗》下卷改编
29	秋晚客兴	卷三十二	从邵本《续补遗》下卷移编。查编、《合注》指其伪
30	秋兴三首	卷三十二	《外集》编卷八守杭作，从邵本《续补遗》下卷改编，《合注》指其伪
31	书辩才白云堂壁	卷三十二	邵本载《续补遗》下卷，因题类编
32	观湖二首	卷三十二	从邵编
33	醉题信夫方丈	卷三十二	据《外集》守杭时作，从邵本《续补遗》下卷移编
34	庞公	卷三十三	邵本《续补遗》上卷，从《外集》编守杭时作，分一诗为二诗
35	戏书	卷三十三	同上
36	三萼牡丹	卷三十三	邵本载《续补遗》下卷，从《外集》守杭时作
37	美哉一首送韦城主簿欧阳君	卷三十四	从别集补，《合注》补题
38	被命南迁途中寄定武同僚	卷三十七	邵本载《续补遗》下卷，据题移编，《合注》指其伪
39	散郎亭	卷三十八	邵本载《续补遗》下卷
40	柏家渡	卷三十八	邵本载《续补遗》上卷

序号	篇名	查编	备注
41	清远舟中寄耘老	卷三十八	邵本载《续补遗》上卷，因地理编
42	惠州灵惠院壁间画一仰面向天醉僧云是蜀僧隐峦所作题诗于其下	卷三十八	邵本载《续补遗》下卷，因地理编
43	赠包安静先生茶二首	卷三十九	宋施原本载《遗诗》卷中，《外集》惠州作，据移编
44	过海得子由书	卷四十一	邵本载《续补遗》下卷，因题类编。《合注》指其伪
45	过黎君郊居	卷四十二	邵本载《续补遗》移编
46	和陶归去来兮辞并引	卷四十三	宋施本原编《和陶》卷末《桃花源》之前，邵本删去，查载之
47	南华老师示四韵事忙故以一偈答之	卷四十四	宋施原本《遗诗》中目录载此诗，邵本不载，查补入
48	过岭寄子由	卷四十四	邵本《续补遗》下卷载此题二首，查辨另首为子由作，《合注》指伪
49	梦中绝句	卷四十五	邵本载《续补遗》下卷，查因时编
50	武昌主簿吴亮君采携其友人沈君十二琴之说与高斋先生空同子之文……	卷二十一	邵本载《续补遗》下卷，据《外集》补题目，王文诰改题目（《题沈君琴》）
51	闻潮阳吴子野出家五古	卷三十六	邵本载《续补遗》上卷，因人附编
52	和钱四寄其弟龢其一	卷三十一	宋施原本题下注中又从别本采录一篇，查将之编为第二首，然《合注》从。然查将第二首编入《补编诗》卷内，《合注》删之，王文诰取其一
53	病后醉中	卷三十二	从邵本《续补遗》下卷移编
54	赠人	卷二十一	《外集》卷六黄州作，《合注》指其误，从邵本《续补遗》下卷移编，《合注》指编年之误
55	成伯席上赠所出妓川人杨姐	卷十二	从邵本《续补遗》下卷，因地理移编
56	戏作贾梁道诗并引	卷五	宋施原本目录题《嵇绍似康》，载《遗诗》中，《外集》编卷三凤翔作，查据此从邵本卷四十移入卷五
57	观大水望朝阳岩作	卷四十四	《外集》载杭州卷中，邵本载《续补遗》上卷，《合注》指其伪

表7 和陶诗编次

序号	篇名	查编	诰编	备注
1	和陶饮酒二十首并叙	卷三十五	卷三十五，页1881	同
2	和陶归园田居六首并引	卷三十九	卷三十九，页2103	同
3	和陶读《山海经》（十三首）	绍圣三年五六月间惠州作，卷四十	绍圣二年秋后惠州作，卷三十九，页2129	据诗意及子由次韵诗改编
4	和陶贫士七首并引	卷三十九	卷三十九，页2136	同
5	和陶己酉岁九月九日并引	绍圣四年海南作，卷四十一	绍圣二年十月惠州作，卷三十九，页2144	据《纪年录》及诗意改编
6	和陶咏二疏	卷四十	卷四十，页2183	同
7	和陶咏三良	卷四十	卷四十，页2184	同
8	和陶咏荆轲	卷四十	卷四十，页2185	同
9	和陶移居二首并引	卷四十	卷四十，页2191	不同，无理由
10	和陶桃花源并叙	元符三年海南作，卷四十三	绍圣三年四月前惠州作，卷四十，页2196	据石刻改编
11	和陶乞食	海南作，卷四十二	惠州作，卷四十，页2204	据诗意改编
12	和陶和胡西曹示顾贼曹	同上	惠州作，卷四十，页2205	同上
13	和陶酬刘柴桑[1]	绍圣四年海南作，卷四十一	绍圣三年惠州作，卷四十，页2216	据诗意及事实改编
14	和陶岁暮作和张常侍	卷四十	卷四十，页2216	同
15	和陶时运四首并引	卷四十	卷四十，页2218	同
16	和陶答庞参军六首并引	卷四十	卷四十，页2223	同
17	和陶止酒并引	卷四十一	卷四十一，页2245	同
18	和陶还旧居	卷四十一	卷四十一，页2250	同
19	和陶连雨独饮二首并引	元符元年海南作，卷四十二	绍圣四年初到海南作，卷四十一，页2252	据绍圣四年诸诗细校，改编
20	和陶示周掾祖谢	《合注》改题目（和陶示周续之祖企谢景夷三郎），同上	同上，页2253	同上。与上诗互换位置
21	和陶劝农六首并引	卷四十一	卷四十一，页2254	同
22	和陶赴假江陵夜行	《合注》改题目（和陶辛丑七月赴假还江陵夜行途中作口号）元符元年，卷四十二	绍圣四年九月，卷四十一，页2259	据诗境改编

序号	篇名	查编	诰编	备注
23	和陶九日闲居并引	卷四十一	卷四十一，页2259	同
24	和陶拟古九首	卷四十二	卷四十一，页2260	改编次，无理由
25	和陶东方有一士	卷四十	卷四十一，页2266	从上诗韵而改编
26	和陶停云四首并引	卷四十一	卷四十一，页2269	同
27	和陶怨诗示庞邓	《合注》改题目（和陶怨诗楚调示庞主簿邓治中），元符二年冬至前，卷四十二	绍圣四年十月作。卷四十一，页2271	据诗意改编
28	和陶杂诗十一首	元符三年作，卷四十三	绍圣四年作，卷四十一，页2272	据常理推断
29	和陶田舍始春怀古二首并引	《合注》改题目（和陶癸卯岁始春怀古田舍二首并引），元符元年作，卷四十二	绍圣四年作，卷四十一，页2280	据诗意改编
30	和陶赠羊长史并引	元符二年作，卷四十二	绍圣四年作，卷四十一，页2281	据诗意与借书事改编
31	和陶形赠影	卷四十	卷四十二，页2306	据《纪年录》改编
32	和陶影答形	同上	同上	同上
33	和陶神释	同上	同上	同上
34	和陶使都经钱溪	《合注》改题目（和陶乙巳岁三月为建威参军使都经钱溪），卷四十二	卷四十二，页2308	据诗意改编次
35	和陶和刘柴桑	绍圣四年海南作，卷四十一	元符元年，卷四十二，页2311	据苏轼行迹改编
36	和陶西田获早稻并引	《合注》改题目（和陶庚辰岁九月中于西田获早稻），《新居》诗前，卷四十二	《新居》诗后，卷四十二，页2315	据诗中所述改编次
37	和陶下潠田舍获	《合注》改题目（和陶丙辰岁八月中于下潠田舍获），同上	同上	同上
38	和陶戴主簿	《合注》改题目（和陶五月旦日作和戴主簿），元符二年作，卷四十二	元符元年作，卷四十二，页2317	据气类相似从前诗改编年

续表

序号	篇名	查编	诰编	备注
39	和陶游斜川	元符元年，卷四十二	元符二年，卷四十二，页2318	前诗改此亦当改
40	和陶与殷晋安别	卷四十二	卷四十二，页2321	据施编分别编
41	和陶王抚军座送客	卷四十二	卷四十二，页2326	据诗意改编次
42	和陶答庞参军	卷四十二	卷四十二，页2326	据诗意改编
43	和陶郭主簿二首	元符元年，卷四十二	元符三年三月作，卷四十三，页2350	据《纪年录》改编
44	和陶始经曲阿	《合注》改题目（和陶始作镇军参军经曲阿），卷四十三	卷四十三，页2355	同
45	归去来集字十首并其四引	卷四十三	卷四十三，页2357	据石刻改四、五首编次

注：［1］查从邵本《续补遗》编入《和刘柴桑》诗后，并作一题，《合注》分列二题，并归入海南作，王文诰将两篇分编。

第四章

王文诰对前注的取舍及其得失

——以《集成》《合注》关系为中心的考察

王文诰的《集成》成书后影响较大，颇有取代前注特别是冯应榴《合注》之势。同治九年（1870）冯应榴之孙冯宝圻重修《合注》时对《集成》大力挞伐，极力维护《合注》的地位。对于冯宝圻的批评意见，学界或基本认同，或完全同意，但大都失之笼统，没有对冯宝圻的意见以及《集成》与《合注》的关系做认真细致的考察，因此这一问题至今仍为文学史公案，本章对此问题做进一步考察。为了论述的方便，现将冯宝圻的话移录如下。

　　注苏诗者王龟龄、施德初、查夏重三家皆善。自先大父方伯公《合注》五十卷出，而网罗补苴益为大备，行世既远，翻雕滋多。苏诗长存天地间而不可易，则《合注》亦不可易矣。书成于乾隆癸丑。至嘉庆末年，有仁和王见大者，又撰编注《集成》一书，考核事迹、排次年月，自谓于论世知人之学加密，而多失之凿，且固元刊王状元集百家注本，宋刊施、顾注本及影钞本都未目睹，但据此书所采翦截移易，自谓简明该括，而多失之陋且略，至于《南行集》及他集互见诗、补编诗，恣行删削，一变查注本面目，顾诩诩然以为搜剔净尽，永断葛藤，又何其专辄僭妄邪！语曰：与其过而废之，宁过而立之。王氏胡不闻邪？其书总案四十五卷，诗四十五卷，帖子口号一卷，首

尾两册则皆游谈臆说、强相附益，笔舌冗漫，多半无谓。昔文忠公在
日，尝言世之蓄轼诗文者，率真伪相半，又多为俗子所改窜，读之使
人不平，识真者少，盖从古所病。呜呼！使文忠公见今王氏编注，其
病之，不平之，又当何如邪？先大父向往文忠，见诸梦寐，与赵尧卿
创始作注时相类，精诚所感，何可诬也？发明之功，何可掩也？讵意
二十余年后，有著书求胜者阴据之而阳鏊之，则今日家藏旧板允宜急
为印行，一洗曲说。好古嗜学能文之士，当不以宝坼之言为私言也。①

据冯宝坼所说，他对王文诰《集成》一书的不满主要有五个方面：

一是王文诰"考核事迹、排次年月"多失之凿；

二是王文诰未睹宋元苏诗注本，仅据《合注》对各家注"剪截移易"，
多失之"陋且略"；

三是王文诰恣意删削《南行集》、《他集互见诗》及《补编诗》之不当；

四是指王文诰《总案》与《苏海识余》②"笔舌冗漫""多半无谓"；

五是王文诰对《合注》的态度问题。冯宝坼认为王文诰为了己本通
行，对《合注》"阴据之而阳鏊之"，掩盖了《合注》的发明之功，这是
冯宝坼重修《合注》、挞伐王文诰的最主要原因。

可以看出，冯宝坼对王文诰的《集成》一书进行了全盘否定，事实是
否如此，需要仔细地辨别和分析。

关于冯宝坼所指第一方面本书第一章和第三章已辨正。王文诰在事迹
考证方面有不少可取的地方，其成绩是不能抹杀的。在篇目排次方面，王
文诰的改编虽有一些穿凿可议之处，但大体可信，这在学界已基本成为共
识。冯宝坼所指第三点是能够成立的，王文诰的"恣行删削"确有失之武
断之处，因此孔凡礼先生的整理本《苏轼诗集》将删削部分重新补入，给
学界研究这一部分诗歌提供了方便。第四点冯宝坼指王文诰的《总案》和

---

① 冯宝坼：《新修补苏文忠公诗合注序》，《苏轼诗集合注》附录二，第 2632～2633 页。
② 按：王文诰《集成》主要包括《编年总案》（即《苏文忠公诗编注集成总案》）四十五
　　卷，《编年古今体诗》四十五卷，《帖子口号词》一卷，《两宋杂缀》一卷，《苏海识余》
　　四卷，等等。冯宝坼所说"首尾两册"当指《总案》和《苏海识余》而言。

《苏海识余》皆"游谈臆说""多半无谓",对此说法应该辩证看待。《总案》是在前代年谱的基础上,结合苏轼作品和时事对苏轼一生行迹进行了详尽编排,不管是在实际价值还是开创性上,在苏轼研究史都具有重要意义,下文对此将有详论。《苏海识余》共四卷,乃王文诰在《集成》刊刻五年间①的读书心得,各卷重点有所不同:卷一主要就苏诗艺术和注释的有关问题展开讨论,卷二主要考察与苏轼有过交往人物的情况,卷三主要讨论党争、士风败坏及南宋灭亡的史实,卷四搜集与苏诗有关的时事和传说。总体来说,卷一、卷四的价值较大,卷二和卷三与苏诗关系不大,并确有不少"笔舌冗漫"之处。以上三点较容易做出评判,而对于第二点和第五点,情况较为复杂,是本章着重论述的部分。

第一节　王文诰与冯应榴对前注的取舍与价值评判

王文诰在《合注》的基础上对前注进行了大量删削,这与冯应榴尽量保存前注的做法大异其趣。对于都想创立集大成之作的两位清人来说,为何面对同样的学术遗产做法却如此不同?要想厘清这个问题,如果仅仅用学术态度的不同来解释还失之表面。

可以肯定,在某些方面王文诰的学术态度没有冯应榴严谨,但这并不足以说明问题。问题的关键在于两人对注本最终形态的设计和对注释之学的理解不同:冯应榴严守旧注门径,集合众家之说,以客观理性的方式整合注释成果,其补注部分也以传统注释为主,其注本的目标是求全;王文诰则不同,他力图在注释中融入更多的价值判断,以是否有益于诗意理解和诗旨阐发为取舍标准,其补注部分也以直接的诗意理解和艺术分析为主,其注本的目标是求精。因此,这就决定了两人对待前注采取了不同的取舍原则,具体来说表现在以下两个方面。

(一)冯应榴求全求博,王文诰求简求精

注释之学本是集腋成裘、聚少成多的一个过程,学术史上成功的注本

---

① 《苏海识余》序,《总案》附载,第848~849页。

多为后人在前人注释的基础上不断补充完善而最终成就集大成之作，冯应榴正是认识到了这一点，所以广采众说，充分尊重各家注释意见和注释成果，表现出很强的求全求博思想。这种思想表现在四个方面。

一是很少删除前人注释，如果在迫不得已的情况下删除，一定会说明所删理由。如《佛日山荣长老方丈五绝》"不堪土肉埋山骨"，分类注引韩愈《石鼎联句》"巧匠琢山骨"注，施注同引韩愈此诗句注，但后多出一句"不堪土肉埋"，此非韩愈句，邵长蘅已发现此误，并删去，冯应榴仍在注中标明："施注亦引韩集此题诗云'巧匠琢山骨，不堪土肉埋。'考韩集并无下句，原注恐因先生诗附会也。补施注本亦删去下句。"①

二是如果前注有相似或相左的注释一般并存。如《游径山》"结茅宴坐荒山巅"，分类注十朋引《径山事状》、查注引《咸淳临安志》释因法钦禅师结庐事，两注所引大致相同，榴案："两注相同，因互有可采，并存之。"② 即使已指明属误注者也大多予以保留，如《江上值雪效欧阳体限不以盐玉鹤鹭絮蝶飞舞之类为比仍不使皓白洁素等字次子由韵》"缩颈夜眠如冻龟"，山公注曰："《晋·佛图澄传》：石季龙造太和殿初成，图画自古贤圣、忠臣、孝子、烈士、贞女；旬余，头悉缩入肩中，惟冠髻仿佛微出。"榴案："用《史记·龟策传》：神龟缩颈而却。山公注非。"③ 山公所注乃附会，与诗意无关，冯应榴虽然指出其误，但并不轻易删除。

三是施注、分类注多有重复注释之处，邵长蘅在整理施注本时对此多有删削，冯应榴一般指明互见情况。有些前注并未注释也指出互见情况，如《吊徐德占并引》"合抱枝生孙"，此句前皆无注，冯应榴指出："'合抱'见前《哭刁景纯》诗注。'孙枝'见后卷二十七《送千之侄》及《和王巩》诗施注。"④《合注》中似此者多有，可以见出冯应榴的勤勉。

四是前注引书不全者，冯应榴补之。前注引书与今本不同者，皆予指出。如《寿州李定少卿出饯城东龙潭上》"欲将烧燕出潜虬"，分类注程

① 《苏轼诗集合注》卷10，第448页。
② 《苏轼诗集合注》卷7，第328页。
③ 《苏轼诗集合注》卷1，第22页。
④ 《苏轼诗集合注》卷21，第1102页。

缤、赵次公、胡铨和施注等对此句"烧燕"典皆有详细说明，但冯应榴仍然据原书对分类注所引《梁四公记》和施注引《博物志》进行了补充。其中施注引张华《博物志》云"烧燕肉而致龙"，榴案曰："今本《博物志》云：人食燕肉，不可入水，为蛟龙所吞。无原注所引句。"① 可以看出，冯应榴以十分严谨的态度细核前注引书，多有补充和指误，其功不可没。但同时还应看到，宋人注释并非依原文摘引而是撮举大意，这样不仅有利于直接说明问题，还有利于节省篇幅，虽然冯应榴的方法更为科学，但有些显得烦琐。

王文诰面临的前注又多了《合注》一家，他对包括《合注》在内前注的采录并不以求全求博为原则，而是力求注释的简洁明当。王文诰在这方面的明确表述主要针对查注和《合注》而发，他说：

> 补注惟当补其不备，如前注正义已尽，即毋庸置喙。或别征一解，必求前注所以不录之故。如果忽遗，而所解不碍正义，亦足辅助，方许引补。前古体例，务约而严，凡书皆然。如甘我乍获，而直者使曲，无是道也。查注施后继起，能于典章文物、山川地舆、草木华实，星罗云布，万象毕呈，从王、施纵横障蔽之下破壁冲天，别开生面……独其持论各抒所得，不肯雷同剿说，多以私意诬诗。②

王文诰充分肯定了查慎行补注的功绩，但同时指出，如果前注"正义已尽"则无须再补，如"别征一解"当以"不碍正义"为标准，体例当以"约而严"为原则。然后王文诰举例说明查注存在的问题，如："《凤咮砚》诗，公已云'有黯黮滩石'，而查注'东坡受骗'③。《石鼓诗》，昌黎

① 《苏轼诗集合注》卷6，第258页。
② 《兑案》凡例，第17页。
③ 按：苏轼无《凤咮砚》诗，有《凤咮砚铭》，其序云："北苑龙焙山，如翔凤下饮之状。当其咮，有石苍黑，致如玉。熙宁中，太原王颐以为砚，余名之曰凤咮。然其产不富。或以黯黮滩石为之，状酷类而多拒墨。"（苏轼著，孔凡礼点校《苏轼文集》卷19，中华书局，1986，第550页。）查慎行引胡仔《苕溪渔隐丛话》云："苏轼所云凤咮砚者实乃黯黮滩石也，苏轼伯仲皆为王颐所给。"（《苏轼诗集合注》卷23，第1182页。）

已云'周宣'，而查注'全诗作错'①。《知贡举》诗，公已云'君子不引于利'，而查注'交通关节'②。是又王、施骇而吐弃，拒绝恐后者，而查注居为奇货，名曰引辩，实欲传播，盖未易悉数矣。且史家载笔，不能遇事辄书，以疑后世。苟有失当，虽史不能一天下耳目。故自《新唐书》出，而《旧唐书》至今不废，况诗注乎？公诗即史，今论本事、本诗，以是为鉴。"③ 可以看出，王文诰主张有鉴别地选择注诗材料，不应为求全求新而混淆诗旨，贻误后人，这是王文诰对前注取舍的一个重要标准。

对于《合注》，王文诰说："合注起而抗之，俯仰揖让，咸归洽合，土厚水深，自成方域。……本集四注既具，犹天造地设，四维毕张。行其所难，合注为极，然于查注小疵，多方苛薄，而大谬不削，咸广剞传。其引陈公弼事，原书载明妄语，而嗜奇爱博，益以推澜。此两文忠，将何以堪之。④《寄周安孺茶》诗，本集第一长篇，纪氏所谓'一气滔滔，亦是难事'者也。其'子咤中泠泉'句，王注所有存之，则庶几全幅可诵，乃必谓'子'上阙字，而'泉'字误，既无考补，务使此诗不全，自叛补遗之义。⑤《虢国夜游图》诗，李端叔和韵相符，名篇素著，人所脍炙，强谓诗阙一韵，意在必伸己说，而迹涉侵官，诗有遗憾。⑥ 此由查注开端，而合

---

① 按：查据《左传》及杜预注认为石鼓乃成王鼓，非宣王鼓。王文诰支持韩愈和苏轼的看法，认为此鼓乃宣王鼓也。（见《苏轼诗集》卷3，第101页。）

② 按：此指苏诗《余与李廌方叔相知久矣，领贡举事，而李不得第，愧甚，作诗送之》，查注引苏轼文《答李方叔书》注，其中有"自信相勉于道，而不务相引于利"句。同时查又引宋人赵潜《养疴漫笔》所记载苏轼考前给李廌暗泄考题，不慎为章惇二子所得，李廌因而落第。引后查辨正云："果若所言，乃末俗潜通关节，冒犯科条者所为，先生岂肯出此？此必章惇父子造为此语，以诬先生。"（《苏轼诗集合注》卷30，第1482页。）

③ 《总案》凡例，第17页。

④ 按：此指《客位假寐》诗题下注。查引《邵氏闻见后录》载东坡与陈公弼不和事，并谓修怨致陈公弼死，因与其子陈季常相得甚欢，故作《陈公弼传》，查慎行已驳此说。冯应榴引张芸叟《画墁集》载东坡因悔年少气盛，作《陈公弼传》补过。查冯所引两说有较大不同，故王文诰说"此两文忠，将何以堪之"（《苏轼诗集合注》卷3，第120页）。

⑤ 按：《寄周安孺茶》宋施注本和宋元王注本皆不载，《七集》本载《续集》、明二十九卷新王本载卷十"简寄类"。二十九卷新王本此句为"子咤中泠泉"，《七集》缺一字作"□子咤中泠"。查从新王本，冯从《七集》本，冯并引张又新《煎茶水记》注，怀疑当作"陆子"（《苏轼诗集合注》卷49，第2403页）。

⑥ 按：冯应榴于此诗"坐中八姨真贵人"句下注云："恐题中脱去'秦国'字，诗中脱去'虢国'二句耳。"（《苏轼诗集合注》卷27，第1367页。）王文诰据李端叔次（转下页注）

注已甚，皆王、施注之所无也。"① 由上引可以看出，王文诰对冯应榴求奇爱博的做法颇有不满，这里暂且不论王文诰的指责是否都属正确，可以由此看出王文诰对注释标准和查、冯有着很大的不同，这直接决定了他对前注的取舍原则。

冯宝圻指出的王文诰于"元刊王状元集百家注本，宋刊施、顾注本及影钞本都未目睹"的情况是属实的。王文诰主要在《合注》基础上对分类注、施注进行删削取舍，对此他并不讳言，至于取舍的原则，他说：

> 今仅据合注所列王注、施注详定去留。其所引不同与诗皆足发明者并存。其文义一辙者，则相度本句引用字面，酌存其一。或取简明，或取精确，止于至善。又其中释人释地释官多有，查注、合注已极详尽。经诰删去，复以孤注节存，加标"某曰"者，盖欲卷中一见其人。亦有疑其伪脱，检对分析标名，故标名无一定体例。②

王文诰对施注、分类注的取舍也以"简明""精确"为原则，如两注不同，若皆有益于诗意理解则全存，如两注相似酌存去留，如两注简略，查注、《合注》详尽，则删施注、分类注。可以看出，王文诰对前注的取舍和冯应榴有着很大的不同。

（二）冯应榴崇奉宋施注，王文诰对旧注等同看待

冯应榴和王文诰对旧注的不同认知也决定了他们的取舍原则，这里所说的旧注指宋施注和百家分类注。冯应榴采取保存旧本之真和旧注之全的原则，最大限度地搜罗旧注，其中对宋施注的搜罗力度最大，热情最高，其中有一个不容忽视的时代因素。在清初宋荦重新发现宋施注本以前，元

（接上页注⑥）韵诗和诗法分析认为并不脱句。（见《苏轼诗集合注》卷27，第1463页。）又按：此诗在宋嘉定原刊施注三十卷残本中已经佚失，惟宋景定郑羽重刊施注三十二卷残本载。冯应榴云"郑刊施注亦称《秦虢图》"，今考之郑刊本诗题仍为《虢国夫人夜游图》，惟题左注中有"徽宗御题云：张萱神品《秦虢出游图》"，这是冯应榴怀疑的原因。（见郑骞、严一萍编校《增补足本施顾注苏诗》卷24，台湾：艺文印书馆，1980。）

① 《总案》凡例，第18页。
② 《总案》凡例，第22页。

明时期分类注是通行的苏诗注本，其间多次刊刻，其类别也由原来的七十八类变为三十类，清初朱从延重新刊刻时则又变为二十九类，后被收入《四库全书》①。一本独尊，自然无可指责。对分类注本的批评始于邵长蘅，他在清刊《施注苏诗》卷首专列《王注正讹》一卷，对其进行了全面批驳，大多言之有据，从此分类注本的地位一落千丈，确实达到了"兹编出而王氏旧本可束高阁"②的效果。但令宋荦、邵长蘅等人始料不及的是，他们所重新删补整理的《施注苏诗》并没有像想象的那样"必将焯然与东坡诗并垂久远，无有能起而盖之者"③。删补本刊行后遭到了时人和后人的不断批评，查慎行就曾指出："施氏本又多残脱，近从吴中借抄一本，每首视新刻或多一二行，乃知新刊复经增删，大都掇拾王氏旧说，失施氏面目矣。"④ 查氏不满于新刊施注本的主要原因是失旧本之真，冯应榴也持类似的看法，但语气更为严厉，论说更为全面，他说："通行之宋牧仲所刊删补施注本，现与王本并行，然施、顾原注并未全采，其中大半以王注为施注，查氏讥之，汪师韩《学诗纂文》亦以为非。又间以施注窃为己说，此外别无心得矣。"⑤ 虽然新刊施注没有达到宋荦等人的预期效果，却极大地激发了时人对宋施注本的热情，崇宋施注成为一时风气。

　　鉴于新刊本对宋施注的大量删削，查慎行、翁方纲、冯应榴等人尽力弥补，其方法是据施注宋刊原本补入被邵氏等人删削的部分，另外施注原本残脱不清的部分则据所引书尽量补充。冯应榴曾得宋施注三十卷残帙，他在查慎行和翁方纲之后对施注继续进行补充，其态度更为认真，方法更为细密。举例来说，如《送程七表弟知泗州》题下施注"程七表弟"，榴案曰："此段施注残缺，邵氏概删去，查氏采补亦不全。今以《宋史》本传字数相符者补之。又原注有'熙宁役法'以下一段，残缺太甚，不可辨

① 详见刘尚荣《苏轼著作版本论丛》，巴蜀书社，1988，第 54～56 页。
② 邵长蘅等删补《施注苏诗》宋荦序，浙江大学出版社影印清康熙三十九年宋荦刻本，2019，第 2 页。
③ 邵长蘅等删补《施注苏诗》邵长蘅序，浙江大学出版社影印清康熙三十九年宋荦刻本，2019，第 11 页。
④ 查慎行补注，范道济点校《苏诗补注·例略》，中华书局，2019，第 4 页。
⑤ 《苏轼诗集合注》凡例，第 2641 页。

补。"① 冯应榴的目的是最大可能地恢复宋施注原貌。又如《送蒋颖叔帅熙河并引》题下榴案云:"此段施注前半残缺甚多,今据《续通鉴长编》补之,合之施注现存及所残字数,亦全符也。"② 其细密程度近乎古籍修复。不惟如此,有时虽然已经指出宋施注之误,也因是旧注的缘故而予保留,如《送陈睦知潭州》"洞庭青草渺无际",施注曰:"《扬州记》:太湖一名宫亭,一名震泽,一名笠泽洞庭。《荆州记》:宫亭即彭蠡泽,一名青草湖,以青草得名。"诗所言乃洞庭湖,施注引太湖注,非是。邵本将其删去,引杜甫诗"洞庭犹在目,青草续为名",并注"青草湖与洞庭湖相连,在岳州",甚当。冯应榴却于施注后注曰:"此注非是,故补注本删去,今以旧注存之。"③ 由此可以看出冯应榴对宋施注的重视程度。

有时查慎行对宋施注不当之处的删削还引来冯应榴的不满,如《和陶咏三良》"我岂犬马哉?从君求盖帷"句,查引《礼记》注,删施注,并指出原因是"施氏删去中二句,大谬"。榴案曰:"施注于《别黄州》诗引《礼记》并不讹,此不过中间有脱文耳。查氏以为删去,太苛矣。"④ 这种为宋施注辩护的言论在《合注》中还有不少。当然冯应榴并非一味崇施,偶尔也有指责、有不满,该删的地方还是有所删除,如《与梁左藏会饮傅国博家》"识字劣能欺项籍"句,宋施注曰:"孟郊诗:小溪劣容舟。"榴案:"一作孟襄阳诗。至施氏虽注'劣'字,然未免随手引填矣。施注每有此病,以原注不便删,惟重复者去之。前后俱仿此。"⑤ 什么情况下才算重复,应该删除?试看下面一种情况,如《送钱穆父出守越州二首》施氏分别于第二首"若耶溪水云门寺"和"我恨今犹在泥滓"句下同引杜甫诗句"吾独胡为在泥滓"⑥作注,并与分类注所引同。因此,冯应榴说:"施注重复本多此首,于一诗中两引杜诗'吾独胡为在泥滓'句,尤觉无

---

① 《苏轼诗集合注》卷30,第1503页。
② 《苏轼诗集合注》卷36,第1855页。
③ 《苏轼诗集合注》卷27,第1348页。
④ 《苏轼诗集合注》卷40,第2058页。
⑤ 《苏轼诗集合注》卷16,第772页。
⑥ 郑骞、严一萍编校《增补足本施顾注苏诗》卷27,台湾:艺文印书馆,1980。

谓,今皆删。"① 尽管这样,冯应榴对宋施注的尊崇和热情使他不可能像王文诰一样进行删削,这固然有利于读者全面了解宋施注的整体面貌,特别是在当时一般人很难得见施注原貌的情况下更具意义,但对一些明显失误和没有价值的施注,或保存原注,或为之辩护,于诗意理解无益,徒增篇幅。

和冯应榴不同,王文诰对宋施注的热情并没有那么高,他对宋施注和分类注的看法也与时人不同。王文诰曾对冯应榴补宋施注之残缺表示不满,并明言在删削方面将宋施注与别注同等对待,他说:"施注抄袭传志原文者,合注辄以《宋史》、《长编》校字数补足。此则施所手撰,无能为役。诰非传施之俦,施有不当及残脱,例皆删削,视施与诸注班,不因施有偏倚也。"虽然偶因"遇关涉公事者,必察之"②,对施注有所增补,但数量极少。当时一般人认为宋施注的价值高于分类注,特别是邵长蘅所指分类注的"分门别类失之陋""不著书名失之疏""增改旧文失之妄"等三条主要罪状在当时几成共识,并揄扬宋施注说:"施氏合父子数十年精力成是一编,征引必著书名,诠诂不涉支离,详赡而疏通,它家要难度越。……是书出而永嘉王氏旧本仅当先扬之糠秕,亦大类已陈之刍狗矣。"③ 这种看法在当时颇具影响力。但王文诰却认为分类注的整体成就胜于宋施注,他说:"王注谬在分类,如以注论,犹以全牢任其脔割,割无不正,殆施注执匕,几于伐毛而换髓矣。故王、施并引经史,而诗之本事见于王者为多。施则因其详略而损益之。或穿穴旁出,佐以别载。中有参酌,虽趣操不同,而意实相济。诸注未能发之也。"④ 古今论分类注者,皆于宋刊分类注是否为王十朋编纂的问题上纠缠不清⑤,以至于无暇论及分

---

① 《苏轼诗集合注》卷30,第1502页。
② 《苏轼诗集》卷13,第633页。
③ 邵长蘅等删补《注苏例言》,《施注苏诗》卷首,浙江大学出版社影印清康熙三十九年宋荦刻本,2019,第22页。
④ 《总案》凡例,第14页。
⑤ 按:对于《百家注分类东坡诗集》的最早编者是否为王十朋,有两种看法。一是否定者,首发其难的是《四库提要》的撰者,认为书坊伪托王十朋之名,以广招徕。清朝藏书家陆心源同主此论,今人王水照先生也持此说。(见王水照《评久佚重见的施宿〈东坡先生年谱〉》,《苏轼选集》附录,上海古籍出版社,1984。)二是肯定者,如冯应榴、王文诰,还有今人刘尚荣。(见刘尚荣《〈百家注分类东坡诗集〉考》,《苏轼著作版本论丛》,巴蜀书社,1988。)

类注与宋施注的真正关系，王文诰敏锐地指出宋施注乃在分类注的基础上，"因其详略而损益之"成书，这一点被20世纪80年代重新发现的施宿《东坡先生年谱》证实。① 能够历史地看待分类注并由此做出独具慧眼的评价，这是王文诰有别于时人的地方，因此他驳正邵长蘅所指分类注的疏误时说：

> 百家自北宋迄南宋，上下八十年，势不能齐之于一。内中多前人信手记录，不标书名者，各疏所见，未能尽同，亦不知百家合一也。诸注概以分类，不列书名排之，使前人坐后人，纰误可乎？前人著书，专精于一，用力恳到，不以其所及掩不及也。此施、顾分注之本意。陆序谓"施元之绝识博学，助以顾景繁赅洽"，据此，则施专题注，顾主分疏。以标题施前顾后证之，大略概见。彼序既阙，诸注何无一言发明其意？题注抄袭本集及栾城、史传，辄累千百言，不载出处。于施则祥若弗睹，莫不党同伐异，何也？王注分类固失，施注误编亦繁，不得以五十步笑之。诰舍短取长，咸得其用。②

由此可以看出，王文诰对宋施注和分类注的优劣得失有更加清醒、全面、客观的认识，他认为分类注成于众人之手，不可一概而论。施顾所注也各有分工，其中有不少引书不标出处和编年失误之处。

第二节　王文诰对前注的删改原则与方式

正如王友胜先生所说，删补前注而成新注古已有之，并且还不乏成功范例，因此"关键不在于是否删削旧注，而在于删削的水平如何。新未必

---

① 按：施宿《注东坡先生诗序》载："东坡先生□，有蜀人所注八家，行于世已久。先君司谏病其缺略未究，遂因闲居，随事诠释，久久成书。"可见施注乃是对八家注的补缺之作，八家注虽非全部百家注，却是百家注的主体部分。王文诰认为施注是对百家注的补缺之作，这一点并不完全正确，但有很大的合理性，这种情况前人未有论及，王文诰颇为得意。

② 《总案》凡例，第14页。

不如旧，旧不必皆胜于新，此自然之理"①。邵长蘅等人对宋施注的删补受
到了几乎众口一词的批判，前车之鉴，王文诰为何还敢对前注进行大量删
削和改动？其删改方式为何，删改的整体水平怎样？这些都需要全面考
察，然后才有可能做出较为公正的评价。本节重点就王文诰改、删前注的
原则和方式进行归纳总结。

（一）王文诰对前注的改动原则与方式

王文诰对《合注》所列各家注位置的调整很好地体现了取便读者的原
则，"合注于题下首列王注，次施注，次查注，次自注，以先后为序。如某
注不当，即于某注后较之。其体例也，论资固属定程，解题极为不便。……
诰谓题下集注，原欲发明题旨，取便读者，当以通气为主。必使眼光直
下，一览皆尽，庶有触发，若处处阻塞，光不下注，彼且为注纷汨没，而
意兴索然矣。今则注不论资，以题为类，首以人事为重。如施注论人，自
此诗起，至其人卒止，而查注补前之官位、事实，则移于施前。合注更补
其科名、居址，则又移于查前。或查、合更考官制，阻塞人事，则截下此
段，置施注后"②。与此相类，王文诰的注释方式采取逐句分疏的形式，而
没有采用清施注和查注"置注诗后"的做法。对于前注的具体改动，王文
诰有所说明："或所注非是而移注他诗，并改列所注句之前后，亦有题注
改释句，及诗注不当全载句中，为分列题下者，盖欲咸归尽善耳。"③ 可以
看出，王文诰对前注的改动分为三类：一是改此诗（句）注为彼诗（句）
注，二是改题下注为句下注，三是改句下注为题下注。这些改动王文诰一
般都不注明，但也偶有论及者，如《次韵答顿起二首》其一"旧闻携手上
天门"句，分类注次公曰："《汉官仪》云：泰山东上七十里至天门。"施
注曰："《毛诗》：携手同归。《太山记》：上有小天门、大天门。仰视天
门，如从穴中望天窗。"查注云："上天门，言其同子由登嵩山事，先生自
注甚明。施注引太山，非也。"《合注》案曰："天门当指君门，旧注似皆

①　王友胜：《苏诗研究史稿》，岳麓书社，2000，第214页。
②　《总案》凡例，第23页。
③　《总案》凡例，第26页。

误。至先生自注，兼次章末二句言，查氏专属之首篇，拘矣。"① 可以看出，关于"天门"有三种说法：分类注、施注主泰山，查主嵩山，《合注》主君门。王文诰从查说，删《合注》，将分类注、施注转为后诗《送顿起》"天门四十里"句下注，并案："此二条，乃前《次韵顿起》诗误注，今移于此。诰凡于各注所列未妥为之改列分列者，皆不注明，盖仍以尽善归之本注，不欲自见也。此二条前有论定，故注明。"② 更多没有说明移动情况的，我们需要细致考查。以下分类举例说明王文诰对前注的移动情况及其效果。

1. 改此诗（句）注为彼诗（句）注

如《病中闻子由得告不赴商州三首》其二"上书求免亦何哉"句下查注曰："《栾城集·策》略云：今疲民咨嗟，不安其生。而宫中无益之用，不为限极。所欲则给，不问有无。司会不敢争，大臣不敢谏。陛下外有北狄、西戎，而又内自为一阱，以耗其所遗余，恐以此获谤，而民心不归也。《颍滨遗老传》：王介甫意其右宰相，专攻人主，比之谷永。宰相韩魏公哂曰：'此人策语谓宰相不足用，欲得娄师德、郝处俊而用之，尚以谷永疑之乎？'"③ 王文诰将此移为上句"《答策》不堪宜落此"注。并于此诗题下注曰："是时，子由为宰执两制龃龉之甚。自其年少释褐，又举直言，一鼓足气，至是消磨尽矣。公既怜之痛之，又欲解之勉之。读此三诗，真乃可歌可泣，非深知其故不可得其情也。"④ 查注体例乃将注置诗后，冯应榴没有移动此注，王文诰移动后更切合句意。又如《次韵孔毅父久旱已而甚雨三首》题下施注引苏轼《为杨道士帖》互证诗中所言杨道士："《次毅父韵》第三首载'西州杨道士'凡数联，因此帖知为世昌。诗中又言善吹洞箫，按其自庐山从公，盖壬戌之夏，《前赤壁赋》云：'客有吹箫者。'殆是杨也，先生先尝为赋《蜜酒歌》。《后赤壁赋》云：'适有孤鹤，横江东来。'观此帖，盖非寓言。梦一道士，岂即世昌，姑托以

① 《苏轼诗集合注》卷 17，第 839 页。
② 《苏轼诗集》卷 17，第 871 页。
③ 《苏轼诗集合注》卷 3，第 123～124 页。
④ 《苏轼诗集》卷 4，第 156 页。

梦耶？……今世昌藉此复有传于后世，夫岂偶然？二帖书在蜀笺，笔画甚精，宿尝以入石云。"① 可以看出，此乃施宿据苏轼诗、文、赋联合考证杨世昌在苏轼作品中的出现情况，其功力由此可见一斑。王文诰将此题下注全部移为《蜜酒歌》序后注，与此序"西蜀道士杨世昌"句下查注和《合注》对杨世昌的介绍相表里。②《蜜酒歌》在《次韵孔毅父久旱已而甚雨三首》之前，而且《蜜酒歌》乃苏轼专赠杨世昌之作，后诗则只是附带提及，因此王文诰移动后更合乎注释体例。

2. 改题下注为句下注

如《归去来集字十首》题下《合注》云："《金石粹编》载东坡《集归去来辞六首》行书石刻：一、'命驾'云云，二、'涉世'云云，三、'与世'云云，四、'云岫'云云，五、'世事'云云，六、'富贵'云云。前刻'眉山轼书'，后刻'元丰四年九月二十二日'。据此，则非岭海所作。但又缺四首，岂后续为之，并作十首耶？"③ 王文诰将此移为第六首诗后注，并删《合注》"据此"后案语。④ 又如《庚辰岁人日作时闻黄河已复北流老臣旧数论此今斯言乃验二首》，题下《合注》案："以下施氏原注残缺，不可辨补，惟末云：海南无粳、秫，《纵笔》诗云'北船不到米如珠'，此诗云'典衣剩买河源米'。河源县属惠州，当是粳、秫所产也。"⑤ 王文诰将冯应榴语删去，置施注文于第一首"典衣剩买河源米"句下。⑥ 此注乃施宿所言，原在题左，⑦ 王文诰将其置于所言本句之下更为妥当，删《合注》句下所言"'典衣'见前《送刘攽》诗注"。

3. 改句下注为题下注

如《双凫观》"王乔古仙子"句下查注曰："《元和郡县志》：汝州叶

① 《苏轼诗集合注》卷21，第1091～1092页。
② 《苏轼诗集》卷21，第1115页。
③ 《苏轼诗集合注》卷43，第2204页。
④ 《苏轼诗集》卷43，第2358页。
⑤ 《苏轼诗集合注》卷43，第2187页。
⑥ 《苏轼诗集》卷43，第2343页。
⑦ 按：据郑骞先生考证，宋施本题注分为题下注和题左注，题左注乃施宿所作，施宿注主要考证人事，此条所引句注，施宿可能因体例所限置于题左而不杂入句中也。（见《宋刊施顾注苏东坡诗提要》，《增补足本施顾注苏诗》卷首，台湾：艺文印书馆，1980，第18页。）

县，《后汉书》谓之小长安。开元三年，于县置仙州，以汉时王乔于此得仙也。"① 王文诰将此句下注改为题下注。② 此诗题下注载"公自注"云"在叶县"，将查注移至题下能对"公自注"作出补充，比在句下更为恰当。又如《林子中以诗寄文与可及余与可既殁追和其韵》，冯应榴于诗后注曰："《宋史·林希传》云：遣使高丽，惧形于色，辞行。神宗怒，责监杭州楼店务。岁余，通判秀州。而不书何年事。考《续通鉴长编》载此事于元丰元年三月，先生和诗在二年正月中在浙时，故结句云然。"③ 王文诰删去冯所云"故结句云然"，将其余注文移至此诗题下，删去原来题下查注所引《宋史》注林子中出处及引《文湖州墓志》注文与可卒年。题下"诰案"云："文与可卒于是年正月二十日，查注引《墓志》卒于元丰戊午，误，已删。"④ 应该说王文诰将《合注》句下注移为题下注以统全诗是合适的，但只因查注文与生卒年有误而连带删除有关林子中的史实却颇有不妥，因为《合注》所引与查注所引并不重复，二者结合更可看出林子中一生大致行迹。

除对前注原封不动地改换位置外，王文诰还对前注中的失当之处随手改正，如他对施注的改正即为显例。王文诰曰：

《送张嘉父长官》题注云："张嘉父，名大宁，山阳人，治《春秋》学，以书问于先生。先生答曰，惟邱明识其用，微见端兆。"⑤ 据陈振孙《解题》云："《春秋通训》十六卷，《五礼例宗》十卷，直秘阁吴兴张大亨嘉父撰。"其自序言，少闻《春秋》于赵郡和仲先生。先生曰："惟邱明识其用，微见端兆。"东坡一字和仲，考嘉父问《春

---

① 《苏轼诗集合注》卷 2，第 79 页。

② 《苏轼诗集》卷 2，第 82 页。

③ 《苏轼诗集合注》卷 19，第 953 页。

④ 《苏轼诗集》卷 19，第 983 页。

⑤ 按：此注原为《施注苏诗》卷 32《送张嘉父长官》题左注，查慎行将其移为《苏诗补注》卷 26《过泗上喜见张嘉父二首》注，冯应榴、王文诰从之。王文诰将《过泗上喜见张嘉父二首》改编至《集成》卷 18，改"大宁"为"大亨"，改"山阳"为"吴兴"。王文诰校改是，但编年有误，参前所论编年部分表 4。

秋》，乃公在惠州事。《解题》与施注所引并合，乃误以张大亨为大宁，并误为山阳也。……又《和陶赠羊长史》"稍欲惩荆舒"句下，注引王安石初封荆国公，后封舒王。其封舒王乃崇宁事，公何由取以入诗？诰为改云："王安石初封舒国公，后改荆。"① 凡似此于本事无碍者，可救正则救正之，当改则随手改定，概不注明。凡注皆然。②

王文诰所驳甚当，但径改前注却失之草率，对此类问题的处理王文诰显然没有查注和冯注严谨，如《次韵王定国谢韩子华过饮》"宅相开府公"句，分类注尧卿云："文正公长女嫁韩，献肃公子华，乃王氏之甥，为开府仪同三司，故有'宅相开府'之语。"查注曰："慎按：子华之父名亿，谥忠宪，非献肃也。献肃乃子华谥。王注讹，今驳正。"冯应榴并不同意查慎行的看法，有注云："王本尧卿注'嫁韩'二字断句读，故下文云'献肃公子华乃王氏之甥'，查氏以'嫁韩'二字连下读，又误解'公子'二字，遽加驳正，误矣。"③ 王文诰从查说，并驳冯说曰："合注强以'文正公长女嫁韩'为一句，'献肃公子华乃王氏之甥'为一句，反谓查注以'嫁韩'二字连下读为非，此乃有意苛驳，自古无此句读之法。"④ 考之句意，以查说为胜。面对大致相同的情况，查、冯皆另作案语予以说明，并不改删前注，王文诰则将查、冯原注全部删去，并改尧卿注中"献肃"为"忠宪"，此种做法欠妥。

（二）王文诰对前注的删削原则与方式

王文诰在《合注》基础上所作改动在全部"剪截移易"中所占比例较小，更重要的部分乃是对前注的删削。关于删削的原则和方式他说：

① 按：王安石初封舒国公，后改封荆国公，徽宗时追封舒王。苏诗所言为舒国公和荆国公也。又按：冯应榴认为此句非指王安石，王文诰反驳曰："公后《与郑嘉会书》云：只草得《书传》十三卷，甚赖两借书检阅也。此诗因借书而发，与前篇诗旨全别。纪晓岚亦云：结指半山。合注谓荆舒指海南人，而以施注为误，非也。"（《苏轼诗集》卷41，第2283页。）
② 《总案》凡例，第28页。
③ 《苏轼诗集合注》卷26，第1333页。
④ 《苏轼诗集》卷26，第1400页。

> 注文疵累，及间与他注冗复者，有连删、分删、移删、截删之
> 别，简明赅括为主，仍以美善归之诸注，不再指证。必欲探讨，则诸
> 注固在，诰不以此自名也。遇有牵误本事，与集不合，碎句立删去，
> 并入题注之末驳正，以严补录之防。①

可见王文诰本着"简明赅括"的原则，对前注采取了多种删削方式，以下
就王文诰所言连删、分删、移删、截删等方式举例予以说明，以见其得
失。所删处用下画波浪线标出。

1. 连删

连删是指将前后关联的几家注一起删去。王文诰指出："合注截驳句
字，与诗无干者，并句字驳词删去，存其未驳之文。若此注原无可取，或
别注已有复见，及驳词公当者，则本文驳词并删。"② 试看几例。

例一，《屈原塔》"南宾旧属楚"句，查注曰："《太平寰宇记》：山南
东道忠州南宾郡，理临江县。梁大同六年，立临江郡，后魏改临州。唐武
德二年，分武宁置南宾县，属临州。天宝元年改南宾郡。乾元元年复为忠
州。忠州即南宾也。刻本俱讹作'南寳'。寳者巴蜀贡赋之名，非地名也。"

榴案："王本、《七集》本、《外集》本俱作'宾'，惟补施注作
'寳'，已删。又子由诗：屈原遗宅秭归山，南宾古者巴子国。此查说之所
本也。"③王文诰将《合注》和所驳查注部分一起删去，其他部分保存。④

例二，《仆去杭五年吴中仍岁大饥疫故人往往逝去闻湖上僧舍不复往
日繁丽独净慈本长老学者益盛作诗寄之》"竺翁先已反林泉"句，分类注
次公曰："'竺翁'指言净慈本长老也。"查注曰："'竺翁'指辩才，公在
徐州有《闻辩才复归上天竺》诗，施氏注谓指本长老者讹。"翁方纲云：

---

① 《总案》凡例，第24页。
② 《总案》凡例，第24页。
③ 《苏轼诗集合注》卷1，第26页。
④ 按：此诗苏轼自注曰："在忠州。原不当有碑塔于此，意者后人追思，故为之。"查据
此作注，甚当。另据《华阳国志·巴志》载："宕渠盖为故賨国，今有賨城。""賨"可作
地名，但与诗不合。新分类注本作"賨"，清施注从误。（见常璩著，刘琳校注《华阳国
志校注》卷1，巴蜀书社，1984，第96页。）

"施注并无'竺翁'指本长老语,查驳误。"榴案曰:"此邵注仍王本注之说,今删邵注而存王本注,以证所误之由。"① 王文诰删去次公、翁方纲、冯应榴等人注,独留较为正确的查慎行注。

例三,《送孔郎中赴陕郊》"东风吹开锦绣谷"句,分类注子仁曰:"按先生《菩萨泉铭》云:庐山金像,会昌中诏毁天下寺,寺僧藏像锦绣谷云。"查注云:"《名胜志》:宜阳县在河南府城西南七十里,有锦屏山,春时花卉繁盛如锦,武后游此,赐今名。邵尧夫诗:'锦屏山映一川霞,桃李争妍二月花。'先生诗中所云锦绣谷,当指此。王氏注所引乃在庐山,非此也。"榴案曰:"诗似泛言,并非专指锦屏山也。"② 上引几家注或有误或不确切,王文诰将其全部删去。

2. 分删

分删是指在相同或相类注之间删去一家或几家。王文诰云:"查注地理已详,王、施间有一二语,适与查接,则存。如碍他事,则删。"③ 试举几例。

例一,《李思训画长江绝岛图》"大孤小孤江中央"句,分类注曰:"《同安志》:小孤山在宿松县东南一百二十里,与江州彭泽县接界。"查注曰:"《太平寰宇记》:彭蠡湖周围四百五十里,湖心有大孤山,以别德化、都昌之界。小孤山高三十丈,周围一里,在彭泽县古城西北九十里。"④ 分类注与查注相类,但查注较分类注更为详细、全面,王文诰删去分类注留查注。

例二,《送周正孺知东川》"端如何武贤"句,分类注次公曰:"按《何武传》,武之美事甚多,为九卿时多所举奏,号为烦碎,不称其贤。公功名略比薛宣而其材不及也,而经术正值过之。恐别有载称武贤字,以俟博闻。"施注曰:"《汉·何武传》:蜀郡郫县人也。弟显,家有市籍,租常不入县课。啬夫求商捕辱显家。武曰:'以吾家租赋徭役不为众先,奉公

---

① 《苏轼诗集合注》卷19,第937页。
② 《苏轼诗集合注》卷16,第771页。
③ 《总案》凡例,第23页。
④ 《苏轼诗集合注》卷17,第845页。

吏不亦宜乎?'卒白太守,召商为吏,州里皆服焉。"① 分类注不详,施注所引事《册府元龟》将其编为"以德报怨"类②,可见施注所引甚确,王文诰删分类注留施注。

例三,《蝎虎》"窗间守宫称蝎虎"句,分类注厚曰:"汉武帝以端午日取蜥蜴,置之器,饲以丹砂。至明年端午,捣之以涂宫人之臂。有所犯,辄消没。以其验于此,故得守宫之名。李贺所谓'玉臼夜春红守宫'者是也。"施注曰:"段公路《北户杂录》:蝘蜓,以器养之,食以丹砂,体尽赤。捣之以点女人支体,终身不灭。淫则点落,故号守宫。颜师古注《汉书》亦云。"榴案云:"《汉书·东方朔传》注:刘敞曰:守宫即人家屋壁中蝘蜓,俗呼为蝎虎者是也。此物唯在屋壁窗户间,夜亦出,盖用此得名耳。"③ 关于"守宫"之名的由来,分类注、施注同,《合注》所引与前两注有别,王文诰删施注、《合注》,独留分类注。④

3. 移删

移删是指改换原注的位置并有删削。此种类型与上所论王文诰对前注的改移类似,如《双凫观》"王乔古仙子"句下将查注删节后移至题下,此处从略。

4. 截删

截删是指删除注中繁冗之字句。例一,《再和》"破闷岂不贤樗蒲"句,查注曰:"《演繁露》:樗蒲之名至晋始著,其流派自博出,博用六子,樗蒲则五子。刻木为之,两头尖锐,中间平广,状如今之杏仁。凡一子悉为两面:其一面涂黑,黑之上画牛犊以为章;一面涂白,白之上即画雉。凡投子者,五皆黑则名卢,在樗蒲为最高之采。授木为掷,往往叱喝,故名呼卢。其五子四黑而一白,则是四犊,其采名雉,降卢一等;或名为枭。皆胜色也。有《樗蒲经》,不知作者姓名。今骰子之制乃祖五木,两

---

① 《苏轼诗集合注》卷 30,第 1522 页。

② 王钦若等编《册府元龟》卷 885 "总录部",中华书局,1960,第 10481 页。

③ 《苏轼诗集合注》卷 15,第 719 页。

④ 按:分类注所引与《古今事文类聚》所载略同,其所引李贺诗、李商隐诗和古宫词皆用"防淫"意。(见祝穆等编《古今事文类聚·前集》卷 9 "天时部",《文渊阁四库全书》本。)

头裁去尖锐而蹙长为方；既有六面，必着六数，不比五木但有黑白两面矣。"① 王文诰删去对"摴蒲"的具体解释之语。

　　例二，《大寒步至东坡赠巢三》题下施注曰："巢三名谷，字元修，眉山人。尝举进士京师，见举武艺者，心好之。业成而不中第。游秦、凤、泾、原间，友其秀杰。东坡责黄州，谷走江淮，因与之游。及二苏用于朝，谷未尝一见。逮谪岭海，谷慨然自眉山徒步访之。至梅州，遗文定书曰：我万里步行见公，不自意全，今至梅矣。文定惊喜曰：'此非今世人，古之人也。'既见相泣。时谷年七十三，将复见文忠于海南，文定止之曰：'今自循至儋数千里，非老人事也。'留之，不可。至新会，蛮隶窃其囊装，获于新州。谷从之，病死于新。此诗墨迹刻石成都府治，'一瓢酒'作'一尊酒'，乃元祐间所书也。"② 苏轼此诗作于黄州，王文诰删巢谷黄州以后事。

　　例三，《送岑著作》题下《合注》曰："《续通鉴长编》：元祐四年七月，朝奉大夫岑象求为考功郎中；五年九月，为殿中侍御史；十一月，象求言秀州嘉兴县民诉水灾事；六年正月，又言长垣令孙述决无罪被水灾百姓柳闰限内死事；二月，又劾邓温伯；三月，避苏辙亲嫌为金部郎中；六月，为两浙转运副使；七年六月，为户部郎中。虽皆元祐间事，亦可证其直矣。又案：先生文集有《岑象求知果州敕》，未知在元祐何时也。"③ 冯应榴引岑象求事是为了证明诗中所言"夫子静且直"，王文诰独留元祐四年七月事，而删后事，不知何意。

　　以上用举例的方式对王文诰的删改原则和方式进行了说明，虽然具体的删改情况错综复杂，但基本不出这几种模式。不难看出，王文诰删改前注有明确的原则，其方法亦较为得当，绝非肆意而为。

---

①《苏轼诗集合注》卷7，第293页。
②《苏轼诗集合注》卷22，第1111页。按：王文诰于此注后案云："施注及《宋史》皆抄袭《栾城集·巢谷传》，而子由原传作于龙川，亦缺后截，已分详儋耳内渡各案矣。"（《苏轼诗集》卷22，第1159页。）
③《苏轼诗集合注》卷7，第304页。

第三节　王文诰对冯应榴注的明删与暗采

在王文诰对前注所进行的删削中，冯应榴注所占比例最大，这直接招致了冯注拥护者的不满。冯宝圻指责王文诰的《集成》对冯注"阴据之而阳鋈之"，掩盖了《合注》的"发明之功"。他的指责被今天不少学者所接受，成为王文诰不遵守学术规范和对《合注》行"剽窃"之实的权威论断。如何看待王文诰对《合注》的删削和继承？其删削是否肆意而为，他对《合注》的继承在当时的学术环境下能否称为"剽窃"？要回答这些问题，可以从两方面着手：一是王文诰对《合注》本身的继承与删削，二是王文诰根据《合注》的意见对前注的删改。以下就从这两个方面举例分析《集成》对《合注》的删削与继承问题。

（一）王文诰对《合注》的明删

因为王文诰和冯应榴的注释目的不同，王文诰求"精"，冯应榴求"全"，因此王文诰对不合其宗旨的《合注》进行了删削，大体来说有如下五种情况。

一是《合注》在每首诗的题下皆标明其在旧分类注本和新分类注本中的类别、[1] 宋施注本之有无及《七集》所见情况，同时兼考诗题之异同。如《雨中明庆赏牡丹》题下有"王本'花木'类，旧王本'花'类，题皆无'明庆'二字；《七集》本载《续集》，补施注本载《续补遗》下卷"[2]。王文诰对此基本上全部删除。

二是前注特别是分类注和施注多有重复之处，冯应榴的处理原则是：

> 诸家注各自复出者皆删之，而云见前某诗。其有云见后某卷某诗某注者，以诸本编次前后互异，不另移也。有云旧注引某事某句见前

---

[1] 按：冯应榴所指王本指朱从延新刊二十九类本，旧王注指元刊七十八类本。（见《苏文忠诗集合注凡例十二则》，《苏轼诗集合注》附录二，第 2642 页。）为了避免与王文诰注混淆，我们在文中将"王注"称为"分类注"。

[2] 《苏轼诗集合注》卷 7，第 305 页。

某诗者，以诸家注皆同，删也。有虽复出而仍不删者，则以互见前某
诗别之，盖前后详略各殊，义亦各有取也。又有习见之字而诸注屡引
之者，甚觉无谓，今止存一条，并不再云见前见后，以省烦冗。又有
一注而删其所复，存其所不复者，又有注本可删而以旧注存之者。①

可以看出，冯应榴对各家注重复之处的删削十分谨慎，根据不同情况采取
不同的处理方式。如删去有价值之重复注，必标明互见情况；如删去无价
值之习见注，不标互见情况，则在所存条下注明"习见"字样；如相似而
不全同，则不删；如是宋施注可删而不删。应该说，冯应榴的做法要比邵
长蘅等人对宋施注重复之处径予删削的做法科学得多，但王文诰却认为邵
氏和冯氏的方法都不可取，他说：

诗之有注，取便读者。初学甫见，未必尽记，积学固有，亦或遗
亡。故凡注有重复，每因重见而省忆，于读者有益无损也。邵注每以
施注复见为讥，任意删去。……合注祖其说，并王注皆用此法，既已
删去，又注明"某事见某诗"盖必二十余字始注一条，既欲为此，曷
不存注文，简要三二句，使人见之，亦不出二十余字也。今一诗中累
列五六条至十条者，通部皆是长篇，或多至二十余条，往往数条在一
册中，此条检出，彼条已复，虽穷日力翻检，而不能汇读一诗。固知
读者皆惮烦矣。今本注删去此项。②

虽然王文诰主张保存重复之注，但他并没有在《合注》的基础上进行补
充，而是删去了《合注》所标重复注的互见情况，由此可以看出王文诰在
《合注》的基础上只做减法不做加法，以求精简。

试举几例，以见其详。如《次前韵送程六表弟》，此诗共二十句，其
中冯应榴所标互见注者有十七处，如前两句"君家弟兄真连璧，门十朱轮

---

① 《苏文忠诗合注凡例十二则》，《苏轼诗集合注》附录二，第2644页。
② 《总案》凡例，第25页。

家万石",冯应榴分别指出"'连璧'见前《游桓山》诗注""'朱轮'见前《会景亭》诗注"①"'万石'见前《姚屯田挽词》注"②。可见冯应榴在互见注上花费了很大的精力,但王文诰将此全部删去。又如《次韵述古过周长官夜饮》"云烟湖寺家家境,灯火沙河夜夜春",句后注:"'沙河'见前《望海楼》诗注。施注:白乐天《杭州上元》诗:灯火家家境,笙歌处处楼。又,'家家'、'夜夜'字皆习见,后诗惟存旧注,复者删。"③ 王文诰将冯应榴所云互见和习见注之语删去,独留施注。

三是冯应榴在整合前注的时候根据各注所引诗文复核原书,如有不合或舛误,多以案语形式指出。王文诰对这一部分《合注》有所删削,他删削的理由是:

> 唐宋类书所引经传,有可较者,有不可较者,更有何法治之?若方外地舆诸书,一条数见,更不足道。地舆散入志乘,往往增删移易,以实彼处,而名家诗句亦然。天地可老,此项不能穷也。曩者,多有以补王、施,辨查、合见责者,诰皆不答。盖此书诸注,大略已具,务补之,则阙者不可多得,必以其易得者争胜之,私欲动而偏谬起矣。务辨之,则所考书名沿革,必与查、合所引不能尽同,势必是所见,非所不见,又将牵涉其中,而滋缪辖矣。斯二者,于注实为大害,于诗毫无裨益,必欲治之,此皆人人优为。诰不当插脚是非中也。④

王文诰不仅自己不校前注所引诗文是否与他书有别,而且对冯应榴此类案语多有删削。如《王晋卿作〈烟江叠嶂图〉,仆赋诗十四韵,晋卿和之,语特奇丽。因复次韵,不独纪其诗画之美,亦为道其出处契阔之故,而终

---

① 按:检前诗《南溪有会景亭处众亭之间无所见甚不称其名……》"过客漫朱轮"句下王注曰:"《汉·杨恽传》云:乘朱轮者十人。"(《苏轼诗集合注》卷5,第198页。)可见上诗苏轼所用典当为"十朱轮",借以形容程家人才之盛也。
② 《苏轼诗集合注》卷30,第1496页。
③ 《苏轼诗集合注》卷10,第488页。
④ 《总案》凡例,第23页。

之以不忘在莒之戒，亦朋友忠爱之义也》"愿君终不忘在莒"句，施注云："刘向《新序》：齐桓公与管仲饮，管仲上寿曰：'愿君无忘出奔于莒也，臣亦无忘缚束于鲁也。'"榴案曰："今本《新序》：桓公与管仲、鲍叔、宁戚饮，鲍叔奉酒而起曰：'祝吾君无忘其出而在莒也，使管仲无忘其束缚而从鲁也，使宁子无忘其饭牛于车下也。'至施氏所引，本《后汉书·冯异传》注，或古本《新序》与今本不同耳。"① 冯应榴所引与原本不同在于，前者说话的主语为管仲，后者说话者为鲍叔，王文诰删《合注》所引。又如《食荔枝二首》其一"也到黑衣郎"句，分类注次公曰："黑衣，言猿也。《宣室志》：张长史质凶屋以居，睹黑衣人树上掷瓦见击，其弟射杀之，乃猿耳。"榴案："《宣室志》：'开元中，有王长史者，买李氏宅。闻其宅不祥，即入居。见一人衣黑衣立于几上，长史叱之。其人举一几击长史肩，又在庭树上。长史有弟善射，射之，一发遂中。其人跳上西庑瓦屋而去。寻其迹，无所见。岁秋修马厩，因发内重舍，得一死猿，有矢贯胁。验其矢，果长史弟之矢，方悟黑衣人乃猿耳。'次公注所引，其姓不符，因补录原文以备考。"② 两书不同在于是"王长史"还是"张长史"，王文诰删《合注》，并案曰："此句用《战国策》'愿令补黑衣之数，以卫王宫'事，亦兼用《宣室志》。观安顿上五字句法及'也到'二字，其意显然，公往往弄此巧也。合注复引《宣室志》，无谓，已删。"③ 比较两人案语可以看出，王文诰对前注的要求是达意则可，不细校文字，所补为前注不足者；冯应榴注释方式极其细致，前注所引只要与今本不合必一一指出。

四是冯应榴对前注个别字词进行的校正，一般也用案语指出，王文诰通常将冯之案语删去。如《孙莘老寄墨四首》其一"犀角盘双龙"句，施注云："王辟之《渑水燕谈》：蔡君谟评墨云：李庭珪、张遇墨著名当时，其制有剑脊圆饼，进贡供堂墨，其面多作蛟龙。"榴案："原注作'进贡供

---

① 《苏轼诗集合注》卷30，第1529页。
② 《苏轼诗集合注》卷40，第2065～2066页。
③ 《苏轼诗集》卷40，第2194页。

堂剑脊圆握'，今从原书。"① 冯应榴据原书改正施注误字，王文诰删冯案语。又如《过淮》题下分类注任曰："按《水经注》及《山海经》云：淮水出南阳平氏县桐柏山，东过江夏平春县北，又东过新息县，南期思县，北至厚鹿县，南与汝水合。"② 榴案云："二书文各不同，原注作《水经注》及《山海经》云云，今分析补正。"冯校改后分类注为："案《水经注》云：淮水出南阳平氏县，东北过桐柏山，东过江夏平春县北，又东径新息县南，又东过期思县北原鹿县南，汝水注之。《山海经》云：淮水出余山。注云：出义阳平氏县桐柏山。"③ 王文诰删冯案语，保留其对分类注的校改。

五是删去冯应榴对前注意义不大的辨正与补充。冯应榴整理前注的态度极其认真，不论问题大小，每有所得必行诸案语，有时显得琐碎而无谓，王文诰大量删除了与诗作本身关系不大的案语。如《十月十六日记所见》"淮阴夜发朝山阳"句，查注云："《太平寰宇记》：楚州淮阴郡，理山阳县。本汉射阳县，地在射水之阳也。晋改射阳为山阳。西北至东京二千二百五十五里，南至扬州三百里。"榴案曰："《九域志》作'至东京一千三百里'，则'二千'当是'一千'之误。"④ 似此与诗旨毫无关系的辨正，王文诰将其删去。此类辨正在《合注》中随处可见，但奇怪的是，冯应榴有时却反对查慎行的这种做法，如《金山妙高台》"弱水三万里"句，分类注援曰："《神仙传》：谢自然泛海求蓬莱，一道士谓曰：'蓬莱隔若水三万里，非飞仙不可到。'"查慎行驳正曰："谢传本云'三千里'，施氏补注则云三万里，明明改易以就诗句。注家似此者甚多，虽无系轻重，必为驳正者，恶其附会迁就也。"冯应榴就查注辨曰："补施注仍王本注，但此类语本无稽，各书互异，即如《云笈七签》又作'三十万里'，要之皆不必指为讹也。"⑤ 此类情况王文诰一般皆予删除，以求精简。

---

① 《苏轼诗集合注》卷25，第1249页。
② 《集注分类东坡先生诗》卷1，《四部丛刊》影印元虞平斋务本书堂刻本。
③ 《苏轼诗集合注》卷20，第984页。
④ 《苏轼诗集合注》卷6，第266页。
⑤ 《苏轼诗集合注》卷26，第1294页。按：邵长蘅等人删补施本，多以分类注充施注而无说明，查慎行并不细核，所驳"施氏补注"者多有分类注，冯应榴则条分缕析各归名下。

不少时候王文诰将前注和冯案对前注的辨正、补充一起删除,其理由是:"彼曰书名误我,谓方外地舆太繁,则全删之;彼谓按语误我,谓所引原文太冗,则节去之;彼谓沿革误我,谓题下不问沿革,则交削之。然皆不问孰为是非,亦若元祐诸贤,图耳目清静而已。"① 如《和蔡景繁海州石室》题下查注曰:"《太平寰宇记》:春秋郯国地,西汉之东海郡也。东魏曰海洲。朐山在城南石棚山,即朐山。东北岭巨石覆岩,上下如室,可容数十人。"榴案:"以上皆本《名胜志》,查氏作《寰宇记》,误。"② 王文诰既不满查引释地沿革,又不满冯对前注所引书名的斤斤辨正,故皆删去。

(二) 王文诰对《合注》的暗采

王文诰对前注的删削不少是采用了冯应榴的指误和辨正意见,这种情况王文诰通常将冯案语和前注一起删除。还有一部分,王文诰根据《合注》的意见对前注进行了改正,而将冯案语删去。这两种情况和以上所举五种有所不同:以上五种删削可归为注释原则的不同,而这两种情况还关乎王文诰的学术道德问题。王文诰暗采冯说而缺少说明,这当是引发冯宝圻指责《集成》掩盖《合注》"发明之功"的最主要原因。下面就对这两种情况举例说明。

王文诰据冯应榴的意见对前注进行改正而删冯案语的情况可分为两类。

一是接受冯应榴对前注所引注文的校勘,一般为简单的对勘。如《骊山三绝句》"阿房才废又华清"句,查注曰:"《元和郡县志》:阿房宫在万年县西北十四里。"榴案:"《元和郡县志》:在长安县西北十四里。"③ 王文诰从《合注》改"万年县"为"长安县"。又如《和陶饮酒二十首》其九"不如玉井莲,结根天池泥"句,查注曰:"《山海经》:太华之山削成而四方,高五千仞,广十里。山顶有池,生千叶莲花。"榴案云:"'山顶有池'二句,系《华山记》中语,查氏牵作《山海经》文,讹。"④ 王文诰据冯案所言,将后二句标为《华山记》,删冯案语。

---

① 《总案》凡例,第23页。
② 《苏轼诗集合注》卷22,第1131页。
③ 《苏轼诗集合注》卷3,第94页。
④ 《苏轼诗集合注》卷35,第1783页。

二是冯应榴对前注所引文的考证，主要是运用旁证材料所进行的较为复杂的辨误。如《僧清顺新作垂云亭》题下分类注希声曰："《杭州图经》云：宝严院，天成二年钱氏建。其亭馆有借竹轩、垂云亭。亭乃元丰中诗僧清顺作。"查注云："《咸淳临安志》：宝严院旧名垂云，治平二年改额。元丰中，僧清顺作垂云亭，又作借竹轩。"冯应榴案曰："陈述古亦有《垂云亭》诗。述古于熙宁七年已离杭州，则亭必非元丰时作，王注误。查氏引《咸淳志》，亦未细核也。"①王文诰根据冯应榴的考证成果，分别删去分类注和查注引文中的"元丰中"字，并删冯案语。又如《游金山寺》"闻道潮头一丈高"句，施注曰："《杭州图经》：枚乘诗云：发江水逆流，海水上潮头。"榴案云："疑即《七发》中二句，而后人误以'发'字连下读，又添'头'字，遂以为五言诗也。"②王文诰根据冯案意见，改为"施注：《杭州图经》：枚乘《七发》云：江水逆流，海水上潮。"③删除冯案语。但总体来说，这种情况在王文诰《集成》中并不是很多。

冯应榴对前注进行了全面的对勘、整理与辨析，发现了不少前注中的错误，并随条以案语的形式指出，这些意见很多被王文诰采用，成为其删削前注的重要依据。因王文诰力求注本之简明，删除前注时往往将冯应榴的案语一起删削，这种连删成为王文诰最常用的一种删削方式。此种情况可分为三类：一是前注所引非所注，二是前注释证有误，三是前注引文有误。试举例说明之。

一是前注所引非所注。百家、施顾、邵、查、翁等注纷繁错杂，水平不一，体例各异，问题颇多。其中有不少为注而注、附会改字而注的情况，此类问题较为严重，冯应榴多有指出，并有批驳。如《次韵子由初到陈州》"双泪寄南州"句，施注云："张祜诗：一声河满子，双泪落君前。杜牧之《怀齐安》诗：云梦泽南州。"榴案云："先生诗言陈州也，即泛注'南州'二字，亦不应专采杜牧之诗。施氏之随意填注，大率如此。邵氏

---

① 《苏轼诗集合注》卷9，第427页。
② 《苏轼诗集合注》卷7，第275页。
③ 《苏轼诗集》卷7，第307页。

从删，不为无见。今以宋刊本所有，仍补录之。余可类推。"① 冯应榴虽然指出施注之不当，并同意邵氏删的做法，但因是旧注重新补入，王文诰则连同案语一起删除。又如《河复》"初遣越巫沉白马"句，分类注次公曰："《郊祀志》：既灭南粤，命粤巫立粤祝，沉白马。"榴案："《郊祀志》'立粤祝'下并无'沉白马'事，注因诗句附会。"② 再如《游武昌寒溪西山寺》"连山蟠武昌"句，分类注云："《周礼·太卜》：掌三《易》之法，一曰《连山》。"榴案曰："此类虽注字面，未免太不切矣。"③ 分类注引古《易》名注此，失之远矣，王文诰删去。

二是前注释证有误。如《送岑著作》"随子到吾庐"句，分类注次公曰："渊明诗：吾亦爱吾庐。详此诗末句，则岑著作赴官眉州也。"榴案云："次公是想当然之词，不知梓州亦在蜀中，即可云'随子到吾庐'也。"④ 王文诰从冯说删次公注并案语。又如《雨中游天竺灵感观音院》"白衣仙人在高堂"句，查注曰："《慧光奏事录》：孝宗宣上天竺僧若讷入对选德殿，问上天竺起因：'今得几时?'讷曰：'起石晋天福四年。太祖开宝间，吴越王钱俶梦白衣天人曰：吾居处甚隘。觉而询其实，为广其殿宇。'据此，则'仙人'当作'天人'，存以备考。"榴案云："佛本金仙，查氏以若讷传述之言，即据以为当作'天人'，何太拘也。"⑤ 冯指查说苏诗异文不妥，王文诰据此删查所言。再如《次韵和王巩六首》其一"君谈阳朔山"句，分类注次公曰："先生第四篇云：宾州在何处，为子上栖霞。则定国之谪在宾州矣。今云阳朔山，则桂州有阳朔县，而地志于临桂县湘水注云：……。按《九域志》：宾州西至本州界九十三里，自界首至象州二百里。象州东至本州界九十里，自界首至桂州三百五十五里。自宾而象，自象而桂，凡七百三十八里。若是则阳朔山盖广西之名山，其亘历之长乎。"榴案："今本《九域志》与此注里数不对，并无至象州、桂州

① 《苏轼诗集合注》卷6，第224页。
② 《苏轼诗集合注》卷15，第744页。
③ 《苏轼诗集合注》卷20，第1014页。
④ 《苏轼诗集合注》卷7，第305页。按：冯应榴此说乃本题下施注所云："岑著作，梓州人，名象求，字岩起。时以提举梓州路常平还蜀，故诗云：'惟应故山梦，随子到吾庐。'"
⑤ 《苏轼诗集合注》卷7，第313页。

里数。"施注云:"《北梦琐言》:王赞侍郎,中朝名士,有杨蘧者,曾至岭外,见阳朔荔浦山水,谈不容口。尝接琅邪,从容言曰:'侍郎曾见阳朔山水乎?'琅邪曰:'某未尝打人唇绽齿落,安得而见?'盖言非贬不去也。"对于次公注和施注完全不同的两种解释,冯应榴说:"先生正用此事,以况定国之贬粤西耳。次公注太拘矣。"① 揆诸诗旨,次公见山释山的注释方式虽无大错,但与施注相比显得笨拙,施注的释典更能体现苏诗的艺术水平,王文诰从冯说删去次公注。

三是前注引文有误。如《荆门惠泉》题下山公注云:"公自注荆门山在宜都大江之南,与虎山对。"查注曰:"《太平寰宇记》:荆门本汉旧县,荆、襄之要津,唐末荆州高氏割据,建为军。北至襄州界一百七十里。《九域志》:宋开宝五年,即江陵府荆门镇建军。与《太平寰宇记》沿革稍异。要之,非宜都荆门也。施氏补注题下诡托于公自注,他本俱无,今驳正。"榴案云:"《九域志》云:开宝五年,以长林、当阳二县隶荆门军。并未云建荆门军。与《寰宇记》本合,查氏盖误读《九域志》也。"② 查注引《九域志》《太平寰宇记》指山公乃伪托公自注,"荆门山"非"荆门"。冯重检《九域志》,驳查所云与《太平寰宇记》不合说。王文诰从查、冯二说,删山公、查误处。又如《和宋肇游西池次韵》"不知巇屃舞钧天"句,分类注次公曰:"《西都赋》:巨鳌巇屃。注云:作力貌。"榴案云:"原注当是引《西京赋》,故并引注也。但误作《西都》,而以'巨灵'作'巨鳌',则又杂以《吴都赋》也。"③ 宋人作注乃引大意,冯应榴细核原文,如有不合即以案语指出,王文诰据此删削者甚多。再如《赠钱道人》"无病亦无药"句,施注曰:"《传灯录》:道吾和尚《一钵歌》:无可离,无可着,何处更求无病药?药是病,病是药,到头两事须拈却。亦无药,亦无病,正是真如灵觉性。"榴案云:"此《乐道歌》,非杯渡禅师《一钵歌》也。原注误,王本厚注亦同此误,已删。"④ 冯应榴在删削前注的时候

---

① 《苏轼诗集合注》卷21,第1062页。
② 《苏轼诗集合注》卷2,第62~63页。
③ 《苏轼诗集合注》卷30,第1484页。
④ 《苏轼诗集合注》卷18,第916页。

十分小心，一般不删，能改则改，能存尽存，但这些注文确实让人不胜其烦，对于诗意理解毫无帮助，王文诰据此进行的删削大部分是没有问题的。

总体来说，王文诰对《合注》和依据《合注》所进行的删削大体是可行、合理的。冯应榴就像一个披荆斩棘的开拓者，不辞辛劳地将各家注归拢到一起，细勘原文，查误指谬，补苴罅漏。王文诰则像一个紧随其后的清路工，将修剪后的残枝碎叶全部整理干净。在某种程度上，王文诰确实有些坐享其成，但他力求精简的注释宗旨并不允许像冯应榴一样将每条辨析和注释都完整地保留下来，也不可能在删改后注明是据冯应榴的意见，王文诰的变通办法是将不少辨析放入《总案》，尽量减少正文注释的篇幅。但是不管怎么说，王文诰删改中的某些操作无论是现在还是在当时看起来都不够严谨，然而他据《合注》进行删改的态度始终是明确的，他也并没有将别人的注揽入自己的名下，因此也不宜据此认定他"不遵守学术规范"①。

王文诰的目的很简单，为苏诗研读者提供一个简明、精当的注本。但不得不承认，王文诰令人生厌的地方在于，对前注的不足、失误之处总会夸大其词，而对前注的功绩则轻描淡写、一笔带过。他对《合注》的批驳与苛责，是其对前注的一贯姿态，非针对冯氏一家而言，这种不良习气也非王文诰独有，查氏、冯氏皆有不同程度的表现，只是王文诰有时说得确实过了火，过于自我标榜和自我欣赏，受人诟病，这一点毋庸讳言，也不必一味苛责。我们通检《合注》和《集成》所有注释，很难发现确凿的例子证明王文诰刻意将前注或《合注》的成果纳入自己名下而不作说明这样严重失范的行为，后人所指责的"剽窃"②之说有些言过其实了，如果严格按照今天的学术标准来要求清人每引必注、每删必注，则有悖常理。

第四节　王文诰对前注的删削重点及其注释理念

王文诰除了对冯应榴案语和据冯注对前注进行删削外，他还根据自己

① 王友胜：《苏诗研究史稿》，岳麓书社，2000，第285页。
② 《苏轼诗集合注》前言，第35页。

对苏诗艺术和诗歌注释宗旨的理解，对包括《合注》在内的前注进行了删削。这些删削是有重点、有选择的自觉行为，删削后的客观效果如何，是否达到了不掩诗旨、简洁明了的目的？又体现出他怎样的注释理念？以下举例说明之。

（一）王文诰大量删削与诗歌主旨关系不大的典故注释

关于典故的分类和称谓，范宁先生说："典故就是诗文中引用古代故事和前人用过的词语，有来历和出处的。一般分为事典和语典。事典里面包含一个故事。……至于语典比较简单，……这种'融化诗句'也是语典的一种。"① "事典"是狭义的典故，也是传统的认识。"语典"则是广义的典故，是今人的扩展。为了论述的方便我们再将"语典"分为"文典"和"诗典"。"文典"就是前代经典和史书、文章中最早或最典型的词语用例，"诗典"就是与前代诗歌在语词、结构等方面相类的用例。王文诰对前人注典故的不满和批驳在前面一章已经有所论及，这里就具体的删削情况举例说明。

1. 对事典的删削

苏轼对用典（主要指我们这里所称的"事典"）有明确的要求，他说："大抵作诗当日锻月炼，非欲夸奇斗异，要当淘汰出合用事。"② 因此苏诗用典表现出"广博""精精""深密"的优点③。自宋代至清代注家在此方面花费了大量心血，积累了丰富的成果，但其中叠床架屋、错解诗意的注释也不乏其例，王文诰对此多有指出，大多予以删除。

例一，《柳氏二外甥求笔迹二首》其一"君家自有元和脚"，分类注缀曰："柳公权，在唐元和间，书有名。刘禹锡《酬柳宗元》诗：柳家新样元和脚，且尽姜芽敛手徒。"查注云："《复斋漫录》云：陈无己作'脚'字，东坡作'手'字。无己诗云：'肯学黄家元祐脚。'后见东坡诗'君家自有元和手。'其理虽同，但'手'字异。云云。据此，则旧本作'手'字。但

---

① 范宁：《典诠丛书》序，《范宁古典文学研究文集》，重庆出版社，2006，第 625 页。

② 苏轼著，孔凡礼点校《苏轼文集·苏轼佚文汇编》卷 5，中华书局，1986，第 2561 页。

③ 莫砺锋：《唐宋诗歌论集》，凤凰出版社，2007，第 316 页。

'元和脚'三字见刘宾客诗中，自有来处，姑存其说。"冯应榴案云："先生诸集本皆作'脚'，《复斋》之说恐不确。"① 王文诰案曰："柳子玉善草书，故前有《观子玉草圣》诗，所谓'柳侯运笔如电闪'者是也。二甥皆子玉之孙，故有此联。次章之'何当火急传家法'句，意与'电闪'意合，亦指子玉也。公本意用柳家事，缪注并不误。查注不知发明其诗，而乃引《复斋漫录》，谓'元和脚'当改作'元和手'，合注犹复存之，今删。"②

今按：王文诰指出了苏诗切姓用典之妙。"元和脚"本指柳公权，此以"元和脚"代指柳子玉，以二甥比柳宗元，不仅姓同而且二者都善书法。王文诰指责查氏不知发明诗意而引异说，故删之。

例二，《王颐赴建州钱监求诗及草书》"自言亲受方瞳翁"句，分类注曰："《南史》：陶弘景年逾八十而有壮容。仙书云：眼方者寿千岁。弘景末年，一眼有时而方。"分类注厚曰："真人之目方瞳，绿筋贯之，有紫光。"分类注援曰："《神仙传》：李根两目瞳子皆方。《仙经》说：八百岁人，瞳子方也。"次公注曰："《拾遗记》：老耼五人，瞳子皆方，与老聃共谈天地之数。"③

今按：各家所引"方瞳"者皆不同，苏轼诗句似无特指，各注皆可，王文诰独留厚注，删其他注，取其简明。

例三，《暴雨初晴楼上晚景五首》其三"白汗翻浆午景前"句，分类注曰："杜子美诗：南方六七月，出入异中原。老少多渴死，汗逾水浆翻。"施注云："《世说新语》：魏钟毓、钟会少有令誉，年十三。文帝闻之，于是敕见。毓面有汗。帝曰：'卿面何以汗？'对曰：'战战惶惶，汗出如浆。'复问会：'卿何以不汗？'对曰：'战战栗栗，汗不敢出。'《淮南子》：挈一石之尊，则白汗交流。"④

今按：王文诰删施注所引《世说新语》，因苏诗并无用此典之意，故删。其汗出如浆者乃天热所致，与杜诗相类。引《淮南子》，乃注"白汗"

---

① 《苏轼诗集合注》卷11，第505页。
② 《苏轼诗集》卷11，第543页。
③ 《苏轼诗集合注》卷6，第217页。
④ 《苏轼诗集合注》卷9，第435页。

之语典，故存。

2. 对文典的删削

例一，《寄刘孝叔》"平生学问只流俗"句，施注曰："《礼记》：不从流俗。郑玄曰：流俗，失俗也。《汉·司马迁传》：若望仆不相师，而用流俗人之言。颜师古注：望，怨也。流俗，谓随俗人之言而流移其志。"① 王文诰删施并案云："《东都事略》：安石为神宗言朝士朋比之情，且曰：'陛下欲以先王之正道，胜天下流俗，故与流俗相为轻重。流俗权重，则天下之人归流俗，陛下权重，则天下之人归陛下。今奸人欲败先王之正道，以沮陛下之所为，而天下之权，已归于流俗矣。'诰补施注缺文，载此条以见一斑。"②

今按：施注引《礼记》《汉书》注"流俗"出处及含义，无关诗旨，王文诰删去，引《东都事略》注苏诗此处所言"流俗"之真实用意，乃借王安石攻击苏轼等人之言而用之。王文诰所引本为此诗题下施注，残缺不全，移为句下注，引《东都事略》相似处补之。

例二，《晓至巴河口迎子由》"仰天无一席"句，施注云："《庄子·齐物论篇》：南郭子綦隐几而坐，仰天而嘘。"榴案："韩退之《祭张员外文》：同卧一席。"③

今按：施注"仰天"，《合注》注"一席"，与诗意理解无所帮助，王文诰皆删。

3. 对诗典的删削

例一，《海棠》"东风渺渺（一作：袅袅）泛崇光"句，分类注云："《楚辞》宋玉《招魂》：光风转蕙，泛崇兰些。"施注云："白乐天《我年》诗：青云高渺渺。"④ 王文诰案云："施注既以袅袅为渺渺，即不当以白乐天'青云高渺渺'句释诗。云高可见，风高不可见也。《楚辞》'袅袅兮秋风'，谓风细而悠扬也。公《赤壁赋》'余音袅袅，不绝如缕'，其命意

---

① 《苏轼诗集合注》卷 13，第 608 页。
② 《苏轼诗集》卷 13，第 635 页。
③ 《苏轼诗集合注》卷 20，第 1024 页。
④ 《苏轼诗集合注》卷 22，第 1139 页。

正同。由是推之，则此句正用《楚辞》也。空蒙可从，渺渺必不可从。"①

今按：王文诰此注具有校勘性质，他指出施注引白乐天诗注"渺渺"之不当，其原因是白氏诗乃形容可见之云，此为不可见之风，然后又引《楚辞》、苏文证当为"袅袅"而非"渺渺"。

例二，《九月十五日观月听琴西湖示坐客》"碧空卷微云"句，宋五注本赵云："'卷云'字祖出《辨命论》：荆昭德音，丹云不卷。而李、杜、韩皆用焉。杜诗：晴天卷片云。李诗：苦雨思白日，浮云何由卷。韩退之诗：纤云四卷天无河。"②

今按：此注乃冯应榴据宋刊五家注残本补入，赵注指出"卷云"之原始出处，并指出在诗中的运用情况，王文诰或因其习见而删去。

（二）王文诰反对引佛禅典籍注苏轼平易之诗句

诗中所涉及的佛禅典籍也属于广义上的典故，可以统称为佛典。

例一，《和子由渑池怀旧》"鸿飞那复计东西"句，查注曰："《传灯录》：天衣义怀禅师云：'雁过长空，影沉寒水，雁无遗踪之意，水无留影之心。若能如是，方解向异类中行。'先生此诗前四句暗用此语。"榴案："此条见《五灯会元》，非《传灯录》也。"③王文诰案云："公后与王彭遇，始闻释氏之说，本案已立专条，非比往时注家指东画西皆可附会也。查注引《传灯录》义怀语，谓此四句本诸义怀，诬罔已极。凡此类诗，皆性灵所发，实以禅语，则诗为糟粕，句非语录，况公是时并未闻语录乎。……合注不知删驳，反谓义怀语出《五灯会元》，不出《传灯录》，可谓以五十步笑百步矣。今皆删。"④

今按：王文诰反对查注引《传灯录》注苏诗，除了他论诗主张"性灵说"外，还因他据苏文考证认为苏轼此时尚未接触《传灯录》等佛家典籍，《总案》引《王大年哀词》云："嘉祐末，予从事岐下，而太原王君，讳彭年字大年，监府诸君，居相邻，日相从也。……予始未知佛法，君为

---

① 《苏轼诗集》卷 22，第 1187 页。
② 《苏轼诗集合注》卷 34，第 1696 页。
③ 《苏轼诗集合注》卷 3，第 90 页。
④ 《苏轼诗集》卷 3，第 97 页。

言大略，皆推见至隐以自证耳，使人不疑。予尤喜佛书，盖自君发之。"
以此为证，王文诰认为苏轼作《和子由渑池怀旧》时为嘉祐六年，王彭讲
佛法在嘉祐八年，所以苏轼此诗未受《传灯录》等佛书影响。①

例二，《泛颍》"散为百东坡，顷刻复在兹"句，分类注云："《传灯
录》：良价禅师过水观影，大悟，有偈曰：我今独自往，处处得逢渠。渠
今正是我，我今不是渠。"查注曰："刘须溪云：先生诗'散为百东坡，顷
刻复在兹'，意本《传灯录》。慎按：《传灯录》：良价禅师因过水睹影而
悟，有偈曰：切忌从他觅，迢迢与我疏。下文我今独自往云云，已见王
注。"②王文诰案曰："若王注、查注并引《传灯录》'过水观影'，而查评
又谓'深于禅理'，泥甚。凡有无空观水月等句字，诗家皆能以己意发之，
特其炉锤不同，故口角有别耳。若必概以为禅而分其学之浅深，无是事
也。今删二注，而录纪说。"其所引纪评为"眼前语写成奇采，此为自在
神通"③。

今按：王文诰引纪评为自己张目，认为寻常的字句诗人"能以己意发
之"，引佛典反掩苏轼神通。凡似此，没有明显受到佛禅影响并且意思显
豁的诗句，王文诰通常以诗人、评论家的眼光反对引佛籍作注，甚至忌谈
"禅理"二字，这也是他与其他注家的不同之处。

（三）王文诰推崇苏诗的艺术成就，凡遇异议之注必尽力辩驳，
并多有删削

例一，《与舒教授张山人参寥师同游戏马台书西轩壁兼简颜长道二首》
"路失玉钩芳草合"句，前注皆以为苏轼误用"玉钩"地名，试看各家注
分类注次公曰："《桂苑丛谈》：李蔚咸通中自大梁移镇淮海，见郡无胜游
之地，命于戏马亭西连玉钩斜道，葺亭名赏心。今云'路失玉钩'，误用，
此扬州戏马亭事也。白鹤则山中故事也。"施注云："《桂苑丛谈》：咸通中

---

① 见《总案》卷3、4、5。按：刘石先生不同意王文诰此说，他认为苏轼十几岁就开始接触
佛教，此诗受到了佛书的影响，只是查、冯所引具体出处欠妥。（见刘石《苏轼与佛教三
辨》，《北京师范大学学报》1990年第3期，第87~88页。）
② 《苏轼诗集合注》卷34，第1701页。
③ 《苏轼诗集》卷34，第1795页。

李蔚镇彭城，于戏马亭西连玉钩斜道，开创池沼，构葺亭台，名之曰赏心。……陈无己《诗话》乃云：眉山长公守徐，尝与客登项氏戏马台，赋诗云：'路失玉钩芳草合，林亡白鹤野泉清。'广陵亦有戏马台，其下有路号玉钩斜。唐高宗东封，有鹤下焉，乃诏诸州为老氏筑宫，名白鹤。公盖误用，而后所取信，故不得不辨也。"冯应榴对王注、施注辨正曰："《唐书·李蔚传》：为宣武节度，徙淮南。乾符初，罢为东都留守，拜河东节度，卒。无镇彭城事。至王本注所引《桂苑丛谈》'自大梁移镇淮海'，正与史合。施注亦引《丛谈》，而误作彭城，非也。陈后山所辨与王本注合，但云广陵亦有戏马台，并误。盖徐州名台，广陵名亭也。今详为订正。"①分类注和陈说皆指苏诗将扬州"玉钩斜"误为徐州地，冯应榴从之，王文诰案曰："玉钩斜，人尽知为扬州事，可谓公独不知乎？且所谓玉钩斜道者，像其形也，非真有玉钩之一物，不可移掇他处者。此诗因戏马台借用，犹言台下之路，悉为芳草所合，不见如钩之形而已。当是时，陈无己方受知于徐，诗果有误，何不质言之，乃晚年载入《诗话》，是可异矣。王注释、施注皆主陈说，谬甚，今尽删。"②

今按：王文诰认为苏诗借用扬州"玉钩斜"之名有两个原因：一是地形像"玉钩"，二是扬州"玉钩斜"与"戏马亭"相连，此因"戏马台"而联想到"玉钩斜"。揆诸情理，苏轼此诗乃记出游实况，用错地名的可能性不大，王文诰的"借用"说更为合理。另外，"路失玉钩芳草合"与下句"林亡白鹤古泉清"对仗工稳，为达此效果，适当的联想和想象也是必要的。王文诰不从陈说还与他认为《诗话》非陈无己所作有关③。

———————

① 《苏轼诗集合注》卷17，第853~854页。

② 《苏轼诗集》卷17，第887页。

③ 《苏海识余》卷2，王文诰云："陈无己《诗话》往往荒谬，予屡纠之矣。此皆查注不顾皂白，任意搬载之失，如为泯去后必有收旧注者有复阑入，是以驳正。后阅洪迈《容斋题跋》、陈振孙《直斋书录解题》并谓后山《丛谈》、《诗话》舛错，非无己作。陆务观曰'《丛谈》或恐为无己少作，闻见未周，故多与本人时史传不合。《诗话》绝非无己所为'。今细检王本载无己注二十四条，鲜不平正简当，是查注多引谬说，不独疵累本集，即无己亦冤也。"关于《后山诗话》是否为陈师道所撰的问题，历来众说纷纭，否定者多，肯定者少。《四库全书提要》撰者认为："疑南渡后，旧稿散佚，好事者以意补之耶。"郭绍虞先生也认为："意者原稿未及刊行，他人得之复加增益。"（《宋诗话考》，中华书局，1979，第17页。）

例二，《次韵杨公济奉议梅花十首》其四"玉奴终不负东昏"句，分类注曰："《南史·王茂传》：东昏妃潘氏玉儿有国色，武帝将留之，以问王茂。茂曰：'亡齐者此物，留之恐贻外议。'帝乃出之。军主田安启求为妇，玉儿泣曰：'昔者见遇时主，今岂下匹非类。死而后已，义不受辱。'乃自缢，洁白如生。"施注云："牛僧孺《周秦行记》：僧孺遇薄后、潘妃、杨妃、戚妃，作诗云：香风引到大罗天，月地云阶拜洞仙。共道人间惆怅事，不知今夕是何年。后曰：'今夕谁伴牛秀才？'戚辞，潘亦辞曰：'东昏以玉儿故，身死国除，不拟负他。'乃令王昭君夕焉。杨妃在坐，自称玉奴。"查注云："《容斋续笔》：政和初，蔡京禁苏氏学，蕲春一士独杜门注其诗，不与人往还。钱伸仲为黄冈尉，因考校上舍，往来其乡，三进谒然后得见。首请借阅其书，士人指案侧巨编数十，使随意抽读，适得《和杨公济梅花十绝》。'月地云阶漫一尊'云云，注曰：玉奴，齐东昏侯潘妃小字。临春、结绮者，陈后主三阁之名也。伸仲曰：'所引止于此耶？'曰：'然。'伸仲曰：'唐牛僧孺所作《周秦行记》，记梦入薄太后庙，见古后妃辈，所谓月地云阶见洞仙。东昏以玉儿故，身死国除，不拟负他。乃是此篇所用，先生何为没而不书？'士人恍然失色，不复一语。顾其子然纸炬，悉焚之，曰：'吾枉用工夫十年，非君几贻士林嗤笑。'伸仲每谈其事，以戒后生。洪容斋云：玉奴乃杨妃自称，潘妃则名玉儿也。《韵语阳秋》云：东坡诗云：玉奴弦索花奴手。玉奴谓杨妃。及《和梅花》诗，乃言玉奴终不负东昏。何耶？当是笔误耳。"[1] 由上引可以看出，宋人认定苏轼用"玉奴"属于误用典故，因此施注很肯定地在此词下注"'奴'当作'儿'"。但王文诰于此却有不同的看法，他说：

> 凡人与物呼以奴者，不可悉数。女子皆通称奴与儿，玉奴非杨妃
> 名，玉儿非潘妃名，皆加一字称之，犹男子字纯、字穆，则称纯父、
> 穆父，奴、儿之义，盖从其少与小也。公乃咏梅，并非咏史，呼玉儿
> 以奴，无不可者。如上首《玄都观》并无霜根，而诗用刘郎，可谓公

---

① 《苏轼诗集合注》卷33，第1648页。

并此不知乎！此题名作林立，其命意总欲不着迹象。乃查注引洪容斋、葛立方语，纷然引辨，此皆注家陋习，今删。①

今按：苏诗中三次出现"玉奴"，除此首外，还有《四时词》其四中的"玉奴纤手嗅梅花"，以及《虢国夫人夜游图》中的"玉奴弦索花奴手"。《夜游图》中的"玉奴"指杨玉环，历来无异议。《四时词》中的"玉奴"清代以前各本无异议，查慎行据宋人《芥隐笔记》意见改为"玉如"②。巧合的是，《四时词》和此首皆咏梅花，苏轼是否将"玉奴"和"梅花"作了某种比附？王文诰主张"玉奴"和"玉儿"皆指同一人，两者可以通用，苏轼并不误。这一方面是出于对苏轼的维护，另一方面也是他在典故注释方面力求通脱、灵活的一贯作风。

（四）王文诰注苏诗力求简洁，对前注枝蔓之处多有删削

例一，《次韵子由使契丹至涿州见寄四首》其四"旋看蜡凤戏僧虔"句，分类注云："《南史》王昙首与兄弟集会，诸子孙任其戏：适僧虔采蜡烛珠为凤凰，伯父弘称其美。"施注云："《南史·王僧虔传》：父昙首与兄弟集会，子孙任其戏。适僧虔采蜡烛珠为凤凰，伯父弘称其长者。或云僧绰。"查注曰："《宋书》：王弘与兄弟会集，任子孙戏。僧达跳下地，作虎子，僧绰正坐，采蜡烛珠为凤凰，僧虔累十二棋。则蜡凤之戏乃僧绰，非僧虔也。《南史·王僧虔传》与《宋书》略同。先生偶讹用僧绰事为僧虔。注家既迁就史传以就本文，复曰或云僧绰，其纰缪如此。"查注指苏轼误僧绰事为僧虔，责分类注、施注改史书就苏诗。冯应榴对查注做了进一步辨正，他说："《南史·王僧虔传》云僧绰采蜡烛珠为凤凰云云，下又曰或云僧虔采蜡珠为凤凰，弘称其长者。又《南齐书·王僧虔传》：年数岁，独正坐，采蜡珠为凤凰云云。则先生诗正用此事，并未有讹。即王注引《南史》作僧虔，亦非无本。施注虽以为'或云僧虔'句讹作'或云僧绰'，而两引亦不为误。查氏直指先生为讹用僧绰事，又以注家迁就本文

---

① 《苏轼诗集》卷33，第1737页。
② 《苏轼诗集合注》卷21，第1054页。

为纰缪，转误甚矣。又案：《苕溪渔隐》曰：《晋书》：王弘与兄弟集会云云，则蜡凤凰戏乃僧绰也。则是查氏乃踵南宋人之误，而未加深考，且又作为己说耳。又《能改斋漫录》亦同此误。"① 王文诰删查、冯对前注的驳正之词，并案云："此类事，传闻异词，并无此非彼是之别，僧虔、僧绰皆可用也。查注驳注则可，谓公讹用即非。今删其讼蔓，而存四注，所引之文，其义已可见矣。"②

今案：此条注较完整地保存了苏诗注是如何由不完善到完善、由简单到繁复的过程。查注首发其难，指出苏诗和前注的失误，最终经过冯应榴的详细考察使问题得到了澄清。王文诰删除查、冯的辩驳之词，目的在于使注由繁归简，他认为此类传说异辞的地方不必细校："本诗与注引古事，往往人名事迹互异。如卢怀慎、郑余庆者多矣。后之注家各据所见，非所不见。予谓此不足校也。"③ 由此可以看出王文诰与前代注家在注释理念上的不同。

例二，《荔支叹》"洛阳相君忠孝家，可怜亦进姚黄花"句，苏轼自注云："洛阳贡花自钱惟演始。"分类注次公曰："忠孝家，以言钱惟演，盖钱王则忠孝王也。"分类注厚曰："欧阳《牡丹谱》：姚黄者，千叶黄花。出于民姚氏家。"查注云："《全芳备组》引《洛阳风土记》云：洛阳至东京六驿，旧不进花。李相迪留守，始进。乘驿马，一日一夜至京师。所进不过姚黄、魏紫三数朵，用菜叶实竹笼中藉覆之，以蜡封花蒂，数日不落。王辟之《渑水燕谈》亦云：李文定始进牡丹。慎按《宰辅编年录》：李迪天禧四年自参知政事拜相，五月而罢知郓州。明道二年自河阳再召入相，罢知亳州。寻降知密州。康定初，知天雄。考文定前后历官，未尝为洛阳守也。钱惟演于乾兴元年自枢相罢任，天圣九年改判陈州。自言先陇在洛阳，愿司宫钥。遂命守河南。今先生称为洛阳相君，断为钱思公无疑。李文定，贤相也，岂可令蒙不踬之名。因举旧说牵连，辨正及此。"冯应榴案曰："《宋史》及《东都事略》'李迪传'并载知河南府，则是文

① 《苏轼诗集合注》卷 31，第 1584～1585 页。
② 《苏轼诗集》卷 31，第 1671 页。
③ 《苏海识余》卷 4，第 894 页。

定曾官洛阳。但进牡丹事，或未必有耳。"又查注云："《埤雅》：牡丹之名以姓著者，姚黄、左黄、牛黄、魏华。姚黄者，出姚氏。此花之出，于今未十年。姚氏居曰司马坂，地属河阳而花传洛阳，一岁不过数朵。钱思公尝言：人谓牡丹为花王，今姚黄真为王，而魏紫乃后也。"①

今按：此句苏诗自注、分类注简洁明当，已无须再注。查注节外生枝地引入初进姚黄者乃李迪之说，又考证李迪说不能成立，冯应榴继补之。王文诰删去查、冯与诗旨无关之考证，甚当。

例三，《游金山寺》"是时江月初生魄"句，施注云："《尚书》：月三日庚戌，柴望，大告武成。既生魄。《礼记》：月三日而成魄。"邵注云："《尚书》：厥四月，哉生明。又：哉生魄。注哉，始也。始生明，月三日也。始生魄，十六日也。又：魄，月质也。"翁方纲注："按：《武成》'既生魄'，谓十五日之后也。《礼记》'月三日而成魄'，则谓月之初三日也。东坡此诗自指初三而非十五日之后，明矣，似不当以《尚书》与《礼记》并引。然《礼记》但云'成魄'而无'生魄'之文，则初三之月言'生魄'者，有类于杜撰矣，窃尝考之。《礼记·乡饮酒义》'象月之三日而成魄也'，陆德明《释文》曰：魄，普百反。《说文》作'霸'，云'月始生霸然也'。徐楚金《说文系传》曰：承大月，二日；承小月，三日。从月，霸声。《周书》曰：'哉生霸。'据此，则徐氏释《说文》，以'生魄'之文牵合为一尔。"②王文诰对此案曰："公以十月十六日至山阳，自应以十一月初三日至金山，且有'二更月落'之句为证，即非十六日之事矣。邵、翁二注，徒滋讼说，皆删。"③

今按："生魄"在月初生时或月圆而始缺时，此指月初生时，施注言之已详。邵补施注，翁方纲又就邵注进行辨正，王文诰认为没必要，并引下句"二更月落天深黑"证明为月初生时，存施注，删邵、翁注，以求简明。

王文诰对前注的删削类型多样，以上所列只是其中较具代表性的几种。此外，还有对查慎行地理类注释的删削、对前注时事人物注释方面的

①　《苏轼诗集合注》卷39，第2031页。
②　《苏轼诗集合注》卷7，第275页。
③　《苏轼诗集》卷7，第308页。

删削、对逸闻传说的删削等，这里不再一一列举。总之，王文诰的删削皆有较合理的依据，非肆意而为，整体上较《合注》更为简洁，但其中也存在一些删削失当之处。通过这些删削，我们可以清晰地看到王文诰在注释方面力求精简、灵活、直指诗旨的注释理念。

第五节　王文诰对前注删削的失当之处

王文诰对前注的删削"篇幅略减于合注十之二"①，这些删削确实达到了精简的目的，但其中不乏删削失当之处。其原因是多方面的：有些是注释观念和前注不合而武断删削，有些是前注的考证成果没有利用而删削，有些是态度不够严谨而删削错乱。这些失当之处，有的是王文诰有意为之的，有的则是无意中造成的。此处所谓"失当"乃就删削部分的价值而言是否有益于诗歌之理解，并无严格标准，有些也仅提出来供探讨。今对勘《集成》与《合注》，就其中删削不当之处归为以下几类，分别举例论述。

（一）未吸收前注考证成果而删削

前注的考证成果，特别是冯应榴对前注的补正、指误，王文诰并没有全部采用，使得问题继续存于注中。

1. 删除补书名的成果

冯应榴一个很重要的工作是核对原文，补前注所缺书名，并多以案语的形式指出，有些王文诰直接采用，删去冯氏案语，有些则没有采用，亦删去冯案语，埋没了冯注的功绩。如《僧爽白鸡》"还须却置莲花漏"句，分类注援曰："远法师在山中，置莲花漏，眠其早晚，以为行道之节。"榴案："见《国史补》，又见《翻译名义集》。"② 又如《铁拄杖》"径渡洞庭探禹穴"句，分类注厚曰："禹巡狩至会稽而崩，因葬焉。上有孔穴，民间云禹入此穴。"榴案："见《史记·太史公自序》。"③ 再如《次韵钱舍人

---

① 《苏轼诗集》前言，第 16 页。
② 《苏轼诗集合注》卷 8，第 369 页。
③ 《苏轼诗集合注》卷 20，第 1035 页。

病起》"坐觉香烟携袖少"句，分类注缜曰："梅学士询好焚香，每晨起必焚两炉，以公服罩之，撮其袖以出，坐定撒开，郁然满堂。"榴案："见《归田录》。"① 冯应榴所补书名多为分类注，这些王文诰应该采用。

2. 删除指前注引书有误的成果

冯应榴对前注多有辨正，其中有些已经指明前注失误之处，王文诰没有据改，而是径予删除。如《问大冶长老乞桃花茶栽东坡》题下查注："《九域志》：唐置大冶青山场，南唐升为县。"榴案："今本《九域志》无此条。查氏误以《名胜志》为《九域志》也。"② 又如《送邓宗古还乡》"南郑有李郃，妙得甘公书"句，分类注次公曰："《后汉书》：李郃，汉中南郑人。善河图风星。汉初有甘公、石公，亦知星。"榴案："《后汉书·天文志》：魏石申夫，注或言石申父，齐国甘公，皆掌天文之官。此在秦以前也。原注作'汉初'，讹。"③ 再如《余来儋耳得吠狗曰乌嘴甚猛而驯随余迁合浦过澄迈泅而济路人皆惊戏为作此诗》"乌喙本海獒"句，分类注援曰："《尔雅·释虫篇》：狗四尺为獒。"榴案："此条见《尔雅·六畜》篇，原注作《释虫》，讹。"④ 似此王文诰皆应据冯注改正，或保留冯注，径予删除，不当。

3. 删除指前注理解有误的成果

冯应榴指前注对诗意理解有误而注释失当，王文诰没有细考而删去。如《谢运使仲适座上送王敏仲北使》"冲风振河朔"句，查注云："《太平寰宇记》：河东道朔州马邑郡，理鄯阳县。秦为雁门郡。唐武德四年，置朔州，领县二。州境东西四百八十里，南北九十七里。"榴案："诗意概言河北，查注专引河朔，误。"⑤ 苏诗所言"河朔"乃是泛指黄河以北地区，查慎行化虚为实，专注朔州，冯应榴指出查注偏颇之处，王文诰删去，不当。又如《夜泛西湖五绝》其一"才破五六渐盘桓"句，施注云："《文

---

① 《苏轼诗集合注》卷 27，第 1362 页。
② 《苏轼诗集合注》卷 21，第 1089 页。
③ 《苏轼诗集合注》卷 31，第 1567 页。
④ 《苏轼诗集合注》卷 43，第 2215 页。
⑤ 《苏轼诗集合注》卷 37，第 1881 页。

选·古诗》：三五明月满，四五蟾兔缺。"榴案曰："诗意似指初五六日，玩下首可悟，原注所引似非。"① 施注所引诗中"三五"和"四五"分别指十五日和二十日，如果按照这种用法，苏诗所言"五六"当指三十日，但与下句"今夜吐艳如半璧"之"半璧"意思不合。王文诰《总案》将此诗编为熙宁五年七月八日作，② 与"才破五六"意合，甚当。冯应榴对施注的怀疑是正确的，王文诰不删施注而删冯案语，失当。又如《仆曩于长安陈汉卿家见吴道子画佛碎烂可惜其后十余年复见之于鲜于子骏家则已装背完好子骏以见遗作诗谢之》"烟薰屋漏装玉轴"句，分类注敬夫曰："《法书苑》：颜鲁公与怀素同学草书于郭兵曹，或问：'张长史见公孙大娘舞剑器，始得低昂回翔之状，兵曹亦有之乎？'怀素以古钗脚对，鲁公曰：'何如屋漏痕。'"榴案云："诗言以薰黑漏损之书画装潢宝贵，不辨真伪也。王注所引非。"③ 苏诗所云"烟薰""屋漏"乃照应题目所言"碎烂"之状，敬夫所引"屋漏痕"乃书法的一种运笔方式，指"欲其无起止之迹"④，似与诗意不合。并且苏诗言画，分类注言书法，引此注诗有些不类。王文诰或不同意冯氏意见，但不置一词，删去冯案语，失之草率。

（二）未加辨析前注对苏诗的指误而删削

前注对苏诗不足之处也时有指出，王文诰就可议者做了辨正，有些则直接删除，其中不乏武断、失当之处。

1. 删除对苏轼误用典故考证的成果

关于苏轼的误用典故问题，历来多有探讨，王文诰大多予以删除。如《次韵答邦直子由五首》其四"懒卧元龙百尺楼"句，榴案："《闻见后录》云：百尺楼者刘备，非元龙。误也。"⑤ 又如《有言郡东北荆山下，可以沟畎积水，因与吴正字、王户曹同往相视，以地多乱石，不果。还，游圣女山，山有石室，如墓而无棺椁，或云宋司马桓魋墓。二子有诗，次其韵，

① 《苏轼诗集合注》卷7，第333页。
② 《总案》卷7，第226页。
③ 《苏轼诗集合注》卷16，第807页。
④ 姜夔著，朱友舟注评《续书谱》，江苏美术出版社，2008，第129页。
⑤ 《苏轼诗集合注》卷15，第712页。

二首》其二"奈有中郎解摸金"句，查注云："《艺苑雌黄》云：东坡诗以'校尉'为'中郎'，误。"榴案："《敬斋古今黈》亦云然。"① 再如《和梅户曹会猎铁沟》"不向如皋闲射雉"句，分类注次公曰："皋者，泽名也。如，训往也。言御其妻而往于皋泽也。然自古《乐府》诗已误使。《乐府》诗有《雉子班》三篇，皆使'如皋'字。张正见曰：'唯当度弱水，不怯如皋箭。'毛处约曰：'能使如皋路，相追巧笑归。'江总曰：'暂往如皋路，当令巧笑开。'上两篇犹未觉其误，至江总诗'如皋'上'暂往'字，盖误指'如皋'两字为地名矣。今先生亦承此误乎。"② 虽然前注对苏轼用典的纠正未必都正确，当这种探讨有益于苏诗的更好理解，王文诰将这些不同意见一律删除有失妥当。

2. 删除对苏轼误用名物考证的成果

如《客俎经旬无肉又子由劝不读书萧然清坐乃无一事》"绛帕蒙头读道书"句，榴案曰："《老学庵笔记》：《孙策传》'张津常着绛帕头。'帕头者，巾帻之类，犹今言幞头也。韩文公云'以红帕首'，已为失之，东坡增一'蒙'字，其误尤甚。"③ 又如《次韵子由所居六咏》其一"堂前种山丹，错落马脑盘"句，榴案云："《瓮牖闲评》：东坡诗，山丹以比马脑盘。今世所谓山丹者，其状宛类鹿葱，但差小。东坡蜀人，不识山丹，误认罂粟耳。"④ 这些都未经考实，王文诰径予删去，有失妥当。

（三）未细核注文而误删

王文诰截删前注有不够严谨的地方，使删后注文难以理解。如《山村五绝》其四"杖藜裹饭去匆匆"句，分类注曰："《庄子·让王篇》：原宪

---

① 《苏轼诗集合注》卷15，第749页。
② 《苏轼诗集合注》卷13，第620页。按：对于赵次公的说法有不同的意见，此诗句下冯应榴引南宋人王（按：当为吴）聿《观林诗话》云："尝见东坡手写《会猎》诗云'向不如皋闲射雉，人间何以得卿卿。'世所传本乃作'不向如皋'，遂以为东坡误用'如皋'为地名，特未尝见写本耳。"王文诰据此删赵次公注，并改"不向"为"向不"，此种改动无版本依据，各本历来皆作"不向"，且改动后意义也不如前。
③ 《苏轼诗集合注》卷41，第2124页。
④ 《苏轼诗集合注》卷40，第2083页。按：杨万里有《山丹花》诗"花似鹿葱还耐久，叶如芍药不多深"句，与《瓮牖闲评》所论略同。（见杨万里撰，辛更儒笺校《杨万里集笺校》卷22，中华书局，2007，第1130页。）

藜杖应门。"冯应榴案云:"'裹饭'见前《秋怀》诗注。"① 检前《秋怀二首》其二"裹饭救寒苦"句下分类注云:"《庄子·大师宗篇》:裹饭而往食之。"② 王文诰将二注合为一注,改为:"王注:《庄子·让王篇》:原宪藜杖,应门裹饭。"③ "应门"与"杖藜"者非一人,王文诰删"见前《秋怀》诗注"合"裹饭"一词入上注,误矣。又如《书林逋诗后》"神清骨冷无由俗"句,榴案曰:"《晋书·卫玠传》:叔宝神清。'骨冷'见前《夜过舒尧文》诗注。"④ 检前《夜过舒尧文戏作》"先生骨清少眠卧"句下施注云:"韩退之《桃源歌》:月明伴宿玉堂空,骨冷魂清无梦寐。"⑤ 王文诰节删冯应榴案语"见前《夜过舒尧文》诗注",将"骨冷"并入前注,改为"合注:《晋书·卫玠传》:叔宝神清骨冷。"⑥ 很明显,以上所举两例皆因王文诰疏忽而致误。再如《游径山》"奔走吴会输金钱"句,查注曰:"范成大《吴郡志》云:世多称吴门为吴会,自唐已然,此殊未稳。天下都会之处多矣,未有以地名冠于'会'之一字而称之者。吴本秦会稽郡,后汉分吴、会稽为二郡。后世指二浙之地,通称吴会,谓吴与会稽也。《庄子释文》浙江注云:今在余杭郡,后汉以为吴、会分界。其云'分界',则言两地尤明。褚伯玉隐居剡山,齐太祖手诏吴、会二郡以礼迎遣。此证尤切。按宋元嘉时,以扬州浙西属司隶校尉,而以浙东五郡立会州,以隋王诞为刺史,此单称会之证也。"⑦ 王文诰为求简洁,删去部分注文,本无可厚非。但将"其云""按"等指示为案语的词一起删除,使范成大案语和所引《庄子释文》语混为一谈,难以分辨,给读者理解造成困难。似此皆为王文诰删削不够细心所致。

(四)径删前注对苏诗的阐释

王文诰善于阐发诗意,揭示苏诗的艺术特点,前注对此也偶有涉及,

① 《苏轼诗集合注》卷9,第413页。
② 《苏轼诗集合注》卷8,第355页。
③ 《苏轼诗集》卷9,第439页。
④ 《苏轼诗集合注》卷25,第1273页。
⑤ 《苏轼诗集合注》卷17,第865页。
⑥ 《苏轼诗集》卷25,第1344页。
⑦ 《苏轼诗集》卷7,第349~350页。

但王文诰大多予以删削，删削最多的是宋赵次公此类注。如《病中夜读朱博士诗》，分类注赵次公于诗后注云："诗意谓当眼昏病苦中，文书细字如尘沙之烦碎，忽得朱君之诗，清冷如露，一扫病眼之昏花。其诗是古语，而中藏妙旨，可以默识而不可以诵咏夸炫。又以美人颜色譬其诗，言其巧笑之倩，起于颧颊之美。又以音乐譬其诗，言其声音之哀，恐出于掺挝之余也。尾段又以茶譬之，言曾坑上品止一掬之春，而所造之饼乃至供千家。彼醉公子者，例只知紫饼之为茶，岂识曾坑上品白茶方是真茶耶？以譬贵人但知世上好句为诗，而不识古诗妙寄者为真诗也。茶之真者在烂石之上，才得一寸之芽耳，犹朱博士诗得之辛苦，当爱惜勿出，盖以无知音也。欲点茶而汤老不点，以客未嘉耳，亦犹诗不逢知音，当秘藏之也。"① 赵次公对苏轼以美人比诗、以音乐喻诗、以茶譬诗的艺术手法进行了详细阐发，甚为精当。王文诰除将赵注第一句移为"古语多妙寄，可识不可夸"句下注外，其他皆予删除。但在此诗后案云："纪昀曰：忽入比体作收，常意化为新意。今据赵次公谓以颜色譬其诗，则巧笑起于颧颊，以音乐譬其诗，则哀音出于掺挝，乃知'比体作收'之说非也。"② 可见王文诰认同赵次公对苏诗的艺术分析，并引以驳纪评，删去赵次公后段评论殊为可惜。又如《破琴诗》"陋矣房次律，因循堕流俗"句，宋五本赵云："破琴之十三弦而音节如佩玉，则房次律前生清净之身为永禅师之譬也。新琴高张反筝耳，则房次律失前身而堕功名尘埃中之譬也。失前身清净之身，堕流俗尘埃之中，此为可陋矣。"③ 王文诰删去赵注主要是因为他认为苏诗乃"以筝似琴自喻""以琯为相，忘却本来面目"④，但此仅为一家之言，删去赵注有失武断。

　　通过以上论述我们可以看出，王文诰追求简洁明了的注释目标，在《合注》的基础上采取了多种删削方式，对前注琐屑、冗蔓、不合其原则的注释进行了大量删削。总体来说，王文诰对前注的成果进行了较为全面

---

① 《苏轼诗集合注》卷 34，第 1761～1762 页。
② 《苏轼诗集》卷 34，第 1846 页。
③ 《苏轼诗集合注》卷 33，第 1685 页。
④ 《苏轼诗集》卷 33，第 1769～1770 页。

的甄别、取舍，大部分有较为合理的依据，不少还做了辨析，将苏诗注释向前推进了一步。《集成》较之《合注》篇幅大量减少，更加简洁，有利于读者阅读。但王文诰对前注的删削、取舍也存在不少失当之处，我们在利用《集成》之前需要对其进行全面整理。同时，《集成》并不能完全取代《合注》，这也不是王文诰编注《集成》的目的，他对此有十分清醒的认识，他说："《新唐书》出，而《旧唐书》至今不废，况诗注乎?"① 我们完全可以根据不同的需要做出不同的选择。

① 《总案》凡例，第17页。

第五章

王文诰对纪批苏诗的继承与驳难

王文诰的《集成》与前注一个很大的不同是加入了对苏诗的阐释和艺术分析，突破了苏诗旧注以引证为主、绝少分析的注释模式，成为《集成》的一大特点。王文诰除了自己对苏诗进行阐发、评析外，还大量引用纪昀的苏诗评语，为《集成》增色不少。纪评苏诗的成就已经引起学界的关注，[①] 王文诰对纪昀评语的大量引用表明他对纪评的充分肯定和认同，但他并非惟纪评是从，而是多有批驳和辨析，他对纪昀评语也非全引，而是有选择、有重点地引用。本章拟就王文诰对纪批的取舍、辩驳、指责等问题作些探讨，同时通过这一侧面透视王文诰的诗学宗尚、注释特点及其注释心态。

第一节　王文诰对纪批的认同与征引重点

纪昀主持编纂《四库全书》和撰写提要，使他借此广泛涉猎前人著作，视野较一般学者宏阔，看待问题也较为通达，门户之见少而持平之论多。在对宋诗的评价上，纪昀没有沿袭历来的"宗唐"或"宗宋"的门户之见，而是给予宋诗客观评价，他说："唐宋诗各有门径，不必以一格拘

---

① 见王友胜《苏诗研究史稿》，岳麓书社，2000，第 307 ~ 323 页；曾枣庄等《苏轼研究史》，江苏教育出版社，2001，第 319 ~ 331 页；莫砺锋《论纪批苏诗的特点与得失》，《唐宋诗歌论集》，凤凰出版社，2007，第 341 ~ 360 页。

也。"① 对宋诗的代表作家苏轼和黄庭坚,纪昀有较高的评价,他作诗云:"虽曾辛苦检书仓,四库遍摩老渐忘。稽古未能追马郑,论诗安敢斥苏黄。"② 纪昀在五年间批阅苏诗五遍,③ 对苏诗有较全面的理解和把握,因此他的评论既能揭橥苏诗的整体成就,又能对苏诗的具体艺术特征作出精到点评,还能就校勘、编年等提出富有建设性的意见。王文诰对纪昀的意见极为重视,并罕见地对此表示了称赞。如《再用前韵》"蓬莱宫中花鸟使"句,王文诰案云:"纪昀曰:忽作幻语,善于摆脱。此则晓岚所见高于注家远矣。"④ 又如《次韵正辅表兄江行见桃花》"上林桃花开,水暖鸿北骞"句,诰案云:"纪昀曰:结稍落应酬。考此诗乃作于释憾之始,故有此意。但查注已颠倒乱编于后,而晓岚能于乱编之中指出之,此是其眼力见到处也。"⑤ 总体来说,纪昀的苏诗评点是较为纯粹的诗艺分析,在理念上与王文诰的诗学追求和注释观念有某种程度的暗合,所以被大量引用。据笔者不完全统计,王文诰引用纪昀评语在七百三十条以上,其中有六百条左右是直接引用(正引),其余则是对所引纪评进行驳正(反引)。在正引方面,王文诰对纪批表现出以下几个方面的认同。

(一)指明苏轼学前人而善变化

作为宋诗的代表,苏轼在学习前人的基础上力求新变,形成了有别于唐诗的新的诗歌风貌,这一点曾引起后人的不满,严羽就曾指责苏、黄:

---

① 纪昀:《删正方虚谷瀛奎律髓》卷3,刘金柱、杨钧主编《纪晓岚全集》第5卷,大象出版社,2019,第192页。
② 纪昀:《壬戌会试阅卷偶作》,刘金柱、杨钧主编《纪晓岚全集》第2卷,大象出版社,2019,第130页。
③ 在评点本《苏文忠公诗集》卷首纪昀序云:"余点论是集,始于丙戌(1766)之五月,初以墨笔,再阅改用朱笔,三阅又改用紫笔。交互纵横,递相涂乙,殆模糊不可辨识。友朋传录,各以意去取之。续于门人葛编修正华处得初白先生手批本,又补写于罅隙之中,益蟠辖难别。今岁六月,自乌鲁木齐归,长昼多暇,因缮此净本,以便省览。盖至是凡五阅矣。乾隆辛卯(1771)八月,纪昀记。"(2007年四川大学出版社据清道光十四年刻本影印。)按:如无特别说明,文中所引纪昀评语皆出此书,为避繁冗,以下皆简称"纪批《苏文忠公诗集》",仅标注卷数。
④ 《苏轼诗集》卷38,第2077页。
⑤ 《苏轼诗集》卷39,第2109页。

"始自出己意以为诗，唐人之风变矣。"① 但纪昀能够以发展的眼光看待这种变化，不仅指出苏诗和前人的相似之处及渊源，而且还尽量指出新变之处。苏诗乃至整个宋诗的成就，也正在于"变"这一点上，正如钱锺书先生所说："瞧不起宋诗的明人说它学唐诗而不像唐诗，这句话并不错，只是他们不懂这一点不像之处恰恰就是宋诗的创造性和价值所在。"② 纪昀在评论苏诗时常常指出这些变化，如《秀州僧本莹静照堂》"鸟囚不忘飞，马系常念驰。静中不自胜，不若听所之。君看厌事人，无事乃更悲"句，纪批曰："本之香山《病人多梦医》一章，而以下机调不同，故非剽袭。"③ 又如《过淮三首赠景山兼寄子由》诗，纪昀批云："一气浑成，而又非貌袭之盛唐。"④ 再如《行琼、儋间，肩舆坐睡。梦中得句云：千山动鳞甲，万谷酣笙钟。觉而遇清风急雨，戏作此数句》，纪昀曰："以杳冥诡异之词，抒雄阔奇伟之气，而不露圭角，不使粗豪，故为上乘。源出太白，而运以己法，不袭其貌，故能各有千古。"⑤ 纪昀的这些评论较之前注更进一步，王文诰屡次表达对前注浅陋之不满，但对此类纪评大量引用，表现出很强的认同感。

王文诰也强调苏诗学古而不泥古，如《次韵张安道读杜诗》诗后诰案云："诗家以五排为长城，而欲以难韵和读杜，又欲全幅似杜，已属棘手。此诗以太白《古风》提唱，即以太白对做，是难中之难也。却又主宾判然，疏密相间，于排比之中，寓流走之法，面目是杜，气骨是苏。"⑥ 有时王文诰在这方面的认识较纪昀更进一步，他说："《南行集》中，荆州诸诗，晓岚以为刻意摹杜，此人人所共见者，不能谓为误也。若其岭海篇章，指为

① 严羽著，郭绍虞校释《沧浪诗话校释·诗辨》，人民文学出版社，1961，第26页。
② 钱锺书：《宋诗选注》序，人民文学出版社，2005，第9页。
③ 《苏轼诗集》卷6，第235页。按：纪昀所记有误，白居易并无"病人多梦医"句，此诗见黄庭坚《谪居黔南十首》其十"病人多梦医，囚人多梦赦"（黄庭坚撰，任渊、史容、史季温注，刘尚荣校点《黄庭坚诗集注》卷12，中华书局，2003，第446页）。山谷摘乐天句而有变化，乐天原诗为《寄行简》"渴人多梦饮，饥人多梦餐"（谢思炜校注《白居易诗集校注》卷10，中华书局，2006，第827页）。
④ 《苏轼诗集》卷18，第941页。
⑤ 《苏轼诗集》卷41，第2246页。
⑥ 《苏轼诗集》卷6，第268~269页。

出入李、杜则可，如谓深入少陵堂奥，则非。以彼时公诗脱卸净尽，不可端倪故也。"① 王文诰更加重视以发展的眼光看待苏诗。

对于苏轼的和陶诗，纪昀和王文诰也有相近的看法，如《和陶饮酒二十首》纪批云："敛才就陶，亦时时自露本色，正如褚摹《兰亭》，颇参己法，而正是其善于摹处。明七子之摹古，不过双钩填廓耳。"② 由此可见，纪昀对苏轼的和陶诗并不以"似"为评判的标准，而是强调其"不似"的可贵之处。王文诰持类似看法，但说得更绝对，他说：

> 海南《和陶劝农》六首，专因海南而发。其命词用意，无一常语，此杰作也。当落笔时，其一片精诚，皆贯注于地瘠民贫，俗薄习惰之间，特寄所以哀之劝之之意。此但借韵为诗，何眼计及陶语耶？乃无识之徒，皆以不类陶派讥之，若如其说，反觉和陶为多事，不若于题上删去"和陶"二字之为得矣。③

王文诰对苏轼的和陶诗十分推崇，较之纪昀更加注重苏轼和陶诗的新变之处，如《和陶答庞参军六首》纪批曰："六章虽作四言，而皆有古意，不同他四言之不今不古，当由蓝本在前之故。"王文诰则云："其说非是，此六章全用单行法，虽有陶之面目，却非陶之气骨。陶命意虽极高远，行笔无此受用，此苏与陶之所以分也。"④ 可以看出，王文诰在发掘苏诗新变方面是不遗余力的。

总体来说，通过发现苏诗的新变来肯定其成绩，这是纪昀和王文诰所共同采用的一种批评视角和方法，这是传统注释的盲区，是王文诰采撷纪评的一个重要方面。

（二）揭示苏诗的自然天成与独创之处

除了强调苏轼学古变古的方面外，王文诰和纪昀都强调苏轼的独创

---

① 《苏海识余》卷4，第890页。
② 《苏轼诗集》卷35，第1892页。
③ 《苏海识余》卷1，第859页。
④ 《苏轼诗集》卷40，第2223页。

性，并进而揭示苏诗的一般特征。苏轼才大气雄，作诗多有不守故常、触处生春处，遇此王文诰和纪昀多以天才目之，强调其不可学和独创性。如《谢苏自之惠酒》"'高士例须怜曲糵'，此语常闻退之说。……达人本是不亏缺，何暇更求全处全"，纪批曰："旋转自如，止如口语而不落浅易，格力高也。然此种殊不易学，无其格力，而以颓唐出之，风斯下矣。"① 就因为苏轼"格力"高，所以能以口语出之，无此才力不可模仿，否则沦为流俗。又如《寓居定惠院之东，杂花满山，有海棠一株，土人不知贵也》，纪昀曰："纯以海棠自寓，风姿高秀，兴象微深，后半尤烟波跌荡，此种真非东坡不能，东坡非一时兴到亦不能"②，指出此诗乃灵感触发，于苏轼也不易得，可谓天成。再如《观棋》诗，纪批曰："纯用本色，毫不依傍古人，而未尝不佳。"③

王文诰对苏诗的天才、独创也同样有所揭示，他说："公赴湖州，过淮上，作《舟中夜起》诗云：'微风萧萧吹菰蒲，开门看雨月满湖。'予谓此诗全作，非复人道，乃天地自有之文，公乃据所见，钞下一纸耳。"④ 又说："《白鹤新居欲成夜过西邻翟秀才》诗云：'系闷岂无罗带水，割愁还有剑铓山。中原北望无归日，邻火村春自往还'。此尚是谪居本色，道其所道。诗话每以为奇，又以为险。殊不然也。其次首云：'佐卿恐是归来鹤，次律宁非过去僧。他日莫寻王粲宅，梦中来往本何曾。'此则用意高远，脱去恒境，不复可能想象。是皆唐人集之所无也。"⑤ 可见，王文诰和纪昀对苏诗天成和其独创性都有较深入的认识，这其实与苏轼的创作方法和艺术追求是相一致的。

苏轼在论述艺术创作时特别重视"无心""无意"等概念，⑥ 他在《南行前集叙》中说："山川之有云雾，草木之有华实，充满勃郁，而见于外，夫虽欲无有，其可得耶！自少闻家君之论文，以为古之圣人有所不能

① 《苏轼诗集》卷5，第226页。
② 《苏轼诗集》卷20，第1037页。
③ 《苏轼诗集》卷42，第2311页。
④ 《苏海识余》卷1，第852页。
⑤ 《苏海识余》卷1，第859页。
⑥ 见冷成金《苏轼的哲学观与文艺观》，学苑出版社，2004，第523页。

自已而作者。故轼与弟辙为文至多，而未尝敢有作文之意。"① 正因为"无心""无意"才容易不落窠臼，达到自出新意的效果，他在《评草书》中说："书初无意于佳，乃佳尔。……吾书虽不甚佳，然自出新意，不践古人，是一快也。"② 纪昀和王文诰对苏诗天成、独创性方面的把握是准确的。

正是基于对苏诗自然天成和独创性的认识，王文诰反对前注对此类诗句的引注，特别是引禅释诗。如《书晁说之〈考牧图〉后》，诗后诰案："公诗法多有独辟门庭，前无古人者，皆由以文笔运诗之故，而其文笔则得之于天也。鲁直、觉范诸人，赞叹欲绝，每至无可名言，辄以般若为说，诰以为此小儿见解也。"③ 指出苏诗以文笔入诗，文笔天成，不可以"般若"解诗。纪昀对此类诗的解释与王文诰的看法相似，如《和陶饮酒二十首》其十三，纪批曰："参以禅悦，全然本色，兴之所至，忽合忽离，非有意于似，亦非有意于不似。"④ 所以王文诰常借纪评批驳前注，如《泛颍》"散为百东坡，顷刻复在兹"，诰案："纪昀曰：眼前语写成奇采，此为自在神通。若王注、查注并引《传灯录》'过水观影'，而查评又谓'深于禅理'，泥甚。凡有无空观水月等句字，诗家皆能以己意发之，特其炉锤不同，故口角有别耳。若必概以为禅而分其学之浅深，无是事也。今删二注，而录纪说。"⑤ 王文诰将对苏诗自然天成特征的认识指导诗歌注释，这于前代注家是不能想象的。

批评与注释向来是两回事，注释是一种理性的学术工作，批评则是主观认识的自我表达，前代注家对此是绝不相混的。王文诰力图将诗歌批评与诗歌注释结合起来，这就与前代注家产生了很大分歧。王文诰反对前代注家每字必求来历的注释方式，凡属性灵所发之作，王文诰皆反对坐实之注，这可能也与他接受了当时流行的性灵说有关，如《次周焘韵》"早知雨是水，不作两般声"句，诰案："诗家运用空灵，并无迹象，若如冯景

① 苏轼著，孔凡礼点校《苏轼文集》卷10，中华书局，1986，第323页。
② 苏轼著，孔凡礼点校《苏轼文集》卷69，中华书局，1986，第2183页。
③ 《苏轼诗集》卷36，第1967页。
④ 《苏轼诗集》卷35，第1888页。
⑤ 《苏诗诗集》卷34，第1795页。

注，则诗皆魔道矣。袁才子谓争谭空理，空即是实，其说未可废也。"① 此句冯景引《楞严偈》作注，② 王文诰删去。又如《题西林壁》"横看成岭侧成峰，远近高低总不同"句，诰案："凡此种诗，皆一时性灵所发，若必胸有释典，而后炉锤出之，则意味索然矣。合注、施注以《感通录》、《华严经》坐实之，诗皆化为糟粕，是谓顾注不顾诗。"③ 纪昀在创作上同主性灵，这与王文诰论诗、注释的观念颇多契合，被大量征引也就不足为奇了。

（三）分析苏诗的艺术技巧

苏轼以雄才运笔，多有不拘法度、挥洒自如之处，并且在文艺创作中也以"无法"示人，如他在《石苍舒醉墨堂》中说："兴来一挥百纸尽，骏马倏忽踏九州。我书意造本无法，点画信手烦推求。"④ 又在《自评文》中说："吾文如万斛泉源，不择地皆可出，在平地滔滔汩汩，虽一日千里无难。及其与山石曲折，随物赋形，而不可知也。所可知者，常行于所当行，常止于不可不止，如是而已矣。"⑤ 因此，后人在评论苏诗时对其"经营""锻炼"之处多没有给予足够的重视，赵翼甚至认为："坡诗实不以锻炼为工。"⑥ 其实，苏轼并非不重视"技"，而是强调"技""道"双修，最终达到创作的自由境界。⑦ 纪昀和王文诰对苏诗的艺术技巧都给予了特别的关注，王文诰除了自己进行评论外，还大量引入纪昀此方面的评论。

王文诰和纪昀对苏诗艺术技巧的分析包括了字法、句法、章法、用韵等诸多方面，这一部分在前章已有所涉及，今就两人对苏诗章法、布局独特之处的分析略作讨论。纪昀对苏诗起、结、转、衬等艺术技巧予以了特别关注，如《书韩干〈牧马图〉》纪批曰："通首傍衬，只结处一着本位，章法奇绝。放翁《嘉陵驿折枝海棠》诗，似从此得法。"⑧ 此为题画诗，但

---

① 《苏轼诗集》卷 31，第 1668 页。

② 《苏轼诗集合注》卷 31，1582 页。

③ 《苏轼诗集》卷 23，第 1219 页。

④ 《苏轼诗集》卷 6，第 236 页。

⑤ 苏轼著，孔凡礼点校《苏轼文集》卷 66，中华书局，1986，第 2069 页。

⑥ 赵翼著，霍松林、胡主佑点校《瓯北诗话》卷 5，人民文学出版社，1963，第 57 页。

⑦ 参见张惠民、张进《土气文心：苏轼文化人格与文艺思想》第 13 章《文艺创造的自由境界》，人民文学出版社，2004，第 342～362 页。

⑧ 《苏轼诗集》卷 15，第 723 页。

诗用多半篇幅叙述"开元、天宝时内外闲厩之况"①,至"众工舐笔和朱铅,先生曹霸弟子韩"句始入题,构思奇特。纪昀所云陆游诗《嘉陵驿折枝海棠》题当为《驿舍见故屏风书海棠有感》②,《唐宋诗醇》评其曰:"结尾点题,含情无限"③,与苏轼此诗章法相类,纪昀的评论十分准确。又如《小圃五咏·枸杞》"似闻朱明洞,中有千岁质"句,纪批曰:"忽然跳出题外,方有变化,若首首板结,便无章法。"④ 苏轼由枸杞联想到长生故事,不黏于题,扩展了诗歌的内容含量,更重要的是纪昀看到了这种变化起到了调节整组诗的作用,眼光独到,殊为难得。再如《送陈睦知潭州》"有如社燕与秋鸿,相逢未稳还相送"句,纪昀曰:"以上从陈睦生情,末四句以潭州作结,章法清老。"⑤ 纪昀指出苏诗内容与题目照应之法,有益于读者理解。

纪昀对苏诗章法的细密分析可能与当时的文章批评有关,如他在《子由生日,以檀香观音像及新合印香银篆盘为寿》句首评曰:"如时文中之搭题,亏他连成片段,不得复以捏合为嫌。"⑥ 以文法评诗法。尽管纪昀十分留意苏诗的技巧,但他并不以此作为最高的评判标准,他说:"大抵始于有法,而终于以无法为法;始于用巧,而终于以不巧为巧。"⑦ 和纪昀相似,王文诰对苏诗章法独到之处也多有分析,如《次韵张安道读杜诗》"骑鲸遁沧海,捋虎得绨袍"句,诰案:"叙甫事至此已毕,前以杜、李对起,此以李、杜对起,提起放倒,无不如意,已开文章家偏全题法门,前此所未有也,行气至此,一顿。以下是公断语,而评注诸家未有指出之者,率为光芒所炫矣。"⑧ 似此前章已列举不少,此不赘举。王文诰对纪昀章法的分析引用最多,他对苏诗的艺术分析很多也是直接受纪批的启发,

① 王水照:《苏轼选集》,上海古籍出版社,1984,第94页。
② 见钱仲联校注《剑南诗稿校注》卷3,上海古籍出版社,1985,第303页。
③ 莫砺锋主编,许芳红标点《御选唐宋诗醇·陆游》卷1,商务印书馆,2019,第42页。
④ 《苏轼诗集》卷39,第2159页。
⑤ 《苏轼诗集》卷27,第1429页。
⑥ 《苏轼诗集》卷37,第2015页。
⑦ 纪昀:《唐人试律说》序,刘金柱、杨钧主编《纪晓岚全集》第2卷,大象出版社,2019,第348页。
⑧ 《苏轼诗集》卷6,第267页。

弥补了旧注此方面的不足。

以上所举三个方面是王文诰采录纪批的重要原因，同时也是采录内容的重要类型。但是王文诰对纪批并非全盘接受，而是有取舍、有辩驳，表现出很强的批判继承意识。

第二节　王文诰对纪批的驳难及辨析

纪昀以查注本为底本，对每首苏诗基本都有评论，但王文诰并没有全部采用，被采用部分只占纪批总量的三分之一左右。即使是引用部分，王文诰也并非全部同意纪昀的说法，而是多有驳难，这其中包括诗歌观念的不同、诗意理解的差异和艺术价值的认定不同等多种因素。王文诰的有些意见是合理的，有些则是不能令人信服的，以下就具体情况逐条辨析。具体来说，王文诰对纪批的驳难主要有以下几个方面。

（一）反对纪昀以"温柔敦厚"的诗教观念评论苏诗

作为清廷重臣，从维护封建正统思想的立场出发，纪昀对苏诗的评论秉持"乐而不淫，哀而不伤"与"发乎情，止乎礼"的诗教传统，对苏诗中"过激""过怨"之辞多有不满。其实，对苏轼此方面的批评古已有之，严羽就曾不点名地批评近代诸公之诗："殊乖忠厚之风，殆以骂詈为诗，诗而至此可谓一厄也。然而近代之诗无取乎？曰：有之。吾取其合于古人者而已。"[1]　黄庭坚也认为："东坡文章妙天下，其短处在好骂。"[2]　对于苏诗"殊乖忠厚"之处，纪昀多持否定态度，如《送曾子固倅越得燕字》，纪批曰："愤激太甚，宜其招尤，即以诗品论亦殊乖温厚之旨。"[3]　王文诰不同意纪昀此说，他在首二句"醉翁门下士，杂遝难为贤"下案：

王安石初未知名，因曾巩游于欧阳永叔之门，为荐于朝。及安石

---

[1]　严羽著，郭绍虞校释《沧浪诗话校释·诗辩》，人民文学出版社，1961，第26页。

[2]　黄庭坚：《豫章黄先生文集》卷19《答洪驹父书》，《四部丛刊》本。

[3]　纪批《苏文忠公诗集》卷5。

得政，遂叛永叔，排之不遗余力。又，常秩者，隐居乐道，永叔高其名，屡荐不起。安石更法令，海内沸腾，秩独以为是，遂应召拜右正言，直集贤院兼舍人院，迁天章阁侍讲，同修起居注。又，蒋之奇者，永叔知举所得士，公同年也。拜殿中侍御史，永叔建濮议，之奇盛称之。及为言者所攻，之奇忽弹以帷簿事，考验无实，谪为监税，永叔亦以是罢参知政事，典郡。诗言"杂遝"，皆指此曹也。查注不能引论，故晓岚有"愤激招尤，殊乖温厚"之说，皆非是。①

王文诰指出诗句所言"杂遝"者，指王安石、常秩、蒋之奇等人，这是查注等所不曾指出的，也是王文诰较前注细密处，但这并不足以反驳纪昀的指责，并且纪昀所论似乎是针对全诗，非只针对前两句。在此诗末尾，查注引《乌台诗案》云："中云'但苦世论隘，聒耳如蜩蝉'，讥讽近日朝廷用多刻薄之人，议论褊隘，聒喧如蜩蝉之鸣，不足听也。又云'安得万顷池，养此横海鳝'，以此比巩横才也。"纪昀所论当就此而发，苏轼正是因此得罪，王文诰反对纪昀以"殊乖温厚"否定苏诗，但所证似不能为其提供有力的支持。又如《送刘道原归觐南康》，纪评曰："风力自健，波澜亦阔，惟激讦处太多，非诗品耳。"②王文诰于此诗"口吻排击含风霜"句下案云："此五句明借修史事，以诋介甫，诗必如是作，方可谓之史笔，亦为维持纲常名教之文。晓岚所见卑陋，故凡遇此类诗辄诋之，殊不知'文忠'二字，皆由此一片忠愤中来，而古人之足当此二字者，为卒鲜也。"③由此可见，王文诰认为苏轼此类诗歌发扬了"史笔"传统，增强了诗歌的社会功用，具有积极意义，是苏轼人格和政治品格的体现，这种看法较之纪昀所论具有进步意义。

王文诰对《石苍舒醉墨堂》诗也表达了相同的看法，他在"人生识字忧患始，姓名粗记可以休"句下案云："一起突兀，自是熙宁二年诗。公自谓钱塘诗皆纵笔，诰谓实发端于此诗也。但无此一路诗，即非公之所以

---

① 《苏轼诗集》卷6，第245页。
② 纪批《苏文忠公诗集》卷6。按：王文诰对纪昀的批驳多有不引纪批原语者。
③ 《苏轼诗集》卷6，第259页。

为人，而亦不成此集，故史家以'诗人托讽，庶几有补于国'予之，未尝稍诋之也。独晓岚牢骚剽露等语①，在处涂抹，务强使之变方而为圆，岂犹及冀其自新也耶。"② 王文诰对苏轼此类诗歌的赞扬与纪昀的批评成针锋相对之势。再如《山村五绝》，纪昀曰："五首语多露骨，不为佳作。"③ 王文诰于第一首"无象太平还有象，孤烟起处是人家"句下案云："五绝并佳，而此篇第一。'还有象'亦带讽意，却以下句瞒过上句。如着意写炊烟，上句必不如是设想。晓岚评此一路诗，皆非是。"④ 纪昀以"语多露骨"而在诗艺上否定五诗，不免武断，王文诰进行具体分析，较为细密、中肯。

鉴于以上认识差异，王文诰对纪昀"太激""太露"等评论多不采录，如《钱安道寄惠建茶》纪昀曰："通体警策，惟一结太露，虽东坡诗不甚忌露，然西子捧心不得谓之非病。"⑤ 又如《孔长源挽词二首》其一，纪批曰："太激便伤雅。"再如《次韵和王巩六首》其五，纪批曰："起句太激，三句太露，四句无所取义。"⑥ 不管是在思想观念还是审美意识上，纪昀对苏诗中不够"平和"与"含蓄"之处多予批驳，这与王文诰的看法迥然不同。

（二）驳正纪昀对苏诗的俚俗之讥

苏轼作诗，多引俗谚、俗语入诗，他自称："街谈市语，皆可入诗，但要人熔化耳。"⑦ 时人赞之曰："世间故实、小说有可以入诗者，有不可以入诗者，惟东坡全不拣择，入手便用。如街谈巷说、鄙俚之言一经坡手似神仙点瓦砾为黄金，自有妙处。"⑧ 叶燮也指出："苏诗包罗万象，鄙谚小说，无不可用。譬之铜铁铅锡，一经其陶铸，皆成精金。"⑨ 但纪昀论诗重"雅正"，讲"学问"，他说："善为诗者，其思浚发于性灵，其意陶镕

---

① 纪批《苏文忠公诗集》卷 13。
② 《苏轼诗集》卷 6，第 236 页。
③ 纪批《苏文忠公诗集》卷 9。
④ 《苏轼诗集》卷 9，第 438 页。
⑤ 纪批《苏文忠公诗集》卷 11。
⑥ 纪批《苏文忠公诗集》卷 21。
⑦ 周紫芝《竹坡诗话》，《历代诗话》本，中华书局，1981，第 354 页。
⑧ 朱弁著，陈新点校《风月堂诗话》卷上，中华书局，1988，第 106 页。
⑨ 叶燮著，霍松林校注《原诗·外篇（上）》，人民文学出版社，1979，第 51 页。

于学问。"① 对于苏轼的"俚俗""不雅"之作多有不满。如《予以事系御史台狱，狱吏稍见侵，自度不能堪，死狱中，不得一别子由，故作二诗授狱卒梁成，以遗子由，二首》其二"梦绕云山心似鹿，魂惊汤火命如鸡"句，纪批曰："句太俚。"② 王文诰驳曰："本集《书南史卢度传》：自谓亲经患难，不异鸡鸭之在庖厨。是此句铁注也。然非亲经患难，即又何从知之，晓岚讥其为俚，不能悉心求之，故其情不出也。"③ 王文诰引苏文注诗，并能深入体察苏轼当时之处境和心情，不拘于字面，胜于纪批。又如《被酒独行，遍至子云、威、徽、先觉四黎之舍，三首》"但寻牛矢觅归路，家在牛栏西复西"句，纪批曰："'牛矢'字俚甚。"④ 王文诰案曰："此儋州记事诗之绝佳者，要知公当此时，必无'令严钟鼓三更月'之句也。晓岚不取此诗，其意与不喜'鸭与猪''命如鸡'等句相似，皆囿于偏见，不能自广耳。《左传·文公十八年》'埋之马矢之中'，《史记·廉颇传》'一饭三遗矢'，凡此类，古人皆据事直书，未尝以矢字为秽，代之以文言也。记事诗与史传等，当据事直书处，正复以他字替代不得。"⑤ 针对纪昀此处的"俚甚"之讥，王文诰从三个方面进行反驳：一是此诗作于儋州，苏轼所受约束较少，创作较为自由；二是史书中多用此字，不以为秽；三是苏轼此诗乃记事诗，与史传同，是其本色的体现。王文诰的分析切中肯綮，令人信服。与此相类，纪昀还对苏诗中的戏笔有所指责，如《游博罗香积寺》纪批曰："水磨是利民正事，县令督成，颇为郑重，不得以游戏了之。后半语虽工而意则未协。"⑥ 又如《催试官考较戏作》，纪批曰："此何等大典，乃以竣事游眺促之，立言殊不得体，虽题有'戏'字，其实'戏'字已先错。"⑦ 可以看出，纪昀作为馆阁重臣思想上的保守性，

① 纪昀：《清艳堂诗》序，刘金柱、杨钧主编《纪晓岚全集》第 2 卷，大象出版社，2019，第 364 页。
② 纪批《苏文忠公诗集》卷 19。
③ 《苏轼诗集》卷 19，第 999 页。
④ 纪批《苏文忠公诗集》卷 42。
⑤ 《苏轼诗集》卷 42，第 2323 页。
⑥ 《苏轼诗集》卷 39，第 2113 页。
⑦ 纪批《苏文忠公诗集》卷 8。

论此类诗道学气甚重。

王文诰的诗学观念较之纪昀更具进步意义，他能够积极看待苏诗中俗语、俚语的使用，并肯定它们在传情达意中的必要性，因此他除对纪昀此类评语予以驳正外，更多的则弃而不用。如《岐亭五首》其四"醉倒猪与鸭"句，纪昀曰："岂有此理，语亦不雅。"① 又如《雍秀才画草虫八物·虾蟆》"蟠腹空自胀"句，纪批云："'胀'字唐薛能诗尝用之，然终非佳字。如'睅目'字，唐人亦屡用之，究是近俚，不可训也。"② 再如《白鹤山新居，凿井四十尺，过磐石，石尽，乃得泉》"常惭汲腰酸""终日但进火"句，纪批曰："'常惭'句俚"，"'终日'句更俚。"③ 诸如此类，还有不少，王文诰皆不采录，表明两人对苏轼以俗语入诗的不同看法，也表明王文诰对苏诗以俗为雅的肯定。

（三）指责纪昀阐释不确、分析不透

纪昀对诗歌具有很强的感知和领悟能力，所以他对苏诗评点的长处在于具体的诗艺分析。又因为他对整个诗史较为熟悉，故善于将苏诗和别家诗进行比较，从而洞悉苏诗的承变，指出苏诗的特点，这些都是他人难以企及的。但由于纪昀对苏诗的评点主要参考的是查慎行注，至于其他各家注，并不留意，因此他对苏轼一生行藏和当时人事情况的掌握并不全面，王文诰认为纪昀在评点中涉及具体内容和时事部分有不少并不准确，对此多有批驳和补充。如《凤翔八观·东湖》"予今正疏懒，官长幸见函"句，诰案云："此二句指太守宋选之厚遇也。后有《和子由除日》诗之'兄今虽小官，幸忝佐方伯'句可证。义门、晓岚强拉作与陈公弼不合之诗，而以此二句牢骚之反说，不止毫厘千里之差也。"④ 于此王文诰又在《总案》中对纪批进行了驳正，他说："公此诗以蜀江之清，折入东湖。喜其不同岐水之浊，因而纵棹，并及湖中产物，……是为前一大段。而纪氏点论云：'纯寓牢骚。'中间'闻昔周道兴，翠凤栖孤岚'一段，……而纪氏点论

①　纪批《苏文忠公诗集》卷 23。
②　纪批《苏文忠公诗集》卷 24。
③　纪批《苏文忠公诗集》卷 40。
④　《苏轼诗集》卷 3，第 113～114 页。

云：'忽起一波，寓不得志之感。得此乃不一泻无余。'查注虽误，然未尝至是也。……公言宋选顾意之厚，与诗意合。查注谓陈公弼相遇之薄，与诗意显背。纪氏胸存成见，故多谬误。考此诗，确为壬寅夏后作。如入癸卯，即无'幸见函'之语矣。今并入《八观》总题，因提编于前。"① 王文诰认为，纪昀的误评在于误认为苏轼此时与陈公弼不合，纪昀此论亦见后诗《凤翔八观·秦穆公墓》，纪批曰："纯寓与上官不合之感，所谓借他人酒杯浇自己块垒。"② 查氏据施注编此诗在嘉祐八年癸卯，王文诰根据诗意与子由和诗认为此诗当作于嘉祐七年壬寅夏初，③ 而此时凤翔太守为宋选，非陈公弼，④ 因此纪昀等人的阐释是错误的。

又如《阅世堂诗赠任仲微》"却留封德彝，天意眇难测"句，纪批曰："此托出任公之殁，意不全在讥运判。"⑤ 王文诰案云："纪晓岚谓二句托出公之殁，意不全在讥运判，此乃忘却《过新息留示乡人任师中》一篇，故不省前后因地也。读编年诗，与读史同，不能折出串讲，读之何为。"⑥ 纪昀此论实乃针对查注而发，查注曰："师中久已下世，而转运判官此时想尚无恙，故诗用封德彝事，反言以讥之。"⑦ 查氏认为此用"封德彝事"乃讽刺转运判官，纪昀认为不全在讥运判。王文诰认为纪昀此论有不能联系前诗《过新息留示乡人任师中》进行串讲之弊。考前《过新息留示乡人任师中》题下公自注云："任时知泸州，亦坐事对狱。"⑧ 诗中多有替任师中不平之语，联系两诗，此处讥刺之意显然，王文诰对纪昀的指责有一定道理，但纪昀指出有"托出任公之殁"之意，也并不为错。

---

① 《总案》卷 3，第 157 页。

② 纪批《苏文忠公诗集》卷 4。

③ 《总案》卷 3，第 157 页。

④ 按：王文诰认为陈公弼代宋选为嘉祐八年癸卯正月。（见《总案》卷 4，第 2 页。）孔凡礼先生认为当为嘉祐八年夏。（见《苏轼年谱》卷 5，中华书局，1998，第 114 页。）

⑤ 纪批《苏文忠公诗集》卷 34。

⑥ 《苏轼诗集》卷 34，第 1843 页。

⑦ 《苏轼诗集合注》卷 34，第 1758 页。按：这里所说的"任公"指任师中，乃任仲微之父。转运判官指程之才，施注已指出，查氏不知。任师中曾因程之才蒙冤受过。（见同诗题下注。）又"封德彝"指唐初官员，反对魏征的"行仁义"之治的建议。（见《苏轼诗集合注》卷 34《阎立本职贡图》诗注，第 1747 页。）

⑧ 《苏轼诗集》卷 20，第 1021 页。

再如《病中闻子由得告不赴商州三首》其二"《答策》不堪宜落此，上书求免亦何哉"句，纪评曰："一结殊不成语。"又评第三首曰："此首亦太平直。"① 王文诰于此诗题下案曰："是时，子由为宰执两制奢错之甚。自其年少释褐，又举直言，一鼓足气，至是消磨尽矣。公既怜之、痛之，又欲解之勉之。读此三诗，真乃可歌可泣，非深知其故不可得其情也。晓岚多以较馆后进试帖法绳此集，而其中茫如，又恶足以语此哉。"又在第三首"万事悠悠付杯酒，流年冉冉入霜髭"句下案云："凡此等句，皆说得伤筋动骨，但看去不觉耳。"② 可以看出王文诰解诗比较注重联系时事和体会作者心境，纪昀则更多地就诗论诗，不注重细考背景，王文诰对此的不满是有一定道理的。

（四）反驳纪昀对苏诗趁韵的批评

闻一多先生称诗歌创作应是戴着镣铐跳舞，这"镣铐"主要就韵律而言。苏轼可称高超的"舞者"，但在韵律方面也存在不少问题，王鸣盛甚至认为："东坡用韵，杂乱无章，随意约略，随手填写。其于声律实一无所解，而后人因其名高，争附会以为不可及。"③ 纪昀对苏诗的用韵也有所指责，但与王鸣盛的用力点不同，王氏重在形式不合，纪批重在内容不合。纪昀在苏轼评点中常用"趁韵""强押"等语批评苏轼的用韵相合而内容不符的现象，即为了凑韵而不甚讲求内容，王文诰对此有所驳正。如《书刘君射堂》"只有清樽照画蛇"句，纪批曰："用事无谓，只趁韵耳。"④ 王文诰驳曰："此句谓刺史已故，不复驰射，但遗弓在壁间耳。此联押画蛇甚当，而晓岚以为趁韵，彼乃忘却题是射堂。"⑤ 苏轼此处用"杯弓蛇影"的意思很明显，王文诰的分析于诗意是合理的，但纪昀不可能因"忘却题是射堂"而误驳苏诗，问题的关键是"画蛇"是否指"弓"？

关于"杯弓蛇影"的原型，历来有两说：一是来自《风俗通》，二是

---

① 纪批《苏文忠公诗集》卷3。
② 《苏轼诗集》卷4，第156～157页。
③ 王鸣盛著，顾美华标校《蛾术编》卷78，上海书店出版社，2012，第1142页。
④ 纪批《苏文忠公诗集》卷25。
⑤ 《苏轼诗集》卷25，第1319页。

来自《晋书·乐广传》，这两个故事都被施注引用了，并在引文后案云："此射堂诗，恐是用弩影事，第非画蛇，故两存之。"① 纪昀有可能是看到了施注，故有"用事无谓"之论。其实，苏轼这里的"画蛇"乃是化用《晋书·乐广传》中语而来，原文较难懂，明代归有光引用此事时作了解释，较简明，他说："河南厅事壁上有画漆角弓作蛇形，广以杯中蛇即角影也。"② 可以看出，苏轼为用韵的需要，将"画漆角弓作蛇形"简称为"画蛇"，一般人很少这样用，遂使人生惑。

纪昀对苏诗"趁韵""强押"之讥，有很多是就次韵诗而言，如《次韵朱光庭初夏》"朝罢人人识郑崇，直声如在履声中。卧闻疏响梧桐雨，独咏微凉殿阁风"，纪批曰："前四句语脉不贯，牵于韵脚耳。"③ 王文诰曰："此句用柳公权《与唐文宗联句》'殿阁生微凉'语，特以独咏二字，画清本界。公尝谓公权有美无箴，故此句以虽咏不忘谏诤之意讽之，且上联太实，此则急脉缓授，其意自到，非不贯也。晓岚谓牵于韵脚，前四句语脉不贯，此乃认作写景之误也。"④ 王文诰指出，后两句非写景，而是用己诗意，暗含讥讽，分析透彻，令人信服，纪昀所言不足为据。再如《泛颖》"使君实不痴，流水有令姿"，纪批曰："'令姿'二字趁韵。"⑤ 王文诰案云："此句有李太白'至人贵藏辉'本领在，晓岚以为趁韵，非也。"⑥ 苏轼此诗作于元祐八年知颖州任时，此时因与刘挚等人（司马光已卒）为代表的旧党政见不合，被排挤出朝，无可作为，只能洁身自好，泛颖以自

---

① 郑骞、严一萍编校《增补足本施顾注苏诗》卷22，台湾：艺文印书馆，1980。施注引文为："《风俗通》：'李彬为汲令，请主簿饮，时壁上悬赤弩，照于杯中，其形如蛇，簿饮之，得疾，云蛇入腹中。彬意杯中蛇，即弩影也，复置酒于前处，所见如前，彬乃告其所以。簿豁然意解，沉疴顿愈。'《晋·乐广传》：'尝有亲客言，前在坐，蒙赐酒，见杯中有蛇，既饮而疾。于时河南厅事壁上有角漆画（作）蛇，广意杯中蛇即角影也。'"
② 归有光著，周本淳校点《震川先生集》卷4《解惑》，上海古籍出版社，1981，第98页。
③ 纪批《苏文忠公诗集》卷27。
④ 《苏轼诗集》卷27，第1446页。按：《旧唐书》卷165载："文宗夏日与学士联句，帝曰：'人皆苦炎热，我爱夏日长。'公权续曰：'熏风自南来，殿阁生微凉。'"苏轼作《戏足柳公权联句》序曰："宋玉对楚王：'此独大王之雄风也，庶人安得而共之？'讥楚王知己而不知人也。柳公权小子与文宗联句，有美而无箴，故为足成其篇云。"（《苏轼诗集合注》卷49，第2399页。）
⑤ 纪批《苏文忠公诗集》卷34。
⑥ 《苏轼诗集》卷34，第1794页。

娱。"令姿"句采用拟人的手法表达对水的喜爱，引起下面对水的具体描写，并无不妥。王文诰所引为太白《沐浴子》中句，萧士赟评曰："此诗全檃栝《渔父词》之意。前诗'含光混世贵无名，何用孤高比云月'亦此意也。其太白涉难后之辞乎？"① 王文诰也许觉得两诗皆为"涉难后之辞"，所以有相似之处。

由上举几例可以看出，纪昀对苏诗趁韵方面的指责，其中不少是欠考虑的，而且他对苏轼大量创作次韵诗基本上持反对态度，此方面的指责也随处可见，王文诰大多没有采用。

（五）对纪昀其他具体艺术分析的驳正

王文诰对纪批的反驳是全面的，即使是在纪晓岚擅长的诗艺解析方面，王文诰也常有不同意见。如《行琼、儋间，肩舆坐睡。梦中得句云：千山动鳞甲，万谷酣笙钟。觉而遇清风急雨，戏作此数句》"安知非群仙，钧天宴未终。喜我归有期，举酒属青童"，纪批曰："此一层又烘托得好，长篇须如此展拓，方不单薄。"② 王文诰曰："所论非是。此乃失看'此生当安归'句，故下无着落也。此节首转出'安知非群仙'句，乃欲跌出下意之故，特于真途穷时，落'喜我归有期'句，答还首节之'此生当安归'也。若以顿挫烘托论，则全篇气局皆散摊矣。"③ 纪昀说得较笼统，王文诰分析得较详细，但厚己薄彼，则大可不必。

又如《龙尾砚歌》"与天作石来几时，与人作砚初不辞。诗成鲍谢石何与，落笔钟王砚不知"，纪批曰："'与天'四语意好，而落笔太快，便入香山门径。"④ 王文诰不同意此论，他说："二句虽道龙尾，然已将凤味一齐带倒，故其后皆迎刃而解也。此种手法，惟公有之。晓岚不悟，故独取后之查说，于此二句，则有落笔太快便入香山门径之论。两家不于动手处着眼，而沾沾于后半论解嘲，落论宗第二义矣。香山是易不是快，以二

---

① 杨齐贤集注，萧士赟补注《分类补注李太白诗》卷6，民国上海涵芬楼影印本。
② 纪批《苏文忠公诗集》卷41。
③ 《苏轼诗集》卷41，第2247～2248页。
④ 纪批《苏文忠公诗集》卷23。

句地位绳之，香山尚来不及。其说非是。"① 王文诰认为苏轼手法高妙，与白居易的"易""快"不同。

再如《喜刘景文至》"天明小儿更传呼"，纪批曰："起数语傍面写出，愈加飞动，多少交情都在无字句处。"王文诰曰："今详玩诗意，是时公尚未起，而举家轰成一片，此'小儿'指迨与过也。'喜'字从此入手，乃据事直起，非傍面也。"又同诗"平生所乐在吴会，老死欲葬杭与苏"句，纪批曰："写得十分满足，至此更难下语，只好蹩起傍波。"② 王文诰案曰："其说亦非。自此以下，皆两公应有之语，故得以钱塘湖作结，收到至字，是正面，非傍波也。"③ 诗艺解析毕竟不同于事实考证，有时很难做出此是彼非的判断，王文诰在这方面有时说得过于绝对，不免有强人就己之嫌。

第三节　王文诰引用纪批的总体评价及其注苏心态

纪昀较高的学术水平、政治地位和学术影响力，给他的学术活动带来正反两方面的影响。从好的方面说，他能够以较为平等的姿态、宏阔的视野进行苏诗评点，对苏诗好而知其恶，绝不隐恶抑善，持平之论多，偏私之见少，在整个苏诗评点中，对苏诗的批评不少于赞扬。但王文诰在引用纪批时，重点引用纪昀正面肯定评语，除却他的反驳部分，对纪昀否定的评语虽偶有引用，如《元祐五年十二月十二日，同景文、义伯、圣途、次元、伯固、蒙仲游七宝寺，题竹上》诗，纪批曰："即李卫公《孤石》诗意，而语较露骨，此唐人宋人之分。"④ 又如《新滩》诗，纪批曰："纯是香山门径。"⑤ 但似此十分少见。并且对同一条评语，王文诰往往舍弃否定部分只取肯定部分，因此王友胜先生指责《集成》："断章取义，则未免厚诬古人。"⑥ 说"厚诬"有些严重，但要想了解纪批苏诗的全貌，只看

① 《苏轼诗集》卷23，第1236页。
② 纪批《苏文忠公诗集》卷34。
③ 《苏轼诗集》卷34，第1816页。
④ 《苏轼诗集》卷32，第1722页。
⑤ 《苏轼诗集》卷1，第42页。
⑥ 王友胜：《苏诗研究史稿》，岳麓书社，2000，第280页。

《集成》的引用是不行的。

对于王文诰没有引用的纪批，也不可一概而论，大体来说可以分为三种情况：一是为了维护苏轼而不引用纪昀的批评意见；二是和自己的诗学观念、主张相悖；三是评点水平不高而无须引用。王文诰对纪批的大量引用，无疑会促进其传播和影响。王文诰引纪批时，常与自己的评论相互发明，读者若能将两者结合起来看更有利于对苏诗的理解，从这一点来说王文诰已将自己的评语和纪批紧紧地联系在了一起。王文诰大量引用纪批首先是认同纪昀的看法的，同时也是想借纪昀的名气来扩大自己注本的影响，这和他请韩崶、梁同书、阮元、达三等人作序有着同样的目的。

和纪昀不同，王文诰在当时学术界并没有什么名气，其一生主要的学术活动就是辑注《苏文忠公诗编注集成》。又因为他客粤三十余年，远离政治中心，身份卑微，交往的范围也十分有限，他倾注了毕生的心血和感情在苏诗注释上，对他来说完成《集成》不仅是一项工作和打发时光的方式，更是受之父命并想传之后世的名山事业。他对苏轼的人品和作品都极为推崇，他说："公正道直行，竭智尽忠，谗人间之，困惫折辱，而其诗上溯唐虞，下逮齐鲁，明道德之广崇，娴治乱之条贯，参观穷达之理，与灵均信一致矣。"[1] 正因为他对苏轼怀有崇高的敬意，所以对苏轼的一切都极力维护，对包括纪批在内的前人注释和评论中不利于苏轼的意见多有批驳，并且语词激烈，后人对此多有不满，郑骞先生曾说："（施注）不像一般'佞苏'的人，谁要提到一点东坡的短处，他们就满脸恶相的骂人。其中以《苏诗编注集成》的作者王文诰为尤甚，他写文章不像著书而像打官司、批公事，虽非绍兴籍而'师爷'气极重。"[2] 毋庸讳言，王文诰确实有较明显的"佞苏"倾向，在他的注释中极少见到对苏轼批评或指瑕的地方，有之，则极为委婉，如《梵天寺见僧守诠小诗清婉可爱，次韵》诗，诰案曰："此种句调，犹之盘筵中，间以小食，虽亦适口，然终非一饱物

---

[1]　《苏文忠公诗编注集成》自序，《总案》，第 11 页。
[2]　郑骞：《宋刊施顾注苏东坡诗提要》，《增补足本施顾注苏诗》，台湾：艺文印书馆，1980，第 14 页。

也。公以其僧而嘉之，亦犹庐山之取可遵也，读者识此意则善矣。"① 这种口吻和他对别人不留情面的批驳形成鲜明的对比。

　　苏诗注自宋至清，特别是经过冯应榴的查漏补缺的整合，已几臻完善。王文诰在前人基础上要想有所发现已十分困难，他不得不另辟蹊径，从别人的夹缝中讨生存，有时甚至不免标新立异，而每有发现他就表现出异乎寻常的高兴，过于自我欣赏。对于别人的不足，即使很小的失误，王文诰也不肯放过，并以放大了的语气表达出来，过于苛责。有时别人并没有错误，他太想证成己说反而导致自己的失误。王文诰对于纪批也同样存在着这样的问题，其中有不少苛责、误驳之处，如《与李彭年同送崔岐归二曲，马上口占》"贪看暮山忘远近，强陪归客更留连。貂裘犯雪观形胜"句下诰案曰："此即貂裘出塞之意，使查注已编此诗入集，晓岚必又谓与上官不合之词矣。"② 此种指责真属无中生有，纪昀是难任其咎的。又如《暴雨初晴楼上晚景》其二"嵩高苍翠北邙红"句下诰案云："纪昀曰：'苍翠青红，未免太复。'据诗，苍翠指嵩高树色，红指北邙尘壒，分析甚明。晓岚加入青字，自为缪轕，又云太复，与诗毫无干涉。"③ 其实，此是王文诰疏漏，误看纪批。纪昀此评原是针对"嵩高苍翠北邙红"和"只有青山对病翁"句而发④，其中有"苍翠""红""青山"等颜色字，所以有"苍翠青红，未免太复"之论，王文诰只看上句，不看下句，而误驳纪批。纪昀的苏诗评点除了评语外，还以圈、点、画线等方式标明优劣，王文诰对此也有指责，如《送参寥师》"颓然寄淡泊，谁与发豪猛"句下诰案云："以上一节，专重论人，而以草书比诗作过脉，意谓作诗亦当如旭，而其技始进，若高闲者，诚无以发其豪猛也。用此一扬而翻落本意，疾若风雨。晓岚不明此意，却于后节信手乱圈。此节是难，后节是解，如欲累圈，必当从退之圈起也。"⑤ 纪昀圈点自有其意思，如此指责太过苛刻了。

---

　　① 《苏轼诗集》卷8，第381页。
　　② 《苏轼诗集》卷4，第155页。
　　③ 《苏轼诗集》卷9，第458页。
　　④ 纪批《苏文忠公诗集》卷9。
　　⑤ 《苏轼诗集》卷17，第906页。

但总的说来，王文诰对纪昀的批驳多数是合理、可信的，纪昀确实有一些观念保守、僵固的地方，除了前文所举例证外，还可以举出一些，如《次韵曾子开从驾二首》其二，纪批曰："如此说来，又不合廊庙之体。"①诰案曰：

> 此又不然，公凡应制体，必要阁进曾经流落老病当归两层，此其情性所发，亦当日风气使然，并不以为忌讳也。今之所谓应制体者，皆跪说终篇也。古之所谓应制体者，一篇之中，其跪说固有之，而立说、坐说甚至跳舞而说，并有之也。或不谓然，只有不看之一法，未能一律论之也。②

相对纪批，王文诰的说法更为通达，能联系苏诗特点和当时风气进行论述，并不以今律古。有时纪昀的苏诗评点姿态太高，不加深入分析而妄加指责的也有不少，对此王文诰多有驳正。有时王文诰还对纪批因袭查注而无发明之处有所指责，如《韩子华石淙庄》诗，王文诰于诗后案云："纪昀曰：此诗特为深警，故知有物之言，不同浮响。其说本之查注，未见有所发明也。"③查慎行评此诗"田园不早定，归宿终安在"句曰："说得切实。"④纪昀说得太过笼统，应该是在查评的基础上进行的发挥。由此可以看出，纪批苏诗虽然整体的学术水平很高，但在某些方面也存在缺陷和不足。王文诰虽然有某方面的偏执，但不能因此否定他的成就。

---

① 纪批《苏文忠公诗集》卷28。
② 《苏轼诗集》卷28，第1491页。
③ 《苏轼诗集》卷9，第464页。
④ 查慎行：《初白庵诗评》卷中，民国上海六艺书局石印本。

第六章
王文诰《编年总案》综论

为补《编年古今体诗》正文案语之未足，同时为了避免注释的繁冗和枝蔓，王文诰另成《苏文忠公诗编注集成总案》，即本书中所说的《编年总案》，置于《编年古今体诗》之前，字数在六十万左右，这是王文诰苏集整理和研究的重要成果。对此，学界虽有不同意见，如顾易生先生指责《总案》"同样是充满了'尘垢'"①，这种看法和冯宝圻的意见相类，但多数人给予了正面的评价。阮元曾说："创立总案，以统各诗；复订正志传，以统各案。而补所不备于《苏海识余》中。于是击空践实，而裁为具体，意向毕达。"② 刘尚荣先生也认为："王文诰有《苏诗编年总案》四十五卷，就是扩编的东坡年谱，提供了调整部分编年的史料依据，受到人们的重视。"③ 即使对王文诰《集成》整体成绩持否定态度者，也对《总案》有所称赞，如王友胜先生对此就有较为全面的认识，他说："《编年总案》45 卷以翔实的材料，对苏轼生平、交游与思想作了细致的考证，对苏轼绝大部分诗文都进行了系年，又将苏集中大量散文附录《总案》相应部分，以作苏诗创作的背景材料。《总案》不是年谱，但颇具年谱的某些性质与作用，故能很好地与《编年古今体诗》45 卷互相照应。"④ 曾枣庄先生也

---

① 《苏轼诗集合注》前言，第 36 页。
② 《苏文忠公诗编注集成》阮元序，第 7 页。
③ 刘尚荣：《苏轼著作版本论丛》，巴蜀书社，1988，第 216 页。
④ 王友胜：《苏诗研究史稿》，岳麓书社，2000，第 283 页。

说："他（王文诰）很有自知之明，注释可供发挥的余地已不多，故其最
具参考价值的是'论本事为多'的《总案》。"① 这些意见对我们正确评价
《编年总案》都有启发意义，但其具体成就和价值还有待进一步的研究和
认识。

第一节　《编年总案》与前代年谱之异同
及其体例创新

王文诰的《编年总案》对前代苏轼年谱的成果和体例多有采用，但并
不囿于旧谱体例，而是依据自己的理念和目的进行了多方面的创新，成为
别具一格的苏轼年谱。在王文诰之前，苏轼年谱已有多种。明代万历年
间，康丕扬云："谱先生出处岁月者几十家，如汴阳段仲谋、清源黄德粹、
五羊王宗稷、仙溪傅荐可，盖特详者，然皆不免差误。"② 由此可知，明代
万历以前为苏轼编撰年谱者将近十家，现可考知著者及书名的有十家，③
但除了王宗稷的《东坡先生年谱》（简称"王《谱》"）、傅藻的《东坡纪
年录》（简称"傅《录》"）、施宿的《东坡先生年谱》（简称"施《谱》"）
外，其他皆佚。另外，王水照先生辑录的何抡《眉阳三苏先生年谱》，是
现存最早的苏轼年谱，也具有较高的参考价值。④ 王文诰的《编年总案》
对前代年谱的考证成果多有采用，同时对其疏误和不足也多有指出，在总
体成绩上超越了各谱。

王文诰所用前代年谱主要是王宗稷的《东坡先生年谱》、傅藻的《东
坡纪年录》和查慎行的《苏诗补注年表》，至于施宿的《东坡先生年谱》，
因附于施顾《注东坡先生诗》卷首流传，⑤ 和诗注一样在后代沉潜不显，

---

① 曾枣庄等：《苏轼研究史》，江苏教育出版社，2001，第 298 页。
② 毛九苞编《重编东坡先生外集》卷首，《四库全书存目丛书》影印明万历本。
③ 见王友胜《苏诗研究史稿》，岳麓书社，2000，第 67～68 页。
④ 王水照编《宋人所撰三苏年谱汇刊》前言，上海古籍出版社，1989，第 5 页。（以下所引
苏轼年谱，无特别注明者皆出此书。）
⑤ 陈振孙《直斋书录解题》卷 20 著录："《注东坡集》四十二卷，《年谱》、《目录》各一
卷。"（上海古籍出版社，1987，第 591 页。）可知《年谱》与诗注一起流传，

当清代宋荦等人得到施顾注三十卷残本时，已不见年谱，直到 20 世纪 80 年代王水照先生将其从日本引回，国人始得见其真面目。① 因此，王文诰所提到的《年谱》均指王宗稷的《东坡先生年谱》。王《谱》自记云："绍兴庚申随外祖守黄州，到郡首访东坡先生遗迹，甲子一周矣。思诸家诗文皆有年谱，独此尚阙，谨编次先生出处大略，叙其岁月先后为年谱。"② 王《谱》为文谱，主要根据诗、文、词所提供的线索编次苏轼诗文，并善于从苏集中寻找内证，考订苏轼行迹，具有发凡起例之功。但王《谱》也存在明显的不足：他对当时的政治背景很少关注，所引用书目也仅限本集，对史书和时人著作很少引用。

傅藻的《东坡纪年录》同为文谱，是在前人基础上编撰而成的，他有跋语云：

> 其（苏轼）文集行于世者，不但《东坡集》与《后集》，又有《兰台》、《毗陵》、《备成大全》者矣。其间诗文颠倒错乱，不可胜纪，览者病焉。汴阳段仲谋编为《行纪》，清源黄德粹撰为《系谱》，一则择焉而不精，一则语焉而不详。予于暇日，因二家之述，遍访公之文集，采其标题与岁月，芟夷繁乱，蔑截浮辞，而质诸名士大夫，以求其当，足以观公宦游穷达之节，吟咏著作之时，名之曰《东坡纪年录》。又将因此而类公之诗文，使成次序。③

可以看出，《东坡纪年录》不仅考查苏轼一生行迹，而且还着重对苏轼诗、文、词进行系年，系年作品较之王《谱》更为详细，如"绍圣元年甲戌"条，仅标明题目的诗作就达二十八首，而王《谱》只涉及四首，因此冯应榴称《东坡纪年录》"编次诗文岁月较详"④。但和王《谱》相似，《东坡

---

① 见王水照《评久佚重见的施宿〈东坡先生年谱〉》，《中华文史论丛》1983 年第 3 辑。
② 此"自记"见《四库全书总目》卷 59 引《永乐大典》本语，此谱现存最早明刻本均无此"自记"（王水照编《宋人所撰三苏年谱汇刊》，上海古籍出版社，1989，前言第 9 页）。
③ 王水照编《宋人所撰三苏年谱汇刊》，上海古籍出版社，1989，第 449～450 页。
④ 王《谱》卷首王文诰案语，《苏轼诗集合注》附录一，第 2504 页。

纪年录》对时事和苏轼交游重视不够。

此外，王文诰还对查慎行的《苏轼补注年表》① 有所利用，《年表》乃采王《谱》与《纪年录》而成，"实与《录》、《谱》无异也"②。《年表》为表谱，对前谱有少量补充与纠谬。但总体来说，《年表》较王《谱》《东坡纪年录》简略，参考价值不大。

《编年总案》对以上三种年谱皆多有采用，特别是对王《谱》和傅《录》中保存的宋代材料十分重视，多有据此立案者，如《总案》"皇祐四年壬辰，公与刘仲达始往来于眉山"条，下引王《谱》："《满庭芳》词叙云：予年十七始与刘仲达往来于眉山。"诰案曰："本集词下不载此叙，惟引杨元素《本事曲集》云，'子瞻始与刘仲达往来眉山，后相逢于泗上。久留郡中，游南山，话旧而作。'"③ 此叙傅《录》、施《谱》皆不引，见于傅干《注坡词》④。又如《总案》"二十日往别南北山道友"条，引王《谱》："辛未，《别天竺观音诗叙》云：'予昔通守钱塘，移莅胶西，以九月二十日来别南北山道友。'乃知先生以秋末去杭。"诰案："此诗与叙本集无考。"⑤《别天竺观音诗》今本不见，孔凡礼先生《苏轼年谱》亦引此叙立传。⑥ 再如《总案》"至南安军吴法掾来见，观旧作石钟记作跋"条，诰案曰："本集此跋所载年月，落去'五'字，而空其位。据《年谱》、《纪年录》并云'正月五日过南安，为吴法掾题所作《石钟山记》'。是南

---

① 查慎行补注，范道济点校《苏诗补注》卷首附载，中华书局，2019。

② 《苏文忠诗合注凡例十二则》，《苏轼诗集合注》附录二，第 2646 页。

③ 《总案》卷 1，第 108 页。

④ 按：傅干《注坡词》此首叙为："余年十七，始与刘仲达往来于眉山。今年四十九，相逢于泗上。洛水浅冻，久留郡中，晦日同游南山，话旧感叹，因作此词。"刘尚荣先生"校勘记"云："吴讷钞本、毛本无此序，调名下注云：'杨元素《本事曲集》云：子瞻始与刘仲达往来于眉山，后相逢于泗上，久留郡中，有游南山话旧而作。'"（傅干注，刘尚荣校证《傅干注坡词》，巴蜀书社，1993，第 25 页。）

⑤ 《总案》卷 12，第 253 页。

⑥ 按：王《谱》"六年辛未"条，有："《别天竺观音三绝》序云：'以三月九日，被旨赴阙。'"当与此叙同。又孔凡礼先生云："《文集》卷十二《秦太虚题名记》：'始余与辩才别五年，乃自徐州迁于湖。'迁湖为元丰二年，上溯五年即今年。"（孔凡礼《苏轼年谱》，中华书局，1998，第 285 页。）辩才当为南北山道友之一。

宋本，皆有'五'字也。今补。"① 王《谱》、傅《录》所见皆为宋本，可信度较高。

  王文诰对前谱并非盲目采用，而是多有驳正和补充。如《总案》："公使迨、过从（巢谷）学，馆于雪堂"条，诰案曰："是年，巢谷五十六岁，迨十四岁，过十二岁。《年表》谓巢谷来从公学。《年谱》谓公自临皋迁雪堂，必在壬戌十月之后，居雪堂止年余者，并误。时崔闲、巢谷并寓雪堂。非久，参寥至，亦寓其中，公固未尝迁居也。各注皆不知其事。今为考定如此。"② 王文诰认为，巢谷来黄非从公学，而是教授苏轼迨、过二子。雪堂只五间，馆多人于此，故苏轼此时不可能已经迁居此处。③ 又如《总案》："闻海上道人论神守气诀作诗，十一月吴复古、陆惟忠来自高安"条，诰案曰："吴子野、陆惟忠及昙秀之来，《年谱》杂载七、九月前，非是。今以后事考之，乃十一月至也。"④ 可以看出，前代年谱于苏轼诗文和行迹乃大致编年，王文诰则是力求精细，因此对前谱多有补充。如《总案》"状既成，录本授邓文约以告于曾巩，作求墓碣书"条，诰案云：

① 《总案》卷45，第788页。按：傅《录》"建中靖国元年辛巳"条云："五日，过南安，法掾吴君示昔所作《石钟山记》，复题其后。"又王《谱》于"徽宗皇帝建中靖国元年辛巳"条云："按题中载《石钟山记》云：'建中靖国元年正月五日自南陵还，过南安军，旧法掾吴君示旧所作石钟山铭，为题其末。'"又检今本《跋石钟山记后》，孔凡礼先生校勘云："'五'原缺，据郎本补。《外集》卷四十作'三'"（苏轼著，孔凡礼点校《苏轼文集》，中华书局，1986，第2074页）。
② 《总案》卷22，第376页。
③ 按：对此王文诰在《大寒步至东坡赠巢三》诗注中有云："《宋史·本记》：韩存宝坐逗留无功，伏诛。在元丰四年七月内。是巢谷逃避江淮，仅年余之事，其至黄，正在变姓名时也。公馆之雪堂，使迨、过二子受业，逾年归蜀。《年表》谓谷来从公学，《年谱》谓公已迁居雪堂，皆可笑。非久，参寥即至，而琴客崔诚老亦止其中，东坡只五间屋也。"（《苏轼诗集》卷22，第1159页。）对于迨、过二子受业于巢谷事，他在《总案》此条下引本集《与子安兄书》为证："巢三见在东坡安下，依旧似虎，风节愈坚。师授某两小儿极严。常亲自煮猪头，灌血腊，作姜豉菜羹，宛有太安滋味。"（《苏轼文集》卷60，中华书局，1986，第1829页。）
④ 《总案》卷40，第698页。按：孔凡礼《苏轼年谱》有"吴复古（子野、远游）、陆惟忠（子厚）自筠州来。蹇拱辰（朔之、葆光）托复古带来墓头回草"条，下云："《文集》卷六十八《书陆道士诗》叙二人来，《总案》谓为十一月。《诗集》卷四十《和陶岁暮作和陶常侍》引谓二人'皆客于余'，作于十二月。拱辰云云，据《文集》卷七十三《墓头回草录》。"（《苏轼年谱》卷35，中华书局，1998，第1234页。）孔凡礼先生从诰案，编于十一月，但证据似嫌不足。

"《曾南丰集》有《职方员外苏君墓志》，即公所求文也。公以治平三年六月奉敕，有司具舟载丧归蜀，而此书云'四月护丧还家'，是以治平四年丁未四月始到蜀也。《年谱》、《纪年录》、《年表》皆不知。"① 王文诰据曾巩文定苏轼护丧还蜀年月，补前谱之未足。又如《总案》"同安君来归，王介幼女也"条，诰案曰："君生于庆历八年戊子，至是熙宁元年戊申，年二十一，乃通义君堂妹也。其弟名箴，字元直。已详前注。《年谱》皆不载，今备考于此。公续娶年月未详，然不出十月后也。"② 王文诰考知王闰之年岁，及其弟事，补前谱之未足。再如"吴复古渡海来访，忆去岁同游丰湖，夜宿罗浮道院，如隔世事，赠诗"条，诰案曰："公在海外，其欲奔而至者，参寥则将挈颖沙弥自杭浮海，公以书止之。杨明、王箴自眉以达河南，而闻公内迁。杜子师将自淮上挈家以从事，甫集而公归。巢谷则自眉徒步以来，既度岭，卒于新州，皆未能毕其志。独吴子野奋然而至者，且再。可谓勇于义矣。《年谱》及注家皆不了了。今考定其事。"③ 王文诰考定公在海外，"欲奔而至者"，补前谱及各注之未足。

　　《总案》和前代年谱有很多不同，这主要是因为王文诰的编撰目的和前谱作者有很大的差异，对此他曾有说明：

　　　　诰以月日系诸古律，多有月日备而古律阙者，无地弥缝，往往脱阙。诗旨有偏全之憾。前注于古律之外，不再寻求其编述。古律至误，亦由于此。缘立总案统之，使不越于绳墨之外，而后事理通，而诗旨见。古律可为行纪，此本公之遗意，断非坚持、不屑排缵，转欠审确等说者所能管蠡也。④

可以看出，王文诰编撰《总案》有两个主要目的：一是为了精确编年。他坚持认为苏轼古律可为行纪，所以补事务使月日无阙；二是为了准确阐明

　　① 《总案》卷5，第192页。
　　② 《总案》卷5，第197页。
　　③ 《总案》卷42，第726页。
　　④ 《总案》凡例，第19页。

诗旨。在他看来，前注对相关背景注意不够，而使事理不通，诗旨难明。他曾颇为自得地表明自己此方面的功绩："自诰创立总案，排缵年月，密于查注百倍，而后发明其诗，多有突过前注者。此途既辟，后之人自当于见到地，益求其进。"① 他认为，准确编年是"发明其诗"的前提，而要想达到这一点，必须做到"知人论世"，就是不仅要全面掌握苏轼的生平、交游等情况，而且还要清楚当时的政治背景及诗作本事。因此，他说：

> 所列熙、丰、祐、绍事迹，鲜不详备。其诸注原引，漫无纲领，一肘一胘之注，如用删复之例，当汰去大半。今既不欲泯没前善，而读者遽欲尽熟全案，此声彼应，殆未易言，是以仍载题下。邵例不足法也。至辨定本事，所引各文，专以确实明析为主。他处当证，又即引载，不计重复。其辨雪后，亦有著其事于论议中者，因有施注之残阙耳。诰为案以统诗，又于传志加注以统案，必重申以明之，不以小嫌而蹈大害也。②

这一点和施宿编撰年谱、注释苏诗的目的很相似，施宿在《东坡先生年谱序》中说：

> 宿因先君遗绪，及有感于陆公之说，反覆先生出处，考其所与酬答赓倡之人，言论风旨足以相发，与夫得之耆旧长老之传，有所援据，足裨隐轶者，各附见篇目之左；而又采之国史以谱其年，取新法罢行之目，列于其上，而系以诗之先后，庶几观者知先生自始出仕，至于告老，无一念不惓惓国家，而此身不与。读其诗，论其所遭之难，可以油然寡怨，而笃于君臣之大义矣。③

在陆游为施元之和顾禧的苏诗注所作序中一面称赞其"于东坡之意，盖几

---

① 《总案》凡例，第 22 页。
② 《总案》凡例，第 25 页。
③ 王水照编《宋人所撰三苏年谱汇刊》，上海古籍出版社，1989，第 28 页。

可以无憾矣"，一面用更大篇幅说明注苏诗之难，而难点在于"非得于故老，殆不可知，必皆能如此，然后无憾"。实际上，陆游对施元之、顾禧注并不满意，郑骞先生对此有精辟论述，他说："他（陆游）认为原注专重典故，少注时事，未能阐发东坡作诗本旨。施宿受了放翁的暗示，于是向另一个方向'推广'父书，专注人物及事实。"[①] 在施宿所作《东坡先生年谱》中，列"纪年""时事""出处""诗"四栏，"时事"栏内容是王《谱》、傅《录》等不曾涉及的，这当是直接受了陆游的启发。

对于陆序所言，王文诰也深有体会，他说：

> 放翁论公诗，专指论事，故云"非得于故老不可"，其意不重征引典实，与诰所见正同。序云"东坡先生诗渊独，不敢为之说"者，以公足迹几遍天下，其诗本事难详。而熙、丰、祐、绍，朝局翻覆，有露于头面者，有隐于肺腑者，或碍于本朝未经明降，或干涉势位，人门尚在，故云"不敢"也。……王注独于时事不道，若谓此百家惟知虫鱼草木，论时事则无不聋瞶，内无一闻一见之人，断无是理。盖注有不尽传也。如王安石新法固非，而司马光变法亦误。安石可言而光难言也。朔党余波皆在，若诸韩则惟有尊之，且章惇、蔡京可言，而刘挚、刘安世难言也。洛党则多其授受，即以吕祖谦、王十朋论，已干涉师傅矣，不言，则元祐在处脱略；言之，则龃龉尚不止此。为之遁饰，则又徒取后人讥议，反不若不道之为得也。[②]

王文诰不仅认为注苏诗本事难，而且认为宋人注苏诗各有忌讳，因此多有不道本事和时局者，这是历来苏诗注中的一大缺陷。施宿虽对此已有所认识，并有补充，但仍存不少疏漏，这正是王文诰努力的重点。

鉴于以上认识，王文诰的《编年总案》在体例安排上与前代年谱有很大差异，主要表现在如下几个方面。

---

① 郑骞：《宋刊施顾注苏东坡诗提要》，《增补足本施顾注苏诗》卷首，台湾：艺文印书馆，1980，第17页。
② 《陆游序》王文诰案语，《总案》弁言，第39页。

首先，《总案》纪录苏轼从仁宗景祐三年出生，到徽宗建中靖国元年逝世，凡六十六年事，分为四十五案，置四十五卷编年诗之首，"依诗卷为盈缩。有一卷尽二三年者；有一年分二三卷者；有以事为起迄，不以年始年终限卷次者"[1]。这样《总案》与诗卷相配合，便于检索，给读者理解诗意提供直接帮助。

其次，《总案》分"正文"、"释文"和"诰案"三部分，对于"正文"和"释文"，王文诰云：

> 所书正文，首以本集书奏、制敕、叙传、铭记、词赋、题跋，以年月日可考者为经，而佐以《老泉全集》、《栾城集》、苏过《斜川集》，各史及两宋记载之与本集不背，足以补助者，皆立案引载其下。余如《本传》、《墓志》及《纪年录》、《年谱》之时事相合者，亦皆入载。但一事数见，语有详略，不能分注出处，惟单见之事，注明其有各说互异，及与本集不合者，皆辨定，从其是者，注明某误。

> 其本集诸文有事可纪而年月不详者，则以人以地类载，或以时附见各年各案之末。[2]

> 诗非纪游、纪程，及不能尽载者，诗仍原编，案内不载。

> 至各卷诗题有年月可考者，亦皆立案。或有不皆可考，而诸题情事联属，相去不远者，亦类载可考之后。

《总案》正文，以大号黑体字标明，首以本集诗、文、词年月立案，辅以史书、杂记所叙事年月立案，参以老苏、子由、苏过诗文年月立案。立案正文以月为类，月内细分日期，务求细密，不用干支纪日，直书某月某

---

① 《总案》凡例，第20页。
② 《总案》卷1，第103页。

日。释文部分乃解释正文立案理由，以小号字标明，所引包括诗、文、词、行迹、时事等，短则全录，长则节录，或撮举大意。对于年月不可考的诗、文、词，有事可纪者，则因类附载可考之后立案，但有些无事可纪的东坡作品则不入案。

最后，"诰案"部分为王文诰的考证和辩驳，也以小号字标明，其内容主要是："……其有各说互异，及与本集不合者，皆辨定，从其是者，注明某误。间有时事小误，本案已有确考，毋庸置议者，略去，以省繁芜。"另外"诗有时地可考，而前注原编、改编、补编有误，及后注沿伪前注，或各持两端者，原编不误，而改编反误，改编未误，而后注苟驳，致诗无归宿者，均引确证，照新编立案。并引原注驳正"①。王文诰的考证和辩驳分为两大类：一是考证人事，驳正前注此方面失误之处；二是说明改编苏诗的理由，驳正前代注家苏诗编年的失误。

通过对苏轼作品、行迹和相关时事的精心编排，最终达到"知此年之出处进退、是非得失，以求此年之诗，庶有助焉"② 的目的。《总案》在多个方面突破了前代年谱的局限，弥补了苏轼研究中的不足，为苏诗的理解提供了直接的帮助。以下就《总案》与《编年古今体诗》的关系进行探讨。

第二节　《编年总案》与《编年古今体诗》

《编年总案》与《编年古今体诗》相辅相成，不可分割。《总案》在很大程度上对《编年古今体诗》起到补充说明的作用。王文诰为了保持《编年古今体诗》注文的简洁明当，很多针对前注的辨正和补充被移入《总案》，因此孔凡礼先生在以《编年古今体诗》为底本整理出版《苏轼诗集》时，将价值较高的案语从《总案》移入诗注中，免去了读者的翻检之劳，起到了很好的作用。具体来说，《编年总案》对《编年古今体诗》的补充表现在以下几个方面。

---

① 《总案》卷 1，第 103 页。
② 《总案》卷 1，第 103 页。

（一）对前注的驳正及补充

在注释正文时，王文诰力求精简，相关意见置于《总案》。如《总案》"过犍为望王氏书楼，过宜宾见夷中乱山，作诗"条，诰案曰："诸注有误，凡不得不正，而必引原注以见非诬者，悉引论于总案，以省题下之繁。其有简明易晓及离题，与诗不了了者，仍载题与诗下。"① 王文诰于《过宜宾见夷中乱山》题下案曰："王注题作'夷中乱山'。《栾城集》：同公行，戎、涪一路，与黔境接壤，而不知其名，故云夷中乱山也。查注据《方舆胜览》，改题为'夷牢乱山'，谬甚。合注引《一统志》，夷牢讹夷牟，尤无谓。今复原题，余详案中。"② 王文诰删去题下查注和《合注》对查注的驳词，复于《总案》引载查注，驳正查注改题之误。又如《总案》"过仙都观，读阴长生石刻《金丹诀》"条，引查注云："《百川学海》：治平末，东坡溯峡，泊舟仙都观下。道士持阴长生石刻《金丹诀》就质真赝。坡曰'不知也'。然士大夫过此，必以请。久久自有知之者。"诰案曰："此条乃治平四年归蜀事，故曰'治平末'。又曰'溯峡'，所载甚明。乃查注引载嘉祐四年己亥《南行集》之《留题仙都观》，反谓'公时在凤翔，焉得泊舟观下？或误以嘉祐为治平'云云。其说转误。且嘉祐己亥乃下峡，非溯峡也。今删去题注，改载于此。"③ 查氏此注原为《留题仙都观》题下注，④ 王文诰删去查注对《百川学海》的驳词，改载于此并驳正。再如"王廷老知虢州诗"条，诰案曰：

　　查注屡谓"伯扬长子娶东坡女"，及代作祭文之说，实由误读此文也。合注从误，今皆删。又公在徐州，子由、廷老皆在宋。故廷老有和张方平之子十七寄公之作。而公徐州卷中，有转和廷老之作也。合注谓廷老家居与彭城相近者，误。又据此文，廷老卒于虢州，其丧

---

① 《总案》卷1，第133页。
② 《苏轼诗集》卷1，第8页。
③ 《总案》卷5，第191页。
④ 《苏轼诗集合注》卷1，第19页。按：孔凡礼先生认为查注所引《百川学海》文本之《龙川略志》，乃苏辙事，非苏轼事。（见《苏轼年谱》卷6，中华书局，1998，第147页。）

归，两公皆在京，故合祭之，乃元祐二、三年中事也。^①

王文诰所驳查注乃《送王伯扬守虢》诗题下注，王文诰于诗题下删去查注误处，并案云："此条查注，误读《栾城集·祭王虢州伯扬文》而改为《代祭王虢州文》，遂实以伯扬长子娶东坡女之说，在处乱注。公诗有'平生无一女'句。今删，余详案中"^②。王文诰在《总案》中复引查注，驳正其所云"伯扬长子娶东坡女"，补题下注之未足。

（二）补录不见正集的诗作

查慎行的《苏轼补注》独创五十卷的规模，其中前四十五卷为编年诗，第四十六卷为《帖子词口号诗》，四十七卷、四十八卷为《补编诗》，四十九卷、五十卷为《他集互见诗》，冯应榴《合注》承查注五十卷规模。王文诰在《合注》的基础上，将正集中他认为非苏轼的作品或为苏轼作品而不当入正集者删除。另外，将少量《补编诗》中作品补入正集，所余《他集互见诗》和《补编诗》全部删除，成四十六卷规模。王文诰删除《补编诗》和《他集互见诗》的做法有失武断，招致后人的批评。

实际上，王文诰《总案》对《补编诗》和《他集互见诗》中的作品多有载录，入案诗有三类。

1. 从查本、《合注》正集删除而移入《总案》

王文诰从正集删除五十七首（见前表6统计），有些确为苏轼作品，但王文诰认为不当入集而改载《总案》。在苏集中颇有一些诗、文、词相混的情况，王文诰对此有所注意，他说："施注倅杭卷内之《寒食未明至湖上》一首，本集为《瑞鹧鸪》词，而强作七律；南迁卷内之《何公桥》一首，本集为《何公桥铭》，而强作四言古。如欲援此例，则《瑞鹧鸪》词可指为七律者，词类尚有，而铭赞中可截取作四五七言古者尤多。今此二首姑仍其旧。"^③

---

① 《总案》卷27，第433页。
② 《苏轼诗集》卷27，第1436页。
③ 《总案》卷2，第152页。按：王文诰所云《寒食未明至湖上》诗，题当为《寒食未明至湖上，太守未来，两县令先在》，类注、施注、查注、《合注》皆收录。傅干《注坡词》未收入，《四库全书》本《东坡词》收入，作《瑞鹧鸪》词。

如果说王文诰对此类作品还较宽容的话，那么对于苏轼集中徒有诗之形式，而不具诗之内涵的偈类作品则毫不留情地从正集删除，他说："偈语一类，方外问答，不以诗论，旧本多搜采入诗，致查注补编入集。如欲援此例，则《送纪公》作偈之类，旧本未采，而查注未编者，尚不乏也。今凡已编者，删存什一，或附见于总案。又卷十一施注原有之《戏钱道人》二首，亦属偈类，并列总案卷三十六。"① 王文诰所云"戏道人二首"指《钱道人有诗云"直须认取主人翁"，作两绝戏之》，施注归入卷八，查注归入卷十一。王文诰认为不当入集，改入《总案》，并案云："此二诗，施注原编所有，查注、合注仍之。纪昀曰：'此是禅偈，不以诗论。'今改载于案。"② 似此还有，如《总案》"二十四日书士琴赠吴亮"条，诰案曰：

> 书士琴，自为一事。前案载《与彦正判官书》内之"若言琴上有琴声"四句，公自云"一偈"，非诗也。且又一事也。王注作琴诗，施注原编不载。《外集》以记士琴一则改作长题，而以此偈作诗，牵合两事为一，又伪士琴为十二琴，六年闰六月为五年闰六月，又《纪年录》："闰八月作士琴诗。"合注云："士琴诗无考。"并误。考《东都事略》，元丰六年闰六月，本集《富郑公神道碑》，薨于六年闰六月。是五年无闰六月也。查注据《外集》长题与诗编入集内五年固误。其引本集《十二琴铭》以实之，尤非。《十二琴铭》乃元祐丁卯，张益老名之者，既与二子无涉，且后事也。查注惟引琴铭，不读琴铭，是以失之。合注并从误。今集内删去此偈，仍照本集作二事入案，并驳正。③

查本、《合注》原有《武昌主簿吴亮君采，携其友沈君十二琴之说与高斋先生空同子之文太平之颂以示予。予不识沈君，而读其书，如见其人，如闻十二琴之声。予昔从高斋先生游，尝见其宝一琴，无铭无识，不知其何代物

---

① 《总案》卷 2，第 152 页。
② 《总案》卷 11，第 245 页。
③ 《总案》卷 22，第 381 页。

也，请以告二子，使从先生求观之，此十二琴者，待其琴而后和。元丰五年闰六月》，诗曰："若言琴上有琴声，放在匣中何不鸣？若言声在指头上，何不于君指上听？"① 苏轼有文《书士琴·赠吴主簿》，与此诗题目略同，所标时间为元丰六年六月二十四日，诗题为五年误。② 苏轼又有文《与彦正判官》，其中有："试以一偈问之：'若言琴上有琴声，……'"③ 正与此诗同。因此王文诰认为，《外集》以《书士琴》为题，以此偈为诗，合两事为一，误。又讹士琴为十二琴，苏轼有《十二琴铭》，④ 与士琴不同。王文诰认为此为偈，非诗，将其从正集删除，据事载入《总案》。再如《南华老师示四韵，事忙，姑以一偈答之》，⑤ 王文诰也因其为偈，从正集删除，改列《总案》，并案云："此偈在本集偈类，公不以诗论也。"⑥ 事有可纪，改载入案。

在王文诰从正集删除的五十七首诗作中，还有一些并非偈语，但他也认为不应入集，而改载《总案》。如《严颜碑》《永安宫》二诗，查本、《合注》皆入正集，王文诰改列《总案》，⑦ 但不说明原因，有失武断。

2. 采《补编诗》中苏轼作品入《总案》

王文诰采查本、《合注》的《补编诗》中作品入正集者有十四首（见前表5统计），还有不少被采入案，他说：

> 查注以施注《遗诗》、邵注《续补遗》之无从编入者，及已新收诸诗，合为《补编诗》二卷，与互见并次于末。诰以其名与集内补编牵混，指称不便，改为《续采诗》。今取其确然可编者，随时立案，编入集内。公以萧统《文选》遗陶为讥，不敢不广也。其次，虽有确

---

① 《苏轼诗集合注》卷21，第1103页。
② 苏轼著，孔凡礼点校《苏轼文集》卷71，中华书局，1986，第2249页。
③ 苏轼著，孔凡礼点校《苏轼文集》卷57，中华书局，1986，第1729页。
④ 苏轼著，孔凡礼点校《苏轼文集》卷19，中华书局，1986，第558页。
⑤ 《苏轼诗集合注》卷44，第2255页。按：此偈查本题为《投南华长老一偈》，宋施注载卷40《遗诗》中，冯应榴据宋刊改题。
⑥ 《总案》卷44，第781页。
⑦ 《总案》卷1，第135页。

考不当入集者，改列总案。①

何者入集，何者入案，王文诰的标准并不明确。但总体来说，入集者不仅编年可确考，而且艺术水准较高。入案者虽也可确考，但艺术水平较低，仅因为纪事而立案。如《总案》"八月宋君用辞公赴京师作诗"条，诰案云："《咏怪石》、《送宋君用》二诗，诸本不载，《外集》编第四卷。丁成国太夫人忧，居蜀时作。据此，则诗在《南行集》之前，皆遗诗之最先者也。查注收入'续采诗'中，今改载案中。"②《送宋君用》题当为《送宋君用游辇下》，王文诰据此立案。又如《总案》"送虢令赵荐罢任还蜀"条，诰案云："此诗各本不载。查注据《外集》凤翔作，收入'续采'中。今载于案。"③ 再如"太原令送蒲桃并有诗"条，诰案云："此诗，《外集》编凤翔作。查注收入'续采'者也。今载于案。"④ 由此可以看出，王文诰对查本《补编诗》的删除并非全属武断，其中不少经过认真考查，载于《总案》。不仅如此，王文诰对查本《补编诗》中不能确考的作品也有附载，如《总案》"尧臣得公《刑赏忠厚之至论》以荐"条，下录《丰年有高廪》诗，案曰："此诗诸本不载。查注从《外集》收入卷四十八《续采诗》中。合注引江邻几《杂志》：'嘉祐二年，欧阳永叔主文省，试《丰年有高廪》诗。'疑此诗为试作，今附此以备考。"⑤ 由此显出王文诰严谨的一面。

3. 采《他集互见诗》《补编诗》中确非苏轼的作品入《总案》

王文诰立案以苏轼作品和行迹为宗，辅以老苏、子由和其他交游人物的事迹和作品，对于查本《他集互见诗》中经考证确非苏轼的作品，也有

---

① 《总案》凡例，第21页。
② 《总案》卷1，第133页。按：冯应榴于《咏怪石》诗题下案云："此诗或以先生居忧不作诗，断为非先生作。然安知非服阕后家居时所作耶？不可拘看也。"（《苏轼诗集合注》卷49，第2431页。）
③ 《总案》卷4，第171页。按：此诗题为《送虢令赵荐》（见《苏轼诗集合注》卷49，第2425页）。
④ 《总案》卷5，第185页。按：此诗题为《谢张太原送蒲桃》（见《苏轼诗集合注》卷49，第2426页）。
⑤ 《总案》卷1，第120页。

因事立案者。他说：

> 诰案内惟《卢鸿草堂图》诗，虽载《栾城集》，而本集作诗有跋，当为公作。更以本集《锡杖泉铭》亦载《栾城集》，子由《谢复坟寺表》亦载本集例之，可见舛错有自矣。《送蜀僧去尘》诗，元晦定为老苏作；《开西湖》诗，参寥作；《和参寥》诗，辩才作；《润州除夜》诗，关子容作；《移合浦》诗，郭功甫作；《骊山》诗，李方叔作；《雷州饮酒》诸诗，秦少游作；《侯滩》、《火星岩》、《沧州亭》诸诗，沈睿达作。王仲素定国《壶公观》诸诗，及合注改列《拟古》九首，皆子由作。以上确无疑义，亦多有见总案者。①

以上王文诰所列举诸诗，除《卢鸿草堂图》确为苏轼作外，② 其他皆非苏轼作品，为立案言事需要，多有采录。如《总案》"并作《老翁泉》诗"条，诰案曰："朱子所指后篇《送去尘》之'嫌瘦废弹'句，即前载《石林诗话》之'谁为善相宁嫌瘦，后有知音可废弹'一联。其首句为'十年读《易》费膏火'，叶石林遂伪为'读《易》诗'耳，此二诗皆为朱子所定，而施注入公遗诗中，查注改列互见卷内。今改编《老翁井》一诗于此。"③ 所云《送去尘》指《送蜀僧去尘》诗，《石林诗话》误题为《读易》，实为一诗。此诗与《老翁井》并列《他集互见诗》卷。④ 此二首皆为老苏作，载入《总案》以言其行迹。

此外，王文诰在《总案》中还对《他集互见诗》《补编诗》中作品的真伪进行考察，如《总案》"除夜野宿常州城外作诗"条，诰案云：

> 又王注及《续补遗》载有七绝二首云："寺官官小未朝参，红日

① 《总案》凡例，第20页。
② 按：王文诰认为《题卢鸿学士草堂图》诗，乃苏轼作。（见《总案》卷30，第484页。）孔凡礼先生认为此诗为苏辙作，苏轼题诗已佚。（见《苏轼年谱》卷27，中华书局，1998，第832页。）
③ 《总案》卷1，第127页。
④ 《苏轼诗集合注》卷47，第2336页。

半窗春睡酣。"……前列长题，即惠州之跋语也。此乃作赝者录旧以实公题，故诗语不合。王注据伪本收载入集，而邵注采入《续补遗》中，其弊显然可见。查注据何薳《春渚纪闻》辩此二绝非公之诗，乃钱塘关子容作，列入互见卷中，甚当。惟不知引本集跋语，绝其根株，是以启合注之驳也。合注以太常博士释寺官，此项官多矣，岂即公乎？又谓后诗是春深景物，似前此舟行过楚，即景怀旧之意。考治平三年六月，公奉诏载丧归蜀，其下淮溯江，在秋深之时。熙宁四年倅杭，其自楚、扬渡江，已在冬中，前游仅此二次，并无春深旧景可怀也。凡查注驳删他人之作，合注虽有未见非公诗而伪入他集之说，究以去之为严洁，故本案于查注互见之卷，例弗辩也。独此二绝，《年谱》误会"年三十九除夕润州道上"之语，遂有八年己卯，年四十到密州任之谬断，载入《年谱》为据。邵注复引其说，以乱《纪年录》"甲寅十一月三日到任"之不误，此则于公后之到密年月殊有关涉，且于本集初至密州事迹全背，不能已于言也。故录此二绝全文，论之，使无所遁如此。①

王文诰所云"七绝二首"见于《他集互见诗》，题为《仆年三十九，在润州道上过除夕，作此诗。又二十年在惠州，追录之，以付过二首》②。查引《春渚纪闻》证此"七绝二首"乃关子容作，又引苏轼熙宁七年密州作《除夜答段屯》"龙钟三十九"句证与"七绝二首"题所言时间相悖，熙宁七年苏轼已至密州，不可能在润州过除夕。据此王文诰认为此处"三十九"当为"三十八"之误，"七绝二首"之题当为《除夜野宿常州城外二首》其一"行歌野哭两堪悲"诗后跋语。《他集互见诗》中的"七绝二首"乃"作赝者录旧以实公题"，所以诗中所言景物与题中时间多有不合，《合注》的辩驳没有说服力。③ 王《谱》误看此诗及题，将苏轼到密州任定为熙宁八

---

① 《总案》卷11，第245页。
② 《苏轼诗集合注》卷48，第2381页。
③ 按：查慎行、冯应榴对此诗的辩论在此诗后。（见《苏轼诗集合注》卷48，第2381～2382页。）又：各家所云"诗后跋语"今本不载。

年，实则为熙宁七年。① 又如《总案》"记临江驿诗"条，诰案曰：

> 文潜一生谨慎，是时方为润州守，焉肯为此事？人以其方在润，故疑之也。查注据《渔隐丛话》、《梁溪漫志》收入《续采诗》中，合注益以《瓮牖闲评》，并以为公自作此诗，纪晓岚亦祖其说，皆误。公南迁自扬至真出江，与瓜洲直截京口之路悬殊，何由至驿壁托题？且绍圣元年六月，尚无毁碑更作之事，其说尤非。公在惠，王定国劝公自辩。极不谓然，有'知我其天'之答，肯以一碑而叫号乎？诗固佳，然须出之他人，其义始见，若出自道，则通体减色，不复成诗矣。查注又讹临江驿为沿流馆，其沿流馆诗非此二首，后有专条。②

王文诰此处所论诗见《补编诗》，题为《沿流馆中得二绝句》③。查慎行采自《苕溪渔隐丛话》，云："东坡自云：'绍圣间人得二诗于沿流馆中，不知何人作也。今录之，以益箧笥之藏'。……或云此二诗乃东坡窜海外时作，盖自况也。不知其果然否？"④ 冯应榴又引《侯鲭录》云为江临几作，或为张文潜作。查氏和冯氏皆认为二诗或为苏轼作，而王文诰则断言非苏轼作，对查、冯所引证据一一进行了批驳，有一定道理。其所云"查注又讹临江驿为沿流馆，其沿流馆诗非此二首，后有专条"指《总案》"闻昙秀举旧作和以示意，记沿流馆诗"条，⑤ 此诗见《补编诗》，查慎行采自本集《与黄师是尺牍》，题为《无题》。⑥ 王文诰引他人作品立案，目的在于详细记录苏轼一生行迹，由此可见其编年叙事之巨细无遗。

（三）诗作改编、入集之理由

在《编年古今体诗》中，王文诰在查慎行《苏诗补注》的基础上对很

---

① 按：王文诰定苏轼到密州任为熙宁七年十一月，孔凡礼先生认为当为熙宁七年十二月三日。（见《苏轼年谱》卷13，中华书局，1998，第302页。）

② 《总案》卷42，第735页。

③ 《苏轼诗集合注》卷50，第2462页。

④ 胡仔纂集，廖德明校点《苕溪渔隐丛话·前集》卷39，人民文学出版社，1962，第265页。

⑤ 《总案》卷45，第798页。

⑥ 《苏轼诗集合注》卷50，第2472页。按：王文诰所云"查注讹临江驿为沿流馆"，不知何据，待考。

多篇目重新进行编年，为了节省诗集篇幅，不少改编理由被移入《总案》。如《总案》"公晓至巴口迎之，二十九日迁居临皋亭，亭在回车院中，作《迁居》诗"条，诰案曰：

> 公巴口迎子由诗有"欲买柯氏林，兹谋待君必"句，迁居临皋亭诗有"全家占江驿"句，皆家累到黄之实事。其柯氏林，公屡至其地，必议而未遂也。施注失考子由因送家累到此一事，故误以迁居临皋亭诗编巴口迎子由诗前，查注、合注从误。今改编至回车院即监司行馆。①

施注、查本、《合注》皆置《迁居临皋亭》于《晓至巴河口迎子由》诗前，王文诰据诗中所言"全家占江驿"，认为迁居临皋亭事当在子由来之后，因为子由乃携王闰之等家眷同来。② 又如《总案》"因渡江至京口，苏颂方居母丧，往吊之，作陈夫人挽词"条，诰案曰：

> 苏子容母陈夫人挽词施注原编八年归宜兴诗前。查注、合注从误。考元祐元年七月，本集行苏颂刑部尚书制词有"遭罹闵凶，亦既祥禫"之语，盖是时虚位以待颂，犹未服除，故不即起也。以是逆数之，颂母亡在元丰七年七八月间，公以是年九月至京口，正其新丧时也。挽词当作于此时。今改编。合注谓其遭丧在七年四五月间，即与制词不合，亦误。③

《合注》从查编，置此诗于元丰八年，并引《续资治通鉴长编》云："前吏部侍郎苏颂为刑部尚书，初除丧也。""则其遭丧在元丰七年四五月间，先生作诗尚在后也。"④ 王文诰改此诗为元丰七年九月遇苏颂于京口作，可从。⑤

---

① 《总案》卷20，第334页。
② 按：孔凡礼先生认为子由来黄在五月末，公迁居临皋亭在夏初，其顺序从查编。（见《苏轼年谱》卷19，中华书局，1998，第482页。）
③ 《总案》卷24，第405页。
④ 《苏轼诗集合注》卷25，第1276页。
⑤ 《苏轼诗集》卷24，第1278页。

对于不见查本、《合注》正集，王文诰最新改编入集的诗作，常在《总案》中说明入集和编年理由。如《总案》"宋子房惠李承晏墨，谢以诗"条，诰案曰："此诗，施注原编不载。《外集》载《试院观伯时画马》诗后。邵注收入《续补遗》中。查注不载。合注复收入《补遗》中。汉杰乃宋选之子，特欲灭迹，又以季常为可弃，故改编前作，并删此诗也。《外集》编知贡举时。与公画跋年月相符。是汉杰之在京，审矣。今据此改编入集。"① 此诗题为《谢宋汉杰惠李承晏墨》，冯应榴已指查编不收之误，他说："《七集》本载《续集》中，是以补施注本亦列入《续补遗》下卷。乃查氏竟不载。且考《外集》载此诗于召入翰林卷中，在《试院观伯时画马》绝句之后。据此，则并可入编年。"② 王文诰当是据冯氏意见改编入集，但具体日期不可考。王文诰所云"改编前作"，指查慎行改编《柏石图诗并叙》而言，文诰认为施注原编不误，查改编误，复施旧编。③

孔凡礼先生在整理出版《苏轼诗集》时，因为不收《总案》，所以将《总案》中较有价值的意见补入题下注或诗下注，省去了读者的翻检之劳。但也因此，一般读者对《总案》只窥一斑不知全貌，更鲜有对其研究者，这不能不说是一个遗憾。以下就《总案》在时事、人物考订和文、词编年等方面的成绩作进一步的论述。

第三节　《编年总案》对时事、人物等方面的考订

在《编年总案》的最后，王文诰有一段总结性的话，他说：

> 苏文忠名节之重，述作之大，跨唐越汉，无兼之者。前论昭若日星，不容赞一辞矣。然百世之下，学者犹或疑之，此漆园之胠箧，而输般之发机，虽以孔墨之贤圣而訾者自若也。孟子曰："说诗者不以文害辞，不以辞害志，以意逆志，是为得之。"公表著不独诗道，若

① 《总案》卷30，第484页。
② 《苏轼诗集合注》卷49，第2415页。
③ 《总案》卷30，第483页。

因诗而试求其全，有非作之难，而求之之难。公固谓可为知者道也，是逆志之说也。《易》曰："明两作，大人以继明照于四方。"又曰"君子以衰多益寡，称物平施"。博观是编，则以其衰益而平施之，得于《离》之象，成乎《谦》之义也。犹孟子之所谓得也，亦君子之终也。①

王文诰编注《总案》之目的在于"知人论世""以意逆志"，探求苏轼之"诗心""诗旨"，并最终达到对苏轼的全面认识和客观评价。为了达到这些目的，《总案》在时局、人事方面予以了特别的关注，力求还原当时错综复杂的政治背景和人事关系，避免就诗论诗所带来的浮浅之弊。前面已经说过，前代年谱对此方面的关注不够，施注虽对时事有所注意，但在王文诰看来还是过于简略和支离，因此《总案》在继承前代年谱和注释的基础上，对苏轼所处的政治环境、交往人物和一生行藏皆进行了尽可能全面、细致的考察，为后人的苏轼研究提供了方便，为更全面年谱的编撰奠定了基础。

（一）订史传记载之误

王文诰对北宋一朝史实颇有研究，阮元称赞其"学识淹通，深于史。所撰《苏文忠公诗编注集成》尤精博，匪特聚百家为大成，更可订元修《宋史》之舛陋"②。王文诰对前注和史书所载事实从不轻信，善于运用第一手材料重新考订，因此对前注及史书多有订补，正如韩崶所说"苟有胶舛，虽子由明文，史家载笔亦必勖正"③。在《总案》卷首，王文诰对苏辙所撰《墓志铭》和《宋史》本传进行了详细笺释，对其中的疏误有所指出，在《总案》中有进一步的说明。

1. 指出苏辙所撰《墓志铭》的失误

苏辙所撰《墓志铭》是了解苏轼一生行藏的权威资料，但王文诰并不

---

① 《总案》卷45，第820页。
② 《总案》卷首阮元序，第5页。
③ 《总案》卷首韩崶序，第2页。

迷信，多有考证。如《总案》"三月告下迁中书舍人上辞免状"条，苏辙《墓志铭》云苏轼于元祐元年二月迁中书舍人，王文诰认为当为三月迁中书舍人，案云：

> 凡公集所载、《墓志》，皆二月迁中书舍人。此乃三月之伪。《栾城集》原文作"二年"尤伪。据公诗，二月八日，在起居院，作申公诗，《纪年录》亦作"二月八日"，似无误。而本集有"二月八日在中书舍人任，缴进范子渊词头状"，与《墓志》二月之说合，但公已迁去，不应是日更值起居院。二者必有一伪。又考范子渊状后接载"三月十六日，缴吴荀状"，自二月八日以后，越闰二月，中间脱略，此范子渊状乃三月八日而伪作"二月八日"，故与申公诗相碍也。此文云"到省半月，而擢为右史，出入禁闼三月有余"，上年十二月到京，上"水军"、"榷盐"二状，衔位"前知登州军事"，上状之后，始到礼部郎中任，又任半月，擢右史，已在十二月二十日之后矣。由是而计至二月八日以前，迁中书舍人，仅有四十余日。登之状奏，可妄云"出入禁闼，三月有余"乎？盖公以三月初间迁中书舍人，自十二月二十日起，连闰二月积算至三月初间，计百有余日，是为三月有余。《续通鉴长编》云："是年三月刘挚、吕陶进对。太皇太后曰：'近除胡宗愈、苏轼，尽是此中自除兼。苏轼，天下知其有文，多年淹滞。'"如二月除，则后有闰二月，为日已久，必不至三月，而忆及其事，并云"近除"也。此又三月迁中书舍人之确证。而本集范子渊状之伪，《墓志》之误，无可疑矣。且作二月除，则十五日进《三朝宝训》，乃右史事，必移至正月十五日始与二月八日中书缴状合，而正月例无讲筵，此又未迁之确证也。似此考定，若问诸《年谱》、《纪年录》、《年表》所谓"视茫茫而听苍苍"者，更无论各注矣。①

---

① 《总案》卷27，第431页。按：王文诰所云申公诗指《元祐元年二月八日，朝还，独在起居院读〈汉书·儒林传〉，感申公故事，作小诗一绝》（见《苏轼诗集》卷27，第1426页），此诗宋施注本载卷40《遗诗》内，施《谱》、《东坡纪年录》皆载，王《谱》不载。《缴进范子渊词头状》首云"元祐元年二月八日"，《七集·奏议集》卷3（转下页注）

王文诰改《墓志铭》"二月"为"三月"的理由有三点：一是作"二月"与公所言"出入禁闼三月有余"不合。二是《续资治通鉴长编》所云"近除"，当以三月为近是。三是作"二月"与"十五日进《三朝宝训》"事不合。王文诰的说法和后来发现的施《谱》记载不谋而合，同作"三月"。其实，《续资治通鉴长编》对此事有明确记载，孔凡礼先生即据此将苏轼迁中书舍人时间定为元祐元年三月十四日。① 王文诰对《续资治通鉴长编》的利用虽不充分，但他对《墓志铭》首发疑问，并做细密考证，结论令人信服。更重要的是，他敢于怀疑，不惟权威是从的治学态度值得肯定。

又如《总案》"时王光祖为副总管，……长公曰：'此事吾自治则可，汝若得告，军中乱矣。'立决配之，众乃定。上乞修定州军营状"条，诰案曰："此状本集作十月上，在奏弓箭社前。而《墓志》、《宋史·本传》亦先载军营事，后载弓箭社事，并误。盖此事鞫办检计往复甚繁，状内情形非到任数日所能奏出者，窃颇疑之。后读公寄刘仲冯书，而此中释然矣。因改载十一月奏弓箭社之后，并证《志》、《传》之误。"② 苏轼奏弓箭社事状题为《乞增修弓箭社条约状二首》，首云"元祐八年十一月十一日"③。奏军营事状题为《乞降度牒修定州禁军营状》，首云"元祐八年十月日"④。《墓志铭》载军营事在弓箭社事前，与苏轼两状所标时间顺序吻合，《宋史》从之。王文诰认为军营事应在弓箭社事后，其理由有二：一是据状内苏轼叙述，此事复杂，非到任数日能办；二是据苏轼《寄刘仲冯书》互证。以下就此两条理由略作说明。据王文诰考证，苏轼到定州任为

（接上页注①）"八日"作"二十八日"（苏轼著，孔凡礼点校《苏轼文集》卷27，中华书局，1986，第773页）。《辞免中书舍人状》载："伏念臣顷自贬所，起知登州，到州五日，而召以省郎，到省半月，而擢为右史。……出入禁闼，三月有余。"（苏轼著，孔凡礼点校《苏轼文集》卷23，中华书局，1986，第662页。）此为王文诰推断之依据。所云《水军》、《榷盐》二状指《登州召还议水军状》和《乞罢登州榷盐状》。（见苏轼著，孔凡礼点校《苏轼文集》卷26，中华书局，1986，第766~767页。）又王文诰所云"十五日进《三朝宝训》"事，见本案前条"十五日进韩维读《三朝宝训》事"。

① 《苏轼年谱》卷25，中华书局，1998，第711页。
② 《总案》卷37，第629页。
③ 苏轼著，孔凡礼点校《苏轼文集》卷36，中华书局，1986，第1024页。
④ 苏轼著，孔凡礼点校《苏轼文集》卷36，中华书局，1986，第1021页。

元祐八年十月二十三日，① 而《乞降度牒修定州禁军营状》云："其上件营房，不可不于今年秋冬便行修盖"，可知苏轼乞修军营事不可能在到任当年，因为时间上既无可能，状内所述情形也不应在当年。又苏轼《寄刘仲冯书》云："某近奏弓箭社事，必已降下。旦夕又当奏乞修军营。"② 由此可知，《乞降度牒修定州禁军营状》所标"十月"当误，《墓志铭》载修军营事在弓箭社事前亦误，《宋史》从误。

2. 指出《宋史》的疏误

如《总案》"除夕雪中黄寔送酥酒作诗"条，诰案曰：

> 黄寔，字师是。乃子思之孙，几道之子，而章惇之甥也。登进士第，提举京西淮东常平。查注引《宋史》云：黄寔历转运副使，哲宗议召用，曾布阴阻之。林希曰："寔两女皆嫁苏辙之子，所为不正，不宜用。"乃知陕州。考子由之幼子远，黄寔婿也。其女从谪龙川，卒于惠州。建中靖国元年，公北归至仪真，子由始与公议将求其幼女为远续姻。逾月，公薨，并未见其成也。是时，哲宗已崩，而林希亦死。《宋史》所载，不知何本？今删其误句存之，特为驳正，余详卷四十五总案。③

王文诰认为《宋史》言哲宗时"寔两女皆嫁苏辙之子"不确。在《总案》卷四十五"之元出银二百星，并述之才、之邵意，稍佐资斧。公不受，之元行。作子由书"条，诰案曰："八郎妇，即远初妇黄师是女也。时方议续亲。林希之死亦见此书中。史载，林希以师是两女皆嫁辙之子，所为不正，言于哲宗，罢其河北转运，已误。若邵经邦，则竟以为皆嫁公之子，尤为梦呓。"④ 王文诰所引苏轼《与子由书》有云："八郎续亲极好，但吾

---

① 《总案》卷37，第623页。孔凡礼先生《苏轼年谱》从其说。（卷32，中华书局，1998，第1122页。）

② 苏轼著，孔凡礼点校《苏轼文集》卷50，中华书局，1986，第1472页。

③ 《总案》卷24，第409页。按：《苏轼诗集合注》引查注作"嫁苏轼子"（卷24，第1242页）。检《文渊阁四库全书》本和今本《宋史》亦作"嫁苏轼子"（《宋史》卷354，中华书局，1977，第11161页），皆误。

④ 《总案》卷45，第803页。

佇难自言，可托人与说。今师是已除太仆卿，恐遂北行，兄不能见。又恐来省母苏州，若见当令人探其意也。"① 又："林子中病伤寒十余日，便卒，所获几何，遗臭无穷。"② 据此可知，此时远尚未续娶黄寔幼女，而林希已亡，史书所言误矣。更有甚者，误黄寔二女皆嫁苏轼子，尤误。

与此相关，《宋史》疏误还有一条，在《总案》"黄寔寄到子由书，望公归许，甚切"条，诰案曰："子由此书，作于二月二十二日。公后至真州，决计归常，始作复书。仍由黄寔寄往也。据《宋史》，建中靖国元年三月乙丑，遣黄寔使辽，贺其子延禧立。误甚。如谓使还甫出，必无此神速之事，且其召还即在后也。"③ 王文诰认为，子由来书在二月二十二日，苏轼复书当稍后，而《宋史》所载黄寔于本年三月乙丑使辽，与苏轼托书时间太近，并且黄寔被召还，还是后事，此时没有使辽之可能。孔凡礼先生认为："苏轼北归，与寔简频繁，未及使辽事。疑使辽之命，甫出即罢。"此属推测，没有依据。王文诰所说合理，可从。

王文诰在对苏轼一生行迹和作品进行详细编年的时候，时有和史传抵牾之处，为了厘清真相，他常在《总案》中反复求证，使事实获得确解。他曾说："凡各史家与本案似此不合者甚多，况彼己异同乎。本案初以题下不欲讼蔓，故改列案中。及入案中，亦复以是为嫌。然于公之本事本诗舛谬，此不能不正也。其他旁见侧出者，率皆省去，以免烦琐。若断章取意，执一说论之，虽《年谱》、《纪年录》之不符，所不能尽，又无论乎史矣。特举此为例，志于后云。"④ 他的这些辨析、指误确实有利于苏轼本事、本诗的探求，解决了很多被前人忽视的问题，功不可没。

（二）深入考察苏轼的政治处境

如前所云，施宿"因陆公之说"，在《年谱》中首列"时事"栏，在

① 苏轼著，孔凡礼点校《苏轼文集》卷60，中华书局，1986，第1838页。
② 苏轼著，孔凡礼点校《苏轼文集》卷60，中华书局，1986，第1837~1838页。
③ 《总案》卷45，第799页。按：苏轼复子由此书云："子由弟。得黄师是遣人赍来二月二十二日书，……今已决计居常州，借得一孙家宅，极佳。……今天托师是致此书。"（苏轼著，孔凡礼点校《苏轼文集》卷60，中华书局，1986，第1837页。）又《宋史·徽宗本纪》载："三月甲子，始御紫宸殿。乙丑，辽使萧恭来告，其主洪基殂，遣谢文瓘、上官均等往吊祭，黄寔贺其孙延禧立。"（《宋史》卷19，中华书局，1977，第361页。）
④ 《总案》卷45，第799页。

诗注中对时政也予以了关注，弥补了前《谱》和前注此方面的不足。王文诰评注苏诗时也特重时事，他认为不能很好地把握时局就不能准确理解诗旨。但更为重要的是，只有很好地把握时局才能理解苏轼的政治品格。因此在《总案》中，王文诰对苏轼一生的官场沉浮进行了深入考察，揭示每次重要政治事件的前因后果和苏轼的政治处境，借以准确理解苏诗的内涵。以下择其要者分类举例说明。

1. 熙宁变法中的苏轼

熙宁变法起于熙宁二年（1069），终于元丰七年（1084）。苏轼因和王安石政见不合，反对变法，受到了新党人物的不断打压，仕途遭遇了严重挫折。王文诰对此时期的诗文和史料进行编排，对变法的起因、经过和结果都有详细的介绍，特别是对新党人物攻击苏轼的手段有特别的关注。新党对苏轼的第一次打压是在苏轼上《议学校贡举状》而受到神宗皇帝的召见后，王文诰引邵伯温《闻见录》云："神宗欲以子瞻为同修起居注，介甫难之。又意子瞻文士不晓吏事，故为开封府推官以困之。"① 因为苏轼反对变法，王安石害怕苏轼同掌机要后于己不利，所以极力阻挠神宗的任命，使苏轼失去了接近皇帝的最佳机缘。新党对苏轼的第二次打击是诬告其丁父忧归蜀途中载物货、卖私盐等事。王文诰引《续资治通鉴长编》云："诏江淮发运、湖北运使体量殿中丞、直史馆苏轼居丧除服，往复贾贩，及命天章阁待制李师中供析照验，见轼妄冒差借兵卒事实以闻。侍御史知杂事谢景温劾奏故也。景温与安石连姻，安石使之穷治，卒无所得。"② 王

---

① 《总案》卷6，第211页。按：王文诰所引书原文为："王介甫与苏子瞻初无隙，吕惠卿忌子瞻才高，辄间之。神宗欲以子瞻为同修起居注，介甫难之。又意子瞻文士，不晓吏事，故用为开封府推官以困之。"（邵伯温著，李剑雄、刘德权点校《邵氏闻见录》卷12，中华书局，1983，第127页。）王文诰从《文集》、《墓志铭》、王《谱》，认为苏轼上《议学校贡举状》，神宗欲以修起居注，王安石阻之等事，皆为熙宁四年事。孔凡礼先生认为（修"起居注"当为修"中书条例"）皆为熙宁二年事。（见《苏轼年谱》卷8，中华书局，1998，第160页。）又按：王文诰认为苏轼权开封府推官以困之事，同为熙宁四年事。（见《总案》卷6，第9页"命权开封府推官将困之以事"条。）孔凡礼先生认为当为熙宁二年事。（见《苏轼年谱》卷8，中华书局，1998，第166页。）
② 《总案》卷6，第218页。按：《续资治通鉴长编》载此事于熙宁三年，王文诰认为当为熙宁四年。孔凡礼先生从《续资治通鉴长编》定此事为熙宁三年。（见《苏轼年谱》卷9，中华书局，1998，第184页。）

文诰认为新党此次诬告苏轼，其起因在于苏轼的《再上神宗皇帝书》。王文诰于《总案》"诏使监司体量抑配，又将先试三路，因再上神宗书"条下案曰：

> 前书（按：指《上神宗皇帝书》）仅论新法之不可行，此书发其已行之验，则人心解体，而土崩可惧，且讽神宗以务去王、吕、曾诸人矣。神宗固尝喜公文者，万有一日感动，则群小去，将不旋踵。此其势遂不两立，而公之祸福进退，亦决于此书也。故此书既上，遂逼出谢景温之诬劾，为群小计，固当谋之朝夕，不遑寝食者矣。①

因为苏轼同王安石一派已势同水火，又因范镇举苏轼为谏官，② 所以引了新党的恐慌，故构陷苏轼。范镇、司马光皆为苏轼辩诬，苏轼不自辩，乞补外。③ 在地方任上，苏轼仍坚持反对新法，但多有"因法以便民"的做法，王文诰对此进行了仔细考察，尽力发扬苏轼此方面的功绩。如《总案》"因极论手实之酷"条，诰案曰："后《与文侍中书》云：'乃者手实造簿，方赫然行法之际，轼尝论其不可，以告今太原韩公。公时在政府，莫之行也，而手实卒罢，民赖以少安。'据此书，则手实之罢，实由于公，而《宋史》、本传及《墓志》皆失载，特表出之以补《传》、《志》之缺。"④ 王文诰认为苏轼在废除手实法的过程中起到了关键作用。另外，《总案》对"乌台诗案"等情况皆有详细考察，限于篇幅，此处从略。

---

① 《总案》卷6，第217页。按：《上神宗皇帝书》和《再上神宗皇帝书》首皆云"熙宁四年"（《苏轼文集》卷25，中华书局，1986，第729、748页）。王文诰据此定为熙宁四年。孔凡礼先生认为《上神宗皇帝书》为熙宁二年事（见《苏轼年谱》卷8，中华书局，1998，第167页），《再上神宗皇帝书》为熙宁三年事（见《苏轼年谱》卷9，中华书局，1998，第174页）。

② 见《总案》卷6，第13页"会诏举谏官，翰林学士兼侍读范镇应诏举公"条。按：王文诰编此事于熙宁四年，孔凡礼先生置此事于熙宁三年。（见《苏轼年谱》卷9，中华书局，1998，第183页。）

③ 《总案》卷6，第218页。

④ 《总案》卷12，第259页。按：王文诰所引文题为《上文侍中论榷盐书》。（见苏轼著，孔凡礼点校《苏轼文集》卷48，中华书局，1986。）

2. 元祐更化中的苏轼

从元丰八年（1085）到元祐八年（1093），称为"元祐更化"时期。这是旧党当政，苏轼被重新起用的时期。以司马光为首的旧党主张尽废新法，苏轼则主张保留部分新法，矛盾由此产生，其激烈程度不亚于熙宁时期。王文诰认为苏轼因时而变的主张胜于司马光尽废新法的极端做法，对于其中的原因他有所分析，他说：

> 光之意，在务尽去熙宁法，此其十五年中在洛习见习闻而固结于胸中者。如此，虽有变通得失，不欲讨论也。时有谏光者曰："万一日后有以父子之道觉悟人主者，则党祸大起。"光奋然曰："天祖有灵，当不至是。"遂尽改之，不复顾虑。大抵熙宁法行之已十六年，神宗自知不便，已于元丰间，随时变改，特不肯明认错耳。此时变法，与当日争法不同，自当因法变通，庶不落群小口舌。是则光为河海，而不纳细流之失也。……时有论之者曰："元祐执政，类丰于忠信而廉于才智，世以为知言。"①

王文诰认为司马光居洛十五年，对新法的利弊并无切实体会，其所主张尽废者，乃出于最初对新法之成见。新法推行已久，其中多有修正，对有益之法应该保留，这样不仅有利于百姓，还有利于调和政治矛盾。苏轼在新法推行期间，历任多处地方官，对新法之利弊有较深刻的体会，主张保留部分新法，他的这种主张触犯了司马光及其附和者的利益，遭到他们的不满和攻击是在所难免的了。在《总案》"二月六日罢免役法，复差役差官，置局，诏公与议"条，诰案曰：

> 二月六日，已罢雇役，复差役。置局集议，命韩维、吕大防、孙永、范纯仁，详定役法。……时免役已罢，置局集议者，为详定差役之法耳。据子由后状，自复差不善之处甚多，盖以未下郡县讲求之

---

① 《总案》卷26，第424页。

故。谚云"瓜果之生摘者，不适于口"也。时光所荐士，并在差中，皆争以此效尺寸，而元丰旧臣，尤欲以此附和自存。盖改差悉以旧章，胡混损益，人皆忧为。而为功则巨，易于干进。纯仁欲缓行已为众所恶，而公欲守旧法，则此局当撤，所差官即当罢，此曹何以自见？宜其群起攻之，而光至于愤然也。①

司马光的附和者各怀私心，惟以迎合上意、捞取政治资本为务，至于新法、旧法之优劣无人敢论及，因为在司马光看来，新法不是存与废的问题，而是怎么废和旧法如何推行的问题。苏轼秉持公心，提出保留免役法，这就严重触犯了各种势力的现实利益。在对苏轼的众多攻击中，一项重要的罪名是指苏轼策题有诽谤先朝之意，"时台谏官多司马光之人，皆希合以求进，恶公以直形己，争求公瑕疵，既不可得，则祖述熙宁间沈括、舒亶、李定、何正臣、李宜之谤讪之说，以病公。会公试馆职，朱光庭摭策问语，诬以'人臣不忠，请正考试官罪'"②。苏轼作札自辩："光庭又论罪不当放，攻益峻。或传朝廷谓光庭所言非是，将逐去之。二十七日，傅尧俞疏论，二十八日，王岩叟继之，皆不报。"③ 王文诰认为虽然此次朱光庭等人的攻击没有得逞，但"自是朋党之祸起"④。王文诰对朔党、洛党、蜀党的形成原因、人员构成等情况都有说明，并且对其实质有所揭示，他说：

> 前论争役一事，为党怨所归，群起攻之。时司马光已有逐公之意，会宣仁不次擢用，且谕廷臣此中自除，故中寝也。朱光庭乘隙而

---

① 《总案》卷27，第431页。
② 《总案》卷27，第449页。按：此段话亦见苏辙所撰《墓志铭》，文字略异。王文诰于此条下引《续资治通鉴长编》云："十二月，左司谏朱光庭言，学士院试馆职策题云：'欲师仁祖之忠厚，而患百官、有司不举其职，或至于偷；欲法神考之励精，而恐监司守令不识其意，流入于刻。'又称'汉文宽大长者，不闻有贵废不举之病；宣帝综核名实，不闻有督察过甚之失。'臣以为，仁祖之深仁厚德，如天之为大，汉文不足以过也。神考之雄才大略，如神之不测，宣帝不足以过也。后之为人臣者，惟当盛扬其先烈，不当更置之议论也。伏望圣慈特奋睿断，正考试官之罪。以戒人臣之不忠者。策题，苏轼文也。诏特放罪。"（《总案》卷27，第449页。）
③ 《总案》卷27，第449页。
④ 《总案》卷27，第450页。

起，遂有洛党之目。若傅尧俞者，即争役为难之人，与王岩叟皆朔党也。……先是，韩绛本附王安石以取相位。其弟缜继又为相，与吕惠卿、蔡确、章惇、蔡京皆先后有连，其门生故吏，此趋彼附，本属一气，无从区别。子由将此数奸攻去，皆其党所切齿者。时韩维犹为执政，引用亲旧，分布要近。明年，范百禄、吕陶等复将韩维攻去。又皆川人所为。于是朔党指公为川党，而洛党指公为蜀党矣。然维虽去，而其党皆在，刘挚、梁焘、王岩叟、刘安世遂抚而有之。自是互相援引，此攻彼击，诡变百出。日以叫嚣搅扰为事。至绍圣初，并挚、焘、韩维、安世等，皆反戈攻之，而欲致其死矣。所谓洛、蜀党者，皆单门也，各以文学为气类，其人皆厘然可数。半皆酸涩，毫无囊橐，岂能与累朝累世权奸将相合群，羽翼相抗？故洛党遭其一击，而不能再振。公在朝，相与志同道合者，惟范祖禹一人，而祖禹不党，所恃子由在政府，而子由几为攻去者，不一而足。八年之中，公已三出，可以知其故矣。①

苏轼被认为蜀党之首，乃是敌党之"加封"，苏轼兄弟实无此意。所谓"洛党"和"蜀党"皆为文学气类相合之人，在政治上没有"朔党"等势力强大。在"朔党"和"洛党"等反对势力的不断攻击之下，苏轼最终选择乞补外任，也是势所必然。

王文诰十分注意对时局和苏轼所处政治环境的把握，其目的在于知人论世，准确把握苏诗之内涵。因此他对于苏诗政治内涵的理解较前人深刻，如《破琴诗并叙》"破琴虽未修，中有琴意足。谁云十三弦，音节如佩玉"句下，诰案云："此节以筝似琴自喻，谓自熙宁至元祐，屡被攻逐，虽破琴如故，而音节不改也。"又"新琴空高张，丝声不附木。宛然七弦筝，动与世好逐"句下，诰案曰："此节以琴似筝喻挚，谓向者同一破琴，今虽新之，而丧其本质，故与我分驰也。"又"陋矣房次律，因循堕流俗。悬知董庭兰，不识无弦曲"句，诰案曰："此节以琯为相，忘却本来面目，

---

① 《总案》卷27，第450页。

喻挚而讥易、光庭，不能始终以洛党攻我，乃甘心为庭兰卖其师，而自售取利，是亦新琴，非破琴也。"① 王文诰对此诗讽喻之旨的阐发当受了赵次公注之启发，次公于"谁云十三弦"句下注云："十三弦而谓之秦筝者，秦咸阳宫中筝十三弦也。先生推之，以为破琴虽施十三弦而为筝，而琴之音韵节奏宛然尚在。非若世间之琴，虽施七弦而其声反若筝焉。"② 王文诰在此基础上，发掘此诗的政治内涵，认为苏轼以琴虽破而音节尚在自喻，以琴虽新而本质已失喻刘挚。联系时局，此时以刘挚为主导的朔党对苏轼多有攻击，苏轼自元祐六年罢杭入京后，乞郡远祸之状达十一状之多，③ 对于刘挚等人对苏轼的攻击，《总案》有较详细介绍。④ 此诗很可能和元祐八年在定州所作的《鹤叹》⑤ 一样，同是苏轼在政治失意之时的托物言志之作。

　　如前所云，《编年总案》和《编年古今体诗》是相辅相成的，在阅读苏诗时，如能对《总案》所提供的政治背景加以充分利用，必能加深对苏诗内涵的理解。目前虽然已经有了更为详尽的《苏轼年谱》，但保存在《总案》中的王文诰的大量案语，仍然具有较高的参考价值。

（三）细致考察苏轼一生行藏

　　王文诰通过对苏轼诗、文、词和史料的排比，对苏轼一生行藏进行了细致地考察。除了对有明文记载苏轼行迹的考察，王文诰的长处还在于从诗歌内部寻找线索，弥补前代年谱和注本的阙略之处。虽然他的有些推断并不十分确凿，但其细心发掘为后人的进一步研究提供了思路和帮助，值得关注。如《总案》"时方行青苗、免役市易，浙西兼行水利、盐法，地方骚然，公常法以便民，民赖以少安。作初到杭州寄子由诗，十二月一日游孤山，访惠勤、惠思作诗"条，诰案曰："《年谱》、《纪年录》载十一

① 《苏轼诗集》卷33，第1770页。
② 《苏轼诗集合注》卷33，第1685页。
③ 据苏辙撰《墓志铭》"然诗刻石有时日，朝廷知言者之妄，皆逐之"句下王文诰案语。（《总案》卷首，第73页。）
④ 见《总案》"先是刘挚、刘安世攻败洛党，挚已在执政"条，"既乃刘安世劾罢范纯仁"条，"及刘挚代纯仁为相，王岩叟为枢密使，梁焘为礼部尚书，刘安世久在谏垣，号殿上虎。招徕羽翼益众。朱光庭、杨畏、贾易等，失其领袖，皆附朔党以干进。挚擢易为侍御史，使驱公。意在倾子由也。搆难方急"条。（见《总案》卷33，第554、556、557页。）
⑤ 《苏轼诗集》卷37，第2003页。

月到任。本集无到任之日可考，独此叙云'到官三日'至孤山，是在到任
之四日，而诗题已作'腊日'矣，由此推之，盖以十一月二十八日到任，
而以十二月一日至孤山也。"① 此诗题为《腊日游孤山访惠勤、惠思二
僧》②，"到官三日至孤山"语见本集《六一泉铭并叙》。③ 孔凡礼先生据此
编苏轼到杭州通判任为熙宁四年十一月二十八日。④ 又如《总案》"参寥赵
吉并从公行"条，诰案曰：

> 公自九江往游庐山，又至筠州别子由，复归九江。与参寥别。始
> 行。其路全别。自九江至筠，本有水程，此即子由所经。而公乃自九
> 江出陆，六百余里以达此，又不同也。公既渡江至武昌，其去兴国甚
> 近，此时不往，而游庐山，后有自兴国往筠诗题者，盖初未闻杨绘之
> 耗，后乃知其起知兴国，复绕道视之，而因以赵吉托付之也。集无与
> 杨绘诗，故注家不知其故。时公虽行，同安君及迈等，仍留黄州。殆
> 公归至九江，而后会于湖口也。⑤

王文诰简括苏轼自元丰七年四月，自黄州迁汝州、发金陵前之行迹，总领
以下各案，提纲挈领，简明扼要。特别是引子由书证以赵吉托于杨绘事，
发前人所未发。⑥

---

① 《总案》卷7，第224页。
② 《苏轼诗集》卷7，第316页。
③ 苏轼著，孔凡礼点校《苏轼文集》卷19，中华书局，1986，第565页。
④ 孔凡礼：《苏轼年谱》卷10，中华书局，1998，第214页。按：《诗案·与王诜往来诗
　赋》《诗案·与子由诗》谓十一月到任。王《谱》、《东坡纪年录》、施《谱》据此皆将
　苏轼到任日期定为十一月。但孔凡礼先生对此有不同意见，他说："《荆楚岁时记》谓腊
　日乃十二月八日。卷八《赠孙莘老七绝》其七有'去年腊日访孤山，曾借僧窗半日闲'
　之句。腊日即'到官三日'。据此，知苏轼到杭州通判任实为十二月五日。然与《诗
　案》、《王谱》、《纪年录》、《施谱》不合。《总案》以腊日为十二月一日，与《诗案》等
　书合，今故从。"(《苏轼年谱》卷10，中华书局，1998，第218页。)
⑤ 《总案》卷23，第394页。
⑥ 按：使赵吉托杨绘事，见后"往来庐山南北，择其奇胜，作《漱玉亭》、《三峡桥》二
　诗，……闻杨绘起知兴国军复往视之，使赵吉从焉"条，王文诰下引苏辙文《丐者赵生
　传》云："子瞻北归从之兴国，知军杨绘见而留之。"(曾枣庄、马德富校点《栾城集》
　卷25，上海古籍出版社，1987，第532页。)

再如《总案》"赴济南李常以诗来迎,答诗,迟、适、远候见雪中,随至子由所居"条,诰案曰:"时公赴河中,故追忆如此也。据此诗,公住于子由家者月余。而子由则客于范景仁。其欲乘机攻罢新法委家而去,情益著矣。"① 王文诰此处引苏诗《将至筠,先寄迟、适、远三犹子》"忆过济南春未动,三子出迎残雪里。我时移守古河东,酒肉淋漓浑舍喜"句,诰案曰:

> 公罢密,赴河中,过淮、青二州,大雪,有诗。至济南,子由已委家而去,故惟三子出迎残雪之中。此因追维往事,而且有盛衰之感,是作诗本旨也。查注并不误,但其所见者低,完不出只有三子出迎之故耳。合注以古河东指徐州,误,已删。又是时远仅四龄,未必出迎残雪之中,诗乃该其全也。②

三犹子出迎诗作于自黄移汝之时,王文诰以后诗证前事,考查苏轼行迹,可谓细密。

又如《总案》"公相约赴河中因同至京师"条,诰案曰:

> 公至陈桥驿始闻命改差彭城。其至京寓居范景仁东园,作《送景仁游洛中》诗,子由有次韵之作。子由《送蒋夔赴代州教授》诗,公亦有次韵之作。子由实从公至京。况澶渊尚未闻命改差,不应直接相从来徐之语。子由乃以公至京及四月始出情事一概略去之矣。公自密至京数月情事,向以诸说缪辀混误,迟至十数载,始为论定,亦甚愈矣。③

子由所撰《墓志铭》略去苏轼自密赴京事,直接徐州任事,致使后人对苏轼在京赴徐州任前一段情事不甚了解,王文诰特别指出苏轼此段行迹,并

---

① 《总案》卷 15,第 280 页。
② 《苏轼诗集》卷 23,第 1223 页。
③ 《总案》卷 15,第 281 页。

考《诗案》《纪年录》送范景仁游洛时间之误,① 补前人之未足。

此外,王文诰还以居粤三十年之便,亲自考察苏轼被贬岭南行迹,他曾几次专门探访惠州,追寻苏轼之足迹,如在《总案》"与詹范作桂酒诗,十二月花落,复和前韵。十二日与过游白水山佛迹院,浴于汤池,观悬水,夜出金鸡渡,泛月而归,作记"条,诰案云:

> 《纪年录》:"十二月十二日,与过游白水山,作记。"诰自乾隆乙卯六月,发轫名山,意将兼揽白水,及后屡过惠州,并以事牵,不果。凡越一十有九年,此愿始偿。谨以所得次于公后。嘉庆十有八年癸酉,八月一日,重至惠州,寓于公所居之思无邪斋。六日,卯刻,饬仆放舟,候于博罗界之金鸡渡口,乃挈二奴携一琴一酒,控骑进发。凡越牛原羊陇,蕉林薯坂者,二十五里至白水山。寻所谓汤泉者,在一陂之侧。②

由此可以看出,王文诰追慕苏轼风采,重寻胜地,再展风流。正因为他对苏轼一生之行藏抱有极大兴趣,所以在此方面的考察务求精密和细致,有不少新的发现,这些成果也大多被孔凡礼先生采入其新编《苏轼年谱》。

(四) 全面考察苏轼的交游人物

前代注家十分注意对苏轼交游人物的考察,但仍有不少付之阙如。王文诰在前人考证的基础上,进行了不少补充,有些载入诗注,有些置入《总案》,今以《总案》的考证为主,参以诗注,对王文诰人物考订方面的成绩进行总结。

对于苏轼交游人物的考证困难及其考证重点,王文诰有所说明,他说:

> 本集诗题,体例不一,亦是一病。其中以一人而或称姓名,或称

---

① 见《总案》卷15,第282页"三日清明,赋'小人真暗事,闲退岂公难'一篇送范镇往游嵩洛。子由亦次韵送之"条。

② 《总案》卷38,第659页。

姓字，或称官，或称职，或称行者，固不同矣。至于有姓无名，有字无姓，及仅称字与官，而无姓，姓与官而无名，或称某君、某大夫、某同年、某秀才者，不可胜计。除各注节次考出之人，固已不少，而前注称未详者，诰复补注多人。如卷十五《送仲达少卿》，今考其姓为江；卷十六《送胡橡》，今考其名为公达之类是也。至诰所引书牍，文类中，似此不全称谓亦多。今又考定其半。然未详者，尚不乏也。本集书法，自当专列姓名。其有官者，并为书之。今以不可画一，故书法无一定之例。惟取常见姓名之大纷乱者，稍整齐之。①

苏轼诗文所涉及人物丛杂，有过从甚密者，有萍水相逢者，有史传明载者，有史志失载者，不一而足。苏轼对交游人物的称呼没有一定之规，并多不标全称。又由于一人多称，同名同姓者亦多有，这给后人的考证带来不少困难。王文诰的人物考证主要分为两类：一是对前注混淆舛误者，做进一步的辨正；二是对前注不足者，进行补充，对前注无考者，重新考证。以下分别举例论述之。

1. 正前注讹误

如《总案》"十月二日抵涡口，遇风。出颍口，初见淮山。至寿州，李定出饯城东龙潭上，并有诗"条，诰案曰：

> 此李定即《乌台诗案》承受无讥刺文字之李定。当即指此诗也。其不服母丧之李定，荐为御史里行。又李定为晏元献之甥者，考晏殊为相，在仁宗庆历三年，似其甥年齿至是亦稍长。后其孙彭，注本集诗。查注既引《挥麈前录》之三李定，《乌台诗案》之两李定，辄云未详孰是。《合注》亦无一词，此不难分别也。②

时李定有三人，查慎行于《寿州李定少卿出饯城东龙潭上》诗题下注云：

---

① 《总案》卷1，第106页。
② 《总案》卷6，第220页。

"《挥麈前录》：李定，同时有三人：其一字仲求，洪州人，晏元献之甥，欲预赛神会，苏子美以其任子拒之，致兴大狱者。又李定，字资深，元丰中御史中丞，扬州人。又李定，嘉祐、治平以来以风采闻，遍历诸路计度、转运使，官制未行，老于正卿，盖济南人也。世多指而为一，不可不辨。"又查注云："按《乌台诗案》亦有两李定：其一人即御史中丞，上疏劾东坡者。其一在承受先生讥讽文字收坐姓名内。未详孰是。"① 王文诰认为此即承受无讥刺文字之李定，即《挥麈前录》所云济南之李定。苏轼此诗作于通判杭州任途中，此时与新党变法之争正激，诗中有"使君昔别催歌管，村巷惊呼聚玃猴"等句，当有讥刺新法之意，所以此处之李定当非御史李定，而应为坐讥之李定。

又如《总案》"送交代江仲达少卿"条，诰案曰："诗题作《仲达少卿》。《栾城集》有《徐州送江少卿》诗，并有'公来初无事，丰岁多牟麦。铃阁度清风，芳樽对佳客'句，信前守江仲达无疑也。查注引题跋之诗人戴仲达以拟之，此元祐间事，毫无根据。"② 此诗题为《徐州送交代仲达少卿》，题下查注云："本集《题跋》云：诗人戴仲达，尝从欧阳文忠公游。不知即其人否。"③ 王文诰引子由诗证，少卿当为江仲达，非戴仲达也，孔凡礼先生从其说。④

2. 补前注不足

如《总案》"与子由颜复同游百步洪，……陈师仲来谒，颜复亟称之"条，诰案曰："陈师仲，徐州人。谋葬其亲，贫不克举。亦见子由书中。迨公迁黄，师仲为杭州主簿，为公编述《超然》、《黄楼》二集，即密州、徐州二集也。公诗有注，自陈师仲始，实开王百家之先者也。书久无考，用以张其人。"⑤ 王文诰引东坡及子由书证陈师仲之人品学识，其引东坡黄州所作《答陈师仲主簿书》有"见为编述《超然》、《黄楼》二集，为赐

---

① 《苏轼诗集合注》卷6，第257页。
② 《总案》卷15，第286页。
③ 《苏轼诗集合注》卷15，第700页。
④ 孔凡礼：《苏轼年谱》卷16，中华书局，1998，第363页。
⑤ 《总案》卷15，第287页。

尤重"① 之句，故王文诰认为苏诗有注自陈师仲始，故于其人特别介绍。

又如《总案》"徐大受罢黄州任"条，引本集《与君瑞殿直书》云："春来未尝一日闲，欲去奉谒遂成食言，愧愧。君猷知四月末乃行，犹可一见否？"诰案曰："君瑞殿直，即王天麟也。君猷罢任，惟见此书中。各注皆失考。"② 借苏轼与王天麟书中语考知徐大受罢黄时间为元丰六年四月末，可谓细心。再如《总案》"王莳遇于淮上，并和田待问赠诗"条，诰案曰："田仲宣，各注失考。今据二制，即田待问。故其字为仲宣也。公过淮上，正仲宣知楚州时。见其治状，故著于制中也。"③《和田仲宣见赠》诗，查本与《合注》编为元丰八年作，题下冯应榴案云："田仲宣失考。"④ 王文诰据本集《田待问可淮南转运判官》与《朝奉大夫田待问淮南提刑制》认为，待问即仲宣，此时正知楚州。东坡于元丰七年末过楚州时作此诗，故改原编。⑤

第四节 《编年总案》对苏轼文、词的考订与编年

由以上所论可以看出，王文诰在对时事、人物和苏轼行藏等方面进行考订时，力求细致精密。为了达到这一目的，他对包括苏轼文、词在内的几乎所有作品都做了较为深入的考察，发现和纠正了不少讹误，同时对日期可考的文、词进行了较为全面的编年。他的这一工作为日后专门的文、词编年著作编撰提供了直接的帮助，这是我们在考察《总案》总体成绩时不应忽视的一点。以下就王文诰对苏文、苏词考订和编年方面的成绩举例予以说明。

（一）考订苏文日期及编年

苏轼文章长盛不衰，累代传刻，尤其是明代，苏诗不振，苏文却备受

---

① 苏轼著，孔凡礼点校《苏轼文集》卷49，中华书局，1986，第1428页。
② 《总案》卷22，第378页。
③ 《总案》卷24，第407页。
④ 《苏轼诗集合注》卷25，第1253页。
⑤ 按：孔凡礼先生系此事于元丰七年十一月二十二日冬至。（《苏轼年谱》卷23，中华书局，1998，第657页。）

青睐，刊刻也最多。其中良莠不齐、递刻转误者亦不少，一个明显的例子就是，苏文中有不少篇章所标日期与事实不符，孔凡礼先生称"《文集》尺牍部分，原编者所注写作时间，往往有误"①。其实不惟尺牍，制诰、奏议等皆有不少讹误，王文诰对此多有订正。如《总案》"二十一日领贡举事"条，诰案曰："此条本集讹正月为二月，今据后状更正。"本集《书试院中诗》云："元祐三年二月二十一日，领贡举事。"② 又本集元祐三年二月所上《贡院札子》有"贡院今月三日"语③，据此可知，苏轼领贡举事当为正月而非二月。孔凡礼先生从此说，编为元祐三年正月二十一日事。④又如《总案》"自凤翔赴长安访石苍舒为书字数幅作跋"条，诰案云："此跋，本集伪刊'十月二十七日'，据公与杨济甫书，有'十二月十七八间离岐下'语，必无十月自岐下罢之事，初疑刊本落去'二'字，久而细辨，乃倒置'二月'为'月二'，遂伪十二月十七日为十月二十七日也。今据此更正。"⑤ 苏轼《书所作字后》有"治平甲辰十月二十七日，自岐下罢"句，⑥ 但本集《与杨济甫》书云："某只十二月十七八间离岐下也。"⑦ 孔凡礼先生从之，并证以《苏颍滨年表》和施《谱》，皆为十二月离罢凤翔任。⑧ 再如《总案》"六月一日诏赐对衣金带马，命供奉官宣召再入学士院，进谢上表"条，诰案曰："此状，本集作十一日，公以五月二十九日受告命，不应迟至十一日宣召入院。且初四日兼侍读事在宣召入院之后也，今以前后表状考之，'十一日'乃初一日之伪，特更正。"⑨ 本集《谢宣召再入学士院》云："右臣今月十一日翰林待诏梁迪至臣所居。"⑩ 王文诰认为苏轼于五月二十九日受诰命，⑪ 不可能迟至六月十一日宣召入

① 孔凡礼：《苏轼年谱》凡例，中华书局，1998，第2页。
② 苏轼著，孔凡礼点校《苏轼文集》卷68，中华书局，1986，第2139页。
③ 苏轼著，孔凡礼点校《苏轼文集》卷28，中华书局，1986，第808页。
④ 孔凡礼：《苏轼年谱》卷27，中华书局，1998，第815页。
⑤ 《总案》卷5，第187页。
⑥ 苏轼著，孔凡礼点校《苏轼文集》卷69，中华书局，1986，第2180页。
⑦ 苏轼著，孔凡礼点校《苏轼文集》卷59，中华书局，1986，第1809页。
⑧ 孔凡礼：《苏轼年谱》卷6，中华书局，1998，第127页。
⑨ 《总案》卷33，第549页。
⑩ 苏轼著，孔凡礼点校《苏轼文集》卷23，中华书局，1986，第681页。
⑪ 见上条"二十九日，赴阁门受告命，乞贺坤成节复遂前请状"（《总案》卷33，第548页）。

院。又初四日兼侍读事在宣召入院之后，① 故推断十一日乃初一日之误。

　　除了对苏文所标日期进行订正外，王文诰还考未标日期苏文的写作时间，并随条编入《总案》。如"十四日抵滑州上乞汴泗舟行状"条，诰案曰："韦城，乃滑州所部，在滑州东南六十里。公以十五日到韦城，以是计之，则此状上于十四日也。"② 据此案下条"十五日至韦城，遇欧阳思仲，书中山松醪赋，寄吴安诗"可证，苏轼于绍圣元年闰四月十五日到韦城。又韦城在滑州东南六十里，乃一天之行程，苏轼所上《赴英州乞舟行状》作于滑州，王文诰据此推断到滑州及上状日期为十四日。对于年月无考而内容或有可取之文，王文诰以类编的形式附载同类之后，如《总案》"考令宗法邱文播山水人物竹石"条，诰案曰："以上自书孙抃、宋筹起，至此凡十三条，内惟记单骧医，作于元丰壬戌，及令宗画赞，作于元祐丙寅，有年可考，余亦不皆作于蜀中，并无岁月可考。其间或异其人，或善其事，一鳞片叉，若《蜀乘》然。今以其地类载之，终公补亡之志也。"③ 这些文章或记异人或记趣事，对于认识苏轼之志趣爱好有一定的帮助，由此也可见王文诰对苏文考察之全面。

　　（二）驳前谱苏词系年之误与重新编年

　　熙宁六年后，苏轼词的创作数量逐渐增多，④ 部分地取代诗歌成为传情记事的重要方式。前谱对词在考察苏轼一生行迹中的作用有不同的认识：施《谱》列"诗"栏，专门对诗歌进行编年，对词极少涉及；王《谱》对词有所注意，但所论篇目也十分有限；《东坡纪年录》对词有较多考察和利用，成为有别于他谱的一大特色。在前谱的基础上，王文诰在《总案》中对苏词进行了较为深入细致的考察，其编年篇目占总数的一半左右，为后人的苏词编年工作提供了很大帮助。

　　在对苏词进行编年时，王文诰对前谱的考证成果有充分的利用，如

---

① 见下条"四日，诏兼侍读，进谢上表"（《总案》卷33，第549页）。
② 《总案》卷37，第639页。
③ 《总案》卷5，第196页。
④ 见莫砺锋《文体间的渗透——苏轼的以诗为词》，《古典诗学的文化观照》，中华书局，2005，第72页。

《总案》"送赵晦之罢东武令，归海州又作《减字木兰花》词"条，诰案曰："《纪年录》载此词于八年之末，云'送东武令赵晦之归海州'。今从之。"① 同时，对《东坡纪年录》等的编年失误也多有辩驳，如《总案》"再和田叔通部夫还，并和出观石炭，答郡僚贺雨诗，告下以词部员外郎直史馆知湖州军州事，留别田叔通、寇元弼、石坦夫作《江神子》词"条，诰案曰："此词乃三月罢徐州之明文。……《纪年录》既以为罢徐州作，又误作二月，自为矛盾，应驳正。"② 《东坡纪年录》云："二月，移知湖州，别徐州作《江神子》。"苏轼罢徐州任为元丰二年三月③，《纪年录》系二月误。又如《总案》"九月九日，徐大受携酒雪堂作《醉蓬莱》词"条，诰案曰："词有'羁旅三年'句，信为元丰五年壬戌所作，而《纪年录》以重九《南乡子》词编是年，以是词编六年癸亥，并误。今驳正。"④ 《醉蓬莱》词，《东坡纪年录》系于元丰六年，并云："居黄三见重九，每岁与君猷会于栖霞楼，君猷将去，念此惘然，故作《醉蓬莱》。"王《谱》系此词于元丰五年，有云："重九作《醉蓬莱》示黄守徐君猷，有'羁旅三年'之句。先生庚申来黄，至是恰三年矣。"据王文诰考证，君猷（徐大受）于元丰六年四月末罢黄，故《总案》与王《谱》的理由较具说服力，《东坡纪年录》或误。但王文诰对《南乡子》的编年有误，详见后论。

王文诰在对苏词进行编年时，能联系苏轼行迹进行综合考察。如《总案》"与秦观淮上饮别，作《虞美人》词"条，诰案曰："此词作于淮上。词意甚明。而《冷斋夜话》以为维扬饮别者，误。公与少游未尝遇于维扬，且少游见公金山而归，有竹西所寄书为据。"⑤ 据词意及交游情况定为元丰七年甲子十一月与秦观淮上饮别作，可从。又如《总案》"初闻起知登州，公将行有怀荆溪，作《蝶恋花》词"条，诰案曰："词云'溪上'，即荆溪也。信为起知登州，临去所作。自后入掌制命，出典雄藩，以及南

---

① 《总案》卷13，第269页。
② 《总案》卷18，第310页。
③ 见孔凡礼《苏轼年谱》卷18，中华书局，1998，第428页。
④ 《总案》卷21，第366页。
⑤ 《总案》卷24，第408页。

迁海外，请老毗陵，未克践归来之语。读公述怀词，为之怃然也。"① 王文诰据词中所云"溪上"定为元丰八年赴登前作。孔凡礼先生又据词中有"苦要为官去"补证为将赴登时，② 可从。

可以看出，王文诰对文、词的考订和编年取得了不少成果，理应受到重视，值得深入研究。

第五节 《编年总案》的疏漏与不足

王文诰在撰述条件不佳的情况下，以一己之力，积几十年之功，撰成长达六十万字之《总案》，成为同时代各种年谱中的佼佼者，泽被后学多矣。但"苏海"浩瀚，要想厘清所有问题，几乎是不可能的，因此其中错讹疏漏在所难免。具体来说，《总案》之疏漏与不足可以分为以下两类。

（一）疏于查考，立案有误

如"三月，公与子由以选人至流内铨。杨畋见于稠人中，独异之曰：'闻子求直言，畋愿得备数。'及往谒，畋礼遇如旧相识"条，诰案曰："《纪年录》载公上吴内翰书，有'舍人杨公奏上文五十篇'之说，是公与子由同被知遇，当即此杨畋也。其（子由）作哀辞，既不全载，后作公墓志，又复略去，遂无有知其事者。今据此补载。傅藻所引书，当见于闽蜀麻沙本者，本集不载。"③ 王文诰所云《上吴内翰书》文全见苏辙《上两制诸公书》，④ 非苏轼文也。孔凡礼先生亦只言苏辙以选人至内流铨，不言苏轼。⑤《东坡纪年录》误苏辙文为苏轼文，王文诰失察，据此立案，误。又如《总案》"初答李鹰书"条，诰案曰："此公与李方叔初通问书

① 《总案》卷25，第415页。
② 孔凡礼：《苏轼年谱》卷24，中华书局，1998，第682页。
③ 《总案》卷2，第144页。按：《东坡纪年录》"嘉祐六年辛丑"条下有"《上吴内翰书》云：'今年春，天子将求直言之士，而某适来调官京师，舍人杨公不知其不肖，而采其鄙野之文五十篇，奏之于天子，使与明诏之末。'"王文诰引此作嘉祐五年事，与《东坡纪年录》不合。
④ 见曾枣庄、马德富校点《栾城集》卷22，上海古籍出版社，1987，第483页。
⑤ 见孔凡礼《三苏年谱》卷10，北京古籍出版社，2004，第302页。

也。前载扁舟江上，醉人推骂数语，即在此书中摘出。而《纪年录》误以为与李端叔书，今驳正。"① 检王文诰《总案》所引文，乃《答李端叔书》也，② 非答李廌（方叔）书，王文诰失察，据此立案，误。再如"四月答文彦博书"条，诰案曰：

> 时神宗以潞公不言，降诏褒美。此书首颂其事，则事在四年，而书作五年，无可疑矣。乃《纪年录》以此书为三年四月作，误甚。且以二月至黄，四月即成《易》、《论语》二书，亦必无之事。公与陈季常书云："《易》义须更半年功夫练之乃可出。"据此，则《易传》已有年余之功，其事具可考也。又前列撰《易传》、《论语说》条下，《上文潞公书》即此书摘载以证其事，非前已先有书上潞公也。并记于此。③

《东坡纪年录》、施《谱》皆据本集《黄州上文潞公书》所云"孟夏渐热"语，系此事于元丰二年四月。王文诰据《邵氏闻见录》所言元丰四年神宗因彦博曾有拥戴英宗之功而予以褒奖事，将《黄州上文潞公书》事定为元丰五年四月。其实《宋史》也有相关记载，但时间皆为元丰三年。王文诰失察，仅据此立案，误。孔凡礼先生定此事为元丰四年四月，④ 可从。

（二）考察不密，编年不确

如上引《总案》"九月九日，徐大受携酒雪堂作《醉蓬莱》词"条，诰案曰："词有'羁旅三年'句，信为元丰五年壬戌所作。而《纪年录》以重九《南乡子》词编是年，以是词编六年癸亥，并误。今驳正。"⑤《醉蓬莱》已作考察，而王文诰对于《南乡子》的编年有误。《东坡纪年录》系于元丰五年，王文诰认为当系于元丰三年，案云："公《与王定国书》云：'重九登栖霞楼，望君凄然。歌《千秋岁》，满座识与不识，皆怀君。

---

① 《总案》卷20，第339页。
② 见苏轼著，孔凡礼点校《苏轼文集》卷49，中华书局，1986，第1432页。
③ 《总案》卷21，第362页。
④ 见孔凡礼《苏轼年谱》卷20，中华书局，1998，第506页。
⑤ 《总案》卷21，第366页。

遂作词'云云。即此词也。"① 王文诰并没有细考《与王定国书》所作时间而将《南乡子》定为元丰三年之作。据薛瑞生先生考证，所引《与王定国书》作于元丰四年，故此词应为元丰四年九月九日作。② 孔凡礼先生亦编此词于元丰四年重阳节。③

又如《总案》"寄孙洙作《永遇乐》词"条，诰案曰：

> 此词有"别来三度，孤光又满"句，乃与巨源相别三月而客至东武为道巨源寄语，故作此词。时巨源以同修起居注知制诰召还。计其必已自淮入京，故又有"而今何在，西垣清禁"及"此时看，回廊晓月"等句，道其锁宿之情事也。此词作于乙卯正月，确不可易。施注于"广陵会三同舍孙巨源"题下云："东坡与巨源既别于海州景疏楼，后登此楼怀巨源，作《永遇乐》词。"误甚。④

《东坡纪年录》系此词于熙宁七年，不言月日。王文诰认为此词应作于熙宁八年正月。据张志烈先生考证，此词应作于熙宁七年十月。⑤ 再如"过扬州访鲜于侁，同张大亨游平山堂作《西江月》词"条，诰案曰："公倅杭，赴密、守湖，三过扬州。熙宁辛亥，见欧阳公于汝阴，至是元丰己未，凡九年。词云'十年'，举成数也。时鲜于侁自京东转运使移知扬州。此燕集平山堂主人也。故厨传皆集。张嘉父既在座，则其见公泗州，有赠，相从至扬，皆一时之事矣。"⑥ 王文诰认为此词作于元丰二年四月，其主要原因是东坡第三次过平山堂的时间为元丰二年四月由徐州移守湖州时。孔凡礼先生认为，苏轼第三次过平山堂时间当为元丰七年十月由黄州

---

① 《总案》卷20，第336页。
② 见薛瑞生笺证《东坡词编年笺证》卷2，三秦出版社，1998，第290页。
③ 见孔凡礼《苏轼年谱》卷20，中华书局，1998，第515页。
④ 《总案》卷13，第263页。
⑤ 见张志烈《苏轼由杭赴密词杂议》，苏轼研究学会编《东坡词论丛》，四川人民出版社，1982，第210～213页。
⑥ 《总案》卷18，第312页。

赴汝州时，故此词亦作于是时，可从。①

　　《编年总案》对苏轼一生行迹、创作和时事等问题进行了全面考察，在作品编年、辨伪和事实考订等多个苏轼研究领域取得了显著的成绩，为后人的相关研究奠定了基础。但由于客观条件和自身学识的制约，《总案》还留下不少有待解决的问题，其中失误也有不少，对此我们应该辩证看待，批判地继承，使其更好地为当代苏轼研究服务。

---

　　① 见孔凡礼《苏轼年谱》卷23，中华书局，1998，第655页；邹同庆、王宗堂校注《苏轼词编年校注》，中华书局，2002，第533页。

结　语

通过前文分析可以看出，王文诰在注释、编年、时事考订等方面都取得了不少成绩，研究范围涉及多个苏轼研究领域，但同时又都存在不少问题。总体来说，王文诰苏轼研究的特点和成就主要表现在以下几个方面。

其一，王文诰的苏轼研究立足本集，善于寻找内证。在诗注中，他经常采取以苏证苏、前后互证的方式使诗意获得确解。在编年部分，他善于从诗句所提供的时间、场景、人物等信息确定诗歌编年。在时事考订方面，他仔细搜集诗、词、文中的相关信息，考订时事、人物、交游等。王文诰之所以采取这种方式，一方面是因为前代注家在此方面着力不是很多，有较大的发挥空间；另一方面则是因为受到客观条件的制约，他的苏诗注和《总案》大部分是在游粤三十年间完成，书籍的使用和查阅受到了很大的限制，不得不尽力求诸本集，以弥补书籍不足的缺憾。

其二，王文诰的苏轼研究在精度和深度上都大大超越了前人。他注释诗歌不重典故和词语，重本事和诗旨的探求，一反前注多释事少释意的注释模式，对句意篇旨皆有直接的阐发，同时对苏诗的艺术方法和技巧也多有揭示。在诗歌编年方面，王文诰也是力求精确，反对前人大概编年而不求甚解的做法。他对诗歌编年的调整有些细分到日，以尽可能细密的方式为苏诗编年，因此经过王文诰的整理，苏诗编年达到了一个新的高度。在《总案》的编纂中，王文诰也是力求精细，务使苏轼一生行实、创作、交游等月日无遗，为孔凡礼先生撰写《苏轼年谱》提供了蓝本。

其三，王文诰的诗歌注释方法既是一种复古又是一种创新。通过现存最早的《集注东坡先生诗前集》和宋刊分类注可以看出，苏诗的早期注中类型十分丰富，有重词语训释的，有重典故考证的，有重诗意分析的，有重艺术阐释的，但是到了南宋以后，注释体例和内容被逐渐规范，其总体趋势是向《文选》李善注的模式发展，并且"无一字无来处"的诗歌理论与诗歌注释越来越紧密地结合在一起，到冯应榴的《合注》达到了顶峰。王文诰不囿于已经建立起来的注释规范，在诗中直接阐发自己的意见，对诗作的内涵、艺术进行解析，并大胆地将纪昀评语引入诗注中，使得苏诗注的类型又丰富起来。从这个意义上说，王文诰的诗歌注释是一种复古。但和最早苏诗注不同，王文诰的理解和分析，是在前注实证基础上而发，和宋注中就诗论诗的方法有本质的区别，从这个意义上，王文诰的诗歌注释又是一种创新。他通过实践提供了一种新的诗歌注释理念，就是将注释之学看作文献考据与文学批评并重之学，文学批评建立在扎实的文献考据基础之上，文献考据为文学批评服务，不为考据而考据。王文诰的这种方法和理念对今天的诗歌注释也极具启发意义。

其四，"知人论世"和"以意逆志"方法的充分运用。将这两种方法运用到苏诗注中，宋人就已经开始。赵次公等人的注释就颇有内注解意、努力探求苏诗本意的趋势，但这种注释模式不仅没有在后代得到继承和发展，反倒被逐渐清除出苏诗注，王文诰明确提出以"以意逆志"的方式注释苏诗，并用于指导自己的注释实践。同在宋代，施宿受陆游之启发，开始对苏诗创作背景给予关注，取得了显著成果，但因为施宿是对父作的补注，体例、观点各方面都受到原作一定的限制，因此留下不少空白点。王文诰在施宿的基础上，充分发挥"知人论世"的方法，在全面考察创作背景的基础上阐释诗意，结论往往突过前人。

但毋庸讳言，王文诰的苏轼研究在整体上也存在不少缺陷，这种缺陷是多方面原因造成的。由于文献的不足，王文诰往往在别人所引文献的基础上重做判断，由此造成失误就在所难免。同时他不能广征他书，有时证据不足而强下判断，由此造成穿凿附会的现象发生。另外，王文诰身份卑下，为了引人瞩目，就在言辞上表现得有些张扬，批评别人不留情面。有时他的见识并不比别人高明，却爱自我炫耀，这些都是他极易遭受批评的地方。固然如此，我们还是应该承认他在苏轼研究上所取得的成绩，肯定他将苏诗注释和苏轼研究向前推进了一大步。

附录一

<h1 align="center">《苏轼诗集》点校疑误举隅</h1>

　　孔凡礼先生负责点校的《苏轼诗集》一经推出立即成为学界学习、研究苏诗的基本注本。在肯定其巨大成就的同时，不少学者撰文指出其点校方面的错误和不足，这些文章主要有刘尚荣的《评新版〈苏轼诗集〉》（《苏轼著作版本论丛》，巴蜀书社，1988）、陈冠明的《〈苏轼诗集〉点校失误举要》（《四川大学学报》1986 年第 2 期）、周本淳的《中华版〈苏轼诗集〉错误举例》（《古籍整理研究学刊》1989 年第 3 期）、郭天祥的《苏轼诗注举正——兼论〈苏轼诗集〉的校勘》（《古籍整理研究学刊》1991 年第 4 期）、吴雪涛的《新版〈苏轼诗集〉断句标点纠误》（《古籍整理研究学刊》1991 年第 4 期）等，他们所指出的错误不少在以后的重印中得到了纠正。今通读 2007 年 4 月第 6 次印本，发现其中仍存在不少点校问题，现分类胪列如下，以就教于学界，也希望为再版时提供一些参考。

一　标点疑误举隅

　　1.《水经》：江水历峡，东经新崩滩，注其下。十余里，有大巫山。首尾一百六十里，谓之巫峡，盖因川为名也。（1/33/倒 1）（册/页/行，下同）

　　按："江水历峡，东经新崩滩"为《水经》原文，下为注文。"巫峡"因"巫山"得名，"川"为"山"之误。当改为：

　　　《水经》：江水历峡东，经新崩滩。注其下十余里有大巫山，首尾

187

一百六十里，谓之巫峡，盖因山为名也。

2. 老子乘青牛薄板车出。关喜曰："子将隐矣，为我著书。"乃授《道德经》。（1/127/倒7）

按："关"从下句误。"关"为"函谷关"之简称，"喜"乃"尹喜"之简称。

3. 希道曰："祖宗手诏，在河朔之人，可安不可扰。"（1/248/倒5）

按："在"从下句误。"河朔之人，可安不可扰"为手诏内容。

4. 《晋·王献之传》：谢安问君书何如君家尊？答曰："故当不同。"（1/270/倒4）

按："答曰"后用双引号，前亦应用。前句当改为：

谢安问："君书何如君家尊？"

5. ［王注］《庄子·让王篇》：原宪藜杖，应门裹饭。（2/439/6）

按：此为两注混为一注。苏诗原句为"杖藜裹饭去匆匆"，王注分别注"杖藜""裹饭"二词，王文诰的《苏文忠公诗编注集成》删除后注而独留"裹饭"一词，整理者不查致使标点失当，"原宪藜杖应门"为一句。

6. 白乐天云：不似休上人空多，碧云莫更相承误。（2/500/倒6）

按：白乐天此诗为五言诗，题为《题道宗上人十韵》，"莫"当为"思"。应标为：

"不似休上人，空多碧云思"，更相承误。

7. 《后汉书·王扶传》：少修节，行聚落，化其德。（4/1080/倒7）

按："节行"为一词，指节操品行，不可分开。应改为：

少修节行，聚落化其德。

8. 《晋书·卫玠传》：叔宝神清骨冷。（4/1344/倒8）

按：此为两注混为一注，同5。所注苏诗句为"神清骨冷无由俗"，冯应榴分别注"神清""骨冷"，王文诰删后注而独留"骨冷"一词，整理者不查，当删"骨冷"一词。

9. 《元和郡县志》：定州，战国时为中山国，与六国并称，王地方五百里。（6/1992/3）

按："王"从下句误，应为：

与六国并称王，地方五百里。

10. 孙真人《千金方》：在山者名山药芋，即《食货志》之蹲鸱也。（7/2216/倒6）

按：《千金方》注"薯"，即"薯芋"。《食货志》所言为"芋"，两注不可牵混。"芋"从上句误，当改为：

孙真人《千金方》：在山者名山药。芋，即《食货志》之蹲鸱也。

11. 郦道元《水经注》：羊肠坂在晋阳西北石磴，萦委若羊肠，故取名焉。（7/2274/2）

按："石磴"从上句误，应从下句作主语。当改为：

羊肠坂在晋阳西北，石磴萦委若羊肠，故取名焉。

12. 《山海经》，开明、东巫、彭巫、阳巫，凡皆神医也。（7/2365/5）

按：《山海经·海内西经》："开明东有巫彭、巫抵、巫阳、巫履、巫凡、巫相，夹窫窳之尸，皆操不死之药以距之。"郭璞注"皆神医也"。整理者失察，误标，当为：

《山海经》：开明东（有）巫彭、巫阳、巫凡，皆神医也。

13. 借用朱伯厚之车，如鸡栖也。(7/2367/倒 5)

按：《后汉书·陈蕃列传》："震字伯厚，初为州从事，……谚曰'车如鸡栖，马如狗，疾恶如风朱伯厚'。""车如鸡栖"形容车小。"车"从上句误，当为：

借用朱伯厚之"车如鸡栖"也。

14.《太平寰宇记》：沙苑古城，在朝邑县，南从冯翊县东界，沿洛水南岸入朝邑界南，至渭水城，广四十八里。(7/2398/7)

按：此句有多处标点误，当为：

《太平寰宇记》：沙苑古城，在朝邑县南，从冯翊县东界，沿洛水南岸入朝邑界，南至渭水，城广四十八里。

15.《皖山图序》云：潜山一名皖。伯台有四峰……(7/2411/倒 6)

按："皖伯台"为山名，"伯台"从下句误。

二　校勘疑误举隅

1.《晋·列女王凝之妻谢氏传》：尝讥玄学殖不进，日为尘务经心，为天分有限耶？(2/488/5)

按：形近而误，"日"当为"曰"。全句应为：

尝讥玄学殖不进，曰："为尘务经心，为天分有限耶？"

2.《庄子·养生主篇》：庖丁日所解数千牛矣。(4/1045/3)

按："日"当为"曰"，形近而误。应改为：

庖丁曰："所解数千牛矣。"

3. 《汉·龚遂传》，……，曰："日何为带牛佩犊。"（4/1239/6）

按："日"为衍字，当删。

4. 杜子美诗：磨铅勘玉杯。（4/1264/1）

按：此为杜牧非杜子美诗，题为《早春寄岳州李使君，李善棋爱酒，情地闲雅》。

5. 中有妙高台，雪峰自孤起。（5/1369/2）

按："雪"于诗意不合，各本为"云"，王文诰本亦为"云"，当属误刊。

6. 《后汉书》：郭伋行部到河西美稷，有童儿数百骑，竹马迎拜。（5/1382/1）

按："河西"为"西河"之误，"西河"为郡名。"骑"从上句误，应从下句作动词，当改为：

郭伋行部到西河美稷，有童儿数百，骑竹马迎拜。

7. 卧闻陈响梧桐雨（5/1446/5）

按："陈"各本作"疏"，误刊。

8. 白乐天《老成》诗：两鬓已成霜。（5/1491/倒 3）

按：白居易此诗题当为《老戒》，形近而误。

9. 《汉·儒林传》：施雠日露中，与《五经》诸儒，杂论同异于石渠阁。（5/1539/倒 1）

按："日"当为"甘"形近之误，"甘露"为年号。"五经"为通称，不应加书名号。

10. 正似蘦卜村中花（5/1612/倒 1）

按："村"各本作"林"，形近而误。

11. ［诗注］杜牧之《茶山》诗：歌声谷答回。（5/1704/倒 1）

按：［诗注］当为［施注］之误。

12. 《后汉书·东夷传》：韩有三种，一曰马韩，二曰辰韩，三曰牟韩。（6/1939/1）

按："牟韩"当为"弁辰",《三国志》亦作"弁韩","牟"当为"弁"形近之误。

13.《楚辞·九章》：欲遭回以千傺，恐重患而离尤。（7/2248/8）

按："千"当为"干"，洪兴祖补注"干傺，谓求仕不去也。"

14. 萝归惠州白鹤山居作（7/2250/倒1）

按："萝"为"梦"形近误。

15. 醉觉玉山倾（7/2260/3）

按："玉"各本作"三"，形近而误。

16.《晋书·会稽文孝王道子传》：桓温晚途欲作赋。（7/2372/3）

按："赋"为"贼"形近之误。

三 书名疑误举隅

1. 鲁连子灶五突，分烟者众矣。（1/47/倒4）

按："鲁连子"为书名，当用书名号，后加冒号。《隋书·经籍志》著录："《鲁连子》五卷。"

2. 王右军《题笔阵图》：后但得其点画尔。（1/102/1）

按：《笔阵图》传为卫夫人所作，"后"从下误，当为《题〈笔阵图〉后》。

3.《尔雅》：翼蓼，有紫、赤、青等种。（1/203/7）

按："翼"从下误，当为《尔雅翼》。

4. 杜牧之《六言》诗：河桥酒旆风软，候馆梅花雪娇。（1/283/3）

按：杜牧此诗题为《代人寄远二首》，此乃第一首，"六言"乃诗体，不应加书名号。

5. 刘道真《钱塘记议》：曹华信立此塘，防海。（2/323/5）

按：刘道真所著为《钱塘记》，"议"当从下。

6. 周益公《杂志》云：白乐天为忠州刺史，有东坡、种花二诗。（4/1079/6）

按：诗题名应用书名号，此两首诗为《东坡种花二首》。

7.《黄鲁直集》：花光仲仁出秦、苏诗卷。两国士不可复见，开卷绝叹。

因花光为我作梅数枝，及画烟外远山，追少游韵记卷末。(4/1184/倒5)

按：冒号后为诗题，按照孔校惯例，应置于书名号内。改为：

> 《黄鲁直集·花光仲仁出秦、苏诗卷。两国士不可复见，开卷绝叹。因花光为我作梅数枝，及画烟外远山，追少游韵记卷末》

8. 《异闻集》载：邢凤之子，梦一美人，歌踏《阳春之曲》曰：……(4/1324/倒4)

按：《踏阳春》为曲名，当改为：

> 邢凤之子，梦一美人歌《踏阳春》之曲曰：……

9. 追作《淮口遇风诗》，戏用其韵 (5/1376/倒4)

按：此为苏诗题目，当为：

> 追作《淮口遇风》诗，戏用其韵。

10. 严维九日登高，有"迟客高斋瞰浙江"之句。(5/1680/3)

按："九日登高"为诗题，当加书名号。

11. 先生有《宝云真觉院赏瑞香西江月词戏曹子方》(6/1759/1)

按：苏轼有《西江月》（真觉赏瑞香三首）词，其三为《再用前韵戏曹子方》，当据改。

12. 《淮海集》：元祐三年，予被召至京师，从翰林苏先生，过兴国浴室院，始识汶师，后二年复来，阅诸公诗，因次韵。(6/1767/8)

按：后为诗题，当加书名号。当改为：

> 《淮海集·元祐三年，予被召至京师，从翰林苏先生，过兴国浴室院，始识汶师，后二年复来，阅诸公诗，因次韵》

13. 舒元舆录《桃源画记》云：有鸾青衿，有鹤玉羽。（6/1971/8）

按：舒元舆所作为《录桃源画记》，舒元舆为唐元和八年进士。

14. 游侠则勇暴，温柔则和粹，中庸言宽裕温柔，足以有容。（6/2021/倒1）

按："中庸"为书名，当加书名号，当改为：

　　游侠则勇暴，温柔则和粹。《中庸》言：宽裕温柔，足以有容。

15. 柳子厚《碑记》：宪宗元和十年，赐六祖谥曰大鉴，塔曰灵照。（6/2061/9）

按："碑记"非题目，不当用引号，此碑全名为《曹溪第六祖赐谥大鉴禅师碑》，如不补全题目，标点当改为：

　　柳子厚碑，记宪宗元和十年，赐六祖谥曰大鉴，塔曰灵照。

16. 张华《鹪鹩赋》：投足而安易。疏：拇，足大指也。（6/2080/倒5）

按：苏诗句为"投足不盖拇"，冯应榴分别注"投足""拇"。"易"当为《易经》，孔标点误，全句当改为：

　　张华《鹪鹩赋》：投足而安。《易》疏：拇，足大指也。

17. 《癸酉上元侍宴楼上》诗，见三十六卷。（7/2098/5）

按：苏诗此题为《上元侍宴楼上》，"癸酉"为作诗时间。

18. 《栾城集》：石盆种菖蒲甚茂，忽开八九花。或云，此花寿祥也，远因生日作颂，亦为赋此诗。（7/2198/9）

按：后为诗题，当加书名号，应改为：

　　《栾城集·石盆种菖蒲甚茂，忽开八九花。或云，此花寿祥也，远因生日作颂，亦为赋此诗》

19. 循州，盖周彦质，字文之，事见答《周循州》诗注。(7/2220/3)

按：苏轼诗名为《答周循州》。

20. 集本与后诗相连，题云：次韵二守同访新居。(7/2220/倒3)

按：后为诗题，当加书名号，应为：

　　集本与后诗相连，题云《次韵二守同访新居》。

21. 《东皇杂录》(7/2282/9)

按："皇"为"皋"形近误，此书为宋代孙宗鉴所撰。

22. 见《前和叔盎画马》诗注 (7/2364/9)

按：苏轼前诗为《和叔盎画马》，"前"为"前诗"之意。

四　人名疑误举隅

1. 《风俗通》：李彬为汲令……（4/1318/倒1）

按："李彬"当为"应彬"。

2. 徐献宗《吴兴掌故集》(4/1325/2)

按："宗"当为"忠"，《吴兴掌故集》成书于明代嘉靖时期。

3. 《春秋》：美疢不如恶石服。子慎注云：石，砭石也。(5/1549/5)

按："服"字从上句误，服虔字子慎。应改为：

　　美疢不如恶石。服子慎注云：石，砭石也。

4. 《晋·陶侃传》：字士衡。(6/1799/3)

按："士衡"当为"士行"。陆机字"士衡"，非陶侃也。

《苏轼诗集》虽然存在不少点校问题，有时甚至出现一些不该有的错误，但白璧微瑕，不足以掩盖其成就，更不容轻易否定。况且苏诗注文多达一百余万字，所涉内容十分广泛，对整理者的要求极高，难免有顾此失彼之处，其中不足有待学界共同努力改进。

附录二
苏诗自注的文献价值与诗学意义

　　自注起源于史书撰写。司马迁最早在《史记》中使用自注，班固的《汉书》继承了这种撰述方式，之后成为史书撰写的常例。[①] 但在文学体裁中，自注出现得较晚。谢灵运在赋中尝试性地运用了自注，他"作《山居赋》并自注以言其事"[②]，但这种情况在唐前文学作品中十分少见。直到唐代，随着诗歌创作高潮的来临，自注开始在诗歌中出现，李白、杜甫、白居易等人诗作中都保留了不少自注，[③] 然而在整个唐代，诗歌自注并没有成为作者的自觉行为，只是随兴所至地偶一为之，并且自注内容较为简单。直到宋代，为自己的诗歌作注才开始成为一种有意识的普遍行为，其中苏轼的诗歌自注堪称代表。据笔者不完全统计，苏诗自注共有六百余条，所涉内容十分广泛，通过这些自注我们可以更好地了解苏诗内涵，把握苏诗特点，体察苏轼的创作旨趣和情感寄寓，同时苏轼等人对自注的大量使用表明了诗歌在宋代写实、叙事功能方面的加强和个人化色彩的增强，因此自注在诗歌史乃至文学史上具有一定的认知价值，值得深入研究，本附录就此略作探讨。

一　苏诗自注的留存与辨析

　　苏诗自注主要保存在宋施注和百家分类注中，但两书的自注颇有差

---

① 见刘治立《史书自注的发展历程及其影响》，《宁夏社会科学》2005 年第 4 期，第 91~94 页。

② 沈约：《宋书》卷 67《谢灵运传》，中华书局，1974，第 1754 页。

③ 按：李白、杜甫等人诗歌中的自注有很多真假难辨，但其中有不少可以确定是真实的自注。

异，在后代的传刻中，递有增删，其中真假难辨者尚有不少。清代冯应榴在《合注》中对苏诗自注进行了全面考察与辨析，之后王文诰的《集成》在《合注》基础上对部分有疑问的自注进行了删改，今人孔凡礼先生又在王文诰《集成》基础上对苏诗自注予以特别关注，其考察结果皆被写入《苏轼诗集》校勘记中，为我们今天研究自注提供了方便。现参考《合注》和《苏轼诗集》对自注的考察意见，校之各本，将存有较大争议的自注列表做进一步的辨析，力图发现各本的自注体例及自注的历史流变情况。

各本自注保存情况

序号	篇名	自注内容（卷/页）	宋施注	《七集》本	分类注	清施注	《查注》	《合注》	《集成》	备注
1	荆门惠泉	荆门山在宜都大江之南，与虎山对。(2/62)				●	●	●		查、冯皆指邵误，《集成》删去。
2	甘露寺	欲游甘露寺，……卫公为穆宗皇帝追福所葬也。(7/278)	●		○	●	●	●	●	分类注为序，施注为自注。[1]
3	和邵同年戏赠贾收秀才三首	时贾欲再娶。(8/381)		●	○	●	●	●	●	孔校云："据集甲、集注、类本补。"[2]
4	惜花	钱塘吉祥寺花为第一，……可为太息也。(13/598)			○	●	●	●	●	孔校云："集本无此自注。类本作跋语。"[3]
5	赵既见和复次韵答之	曹公自言参之后。(14/669)		●	○	●	●	●	●	孔校云："施本、类本无此自注。类本程缜注有云：'曹孟德小字阿瞒，自言参之后。'集本有此自注。"[4]
6	和赵郎中见戏二首	"赵以徐妓不如东武，诗中见戏云：'只有当时燕子楼'"与"赵每醉歌毕，辄曰：'明年六十矣。'"(15/704，705)	●	●	○	●	●	●	●	孔校云："类本为赵次公注文。集本、施本作自注。"[5]
7	次韵答王定国	堂名。(16/824)	○	●	○	○	○	○	○	孔校云："此条自注原缺，今据集甲、类丙补。"[6]

续表

序号	篇名	自注内容（卷/页）	宋施注	《七集》本	分类注	清施注	《查注》	《合注》	《集成》	备注
8	答王巩	巩将见过，有诗，自谓恶客，戏之。（17/835）	○	●	○	●	●	●	●	分类注为题文，宋施注为题下注。
9	李公择过高邮……戏公择云	开合放出事见本传。（19/928）		●		●	●	●	●	《合注》曰王本、宋刊施本无，《集成》删去。孔校据集本补入。[7]
10	次韵周开祖长官见寄	湖多蚊，士人云豹脚者尤毒。（19/951）	●		○		●	●	●	《合注》曰王本、旧王本作倬毒。[8]
11	杜沂游武昌，以醲酿花菩萨泉见饷二首	武昌有孙权故宫苑。（20/1011）	○		○	○		●	●	孔校云："集本无此条自注。施乙此注文无'东坡云'字样。类本文无注者姓氏，或为自注。"[9]
12	次韵和王巩六首	仆文章虽不逮冯衍，……故有"胜敬通"之句。（21/1066）					●	●	○	《合注》曰诸本俱无，惟查本有。王文诰云见本集《题和王巩六首诗后》，非自注。[10]
13	书林逋诗后	湖上有水仙王庙。（25/1274）	○		○		●	●	●	《合注》曰王本援注略同，孔校曰集本无此自注，施注无"东坡云"字样。[11]
14	小饮公瑾舟中	邓，滁人也。是日坐中观邸报，云叟押入门下省。（26/1293）		●		●	●	●	●	此诗宋施注本缺，类本无此注。清施注据《七集》补诗及自注。
15	次韵送徐大正	尝与余约，卜邻于江淮间。将赴登州，同舟至山阳，以诗见送留别。（26/1303）		●		●	●	●	●	孔校云："集本、施乙、类本无此条自注。"[12]
16	次韵钱穆父	公行轼《告词》引董仲舒、刘向事。（26/1338）	●			●	●	●		《合注》曰分类注本、旧分类注本、《七集》本，无。《集成》删去。[13]

序号	篇名	自注内容（卷/页）	宋施注	《七集》本	分类注	清施注	《查注》	《合注》	《集成》	备注
17	次韵答刘景文左藏	有美堂燕集，景文有诗。（31/1558）	○		○		●	●	●	孔校云："集甲、类本无此条自注。施乙此注文，无'东坡云'字样。"[14]
18	参寥上人初得智果院……	用《圆觉经》"以大圆觉为我伽蓝身心安居平等性智"为韵。（31/1569）			○		●			与施注、分类注尧卿注同，《合注》指查作自注误。[15]
19	次韵王忠玉游虎丘三首	虎丘中路有真娘墓。（31/1577）	●	○	●		●	●		合注曰《七集》本同，宋施注本无。《集成》删去，孔校据宋本补入。[16]
20	次韵刘景文周次元寒食同游西湖	乐天《寒食》诗：三杯蓝尾酒，一碟胶牙饧。（32/1588）	○	●	●			○	●	孔校云："原为'王注'注文。今据集甲、类本，定为自注。施乙此注文，无'东坡云'字样。施注注文'楪'作'碟'。"[17]
21	问渊明	或曰东坡此诗与渊明反，此非知言也。……（32/1637）		●		●	●	●	●	《合注》曰《外集》作诗后跋语，孔校曰分类注本无此条自注。[18]
22	次韵子由书王晋卿画山水一首……	子美诗云：天吴与紫凤，颠倒在裋褐。（33/1680）	○	●	○		●	●	○	《合注》曰宋施注引杜诗，不作自注，《集成》据改为"施注"。孔校曰此注集本、分类注本为自注。[19]
23	元祐六年六月，自杭州……	法帖中有褚遂良书云：即日遂良须发尽白。（33/1689）	○	●	○		●	●	●	《合注》曰宋施注不标公自注。孔校同此说。[20]
24	感旧诗	子由一字同叔。（33/1690）	○		●		●	●	●	《合注》曰宋刊本不作公自注，孔校同。[21]
25	美哉一首送韦城主簿欧阳君	先生遗民之子。（34/1700）					●			《合注》曰分类注本旁注"先生遗民之子"六字，此查氏所据。[22]
26	洞庭春色	潘岳《笙赋》云：披黄苞以授柑，倾缥瓷以酌醽。（34/1751）	○	●	○			●	●	《合注》曰施本不作自注，以下句例之，从分类注本、《七集》本。[23]

续表

序号	篇名	自注内容（卷/页）	宋施注	《七集》本	分类注	清施注	《查注》	《合注》	《集成》	备注
27	次韵范淳甫送秦少章	"谓鲁直也"与"其兄少游与张文潜"。(35/1791)	○	●	○	●	●	●	●	《合注》曰此两条皆《周益公题跋》中语，非自注也。故宋施注本俱无"东坡云"字。[24]
28	轼近以月石砚屏献子功中书公……	"黄甫湜《顾况集序》云……"与"孟郊《闻鸡》诗：似闻孤月口，能说落星心"。(36/1820)	○	●	○	○	●	○	○	《合注》曰以上二条《七集》本作自注，从施本。[25]《集成》从《合注》。
29	再送二首	颖叔未有洮帅之命，作《扈驾》诗，仆和之有"游魂"之句，遂成诗谶。(36/1857)		●	●		●	●	●	《合注》曰查本自注本赵次公注。施注不作公自注。[26]
30	中山松醪寄雄州守王引进	唐人以荷叶为酒杯，谓之碧筒酒。(37/1913)		●	○	●	●	●	●	《合注》曰宋施注本无此自注，《七集》有之。但"碧筒"事非始于唐。此疑非公自注。[27]
31	游罗浮山一首示儿子过	山有铁桥、石柱，人罕至者。(38/1964)	○	●	●	●	●	●	●	《合注》曰郑羽重修施注作郭之美《罗浮山记》，不作自注。[28]
32	戏和正辅一字韵	王方平谓麻姑云："姑固少年，吾老矣，了不喜复作此狡狯变化也。"(39/2023)		●		○		●	●	《合注》曰《七集》本作公自注，今从之。[29]
33	新年五首	周参军家多荔子。(40/2055)	●	●			●	●		《合注》曰诸本俱无此公自注。《集成》删去。[30]
34	和陶读《山海经》（十三首）	在颍州，梦至一官舍……(40/2075)					●	●	●	《合注》曰《七集》本、分类注本俱无此自注。[31]
35	和陶东方有一士	此东方一士正渊明也，……写和渊明诗一首示儿子过。(40/2095)		●		●	●	●	●	《合注》曰自注全见《东坡题跋》，[32]《集成》据冯应榴意见有节删。

续表

序号	篇名	自注内容（卷/页）	宋施注	《七集》本	分类注	清施注	《查注》	《合注》	《集成》	备注
36	次前韵寄子由	古语云：十方薄伽梵，一路涅槃门。（41/2110）	○	●	○	●	●	●	●	《合注》曰补施注本尚有"梵语泥洹，此云涅槃"二句，亦属之公自注，查氏因之。[33]
37	和陶己酉岁九月九日	海南气候不常，有月即中秋，有菊即重阳。（41/2128）	○			●	●	○	○	《合注》曰查本引此条作"公自注"，诸本所无。施注本凡公自注者皆作"东坡云"，此条有"杂记"二字，可知非此诗自注矣。查注非是。[34]
38	借前韵贺子由生第四孙斗老	李贺诗云：头玉晓晓眉刷翠，杜郎生得真男子。（41/2139）	○	●	●	●	●	●	●	《合注》曰施本不作公自注。[35]
39	夜烧松明火	香滑，松沥也。出《本草》注。（42/2184）	○	●	●	●	●	●	●	《合注》曰施本无此自注。[36]
40	庚辰岁人日作时闻黄河已复北流……	言虽寄旅于海上，不必以家山方是本元也。（43/2188）			●			●		《合注》曰此注家笺释之语，分类注本刻作自注，讹。《集成》据删。[37]
41	庚辰岁正月十二日天门冬酒熟……	杜子美诗云：闻道云安曲米春。盖酒名也。（43/2189）	○	●	●	●	●	●	○	《合注》曰施注引杜子美《岩二别驾》诗：闻道云安曲米春，才倾一盏即醺人。不作自注。《集成》据删。孔校据集本、分类注本补。
42	汲江煎茶	唐人云：茶须缓火炙，活火煎。（43/2362）	○	●	○	●	○	●	○	查曰诸刻本皆不云"公自注"，新刻不知何所据，今删去。《合注》曰新刻本《七集》有。《集成》删去，孔校据集本补入。[38]

序号	篇名	自注内容（卷/页）	宋施注	《七集》本	分类注	清施注	《查注》	《合注》	《集成》	备注
43	次韵韶守狄大夫见赠二首	迩英阁，在延和殿西廊下。（44/2256）	●	●	○	●	○	●	●	《合注》曰分类注本作厚注，不作公自注。今从五注本、《七集》本。[39]

说明：

1. "●"表示明确标明为自注者，"○"表示不标明自注或标明非自注者，空格表示未见此注。

2. 宋施注和清施注差异较大，分别标注。宋施注据《增补足本施顾注苏诗》（台湾：艺文印书馆，1980），此书为宋嘉定原刊本和宋景定郑羽补刊本的拼合本，清施注用《文渊阁四库全书》本。元刊分类注和清刊分类注大部分相同，不再分别标注，遇有不同者随条指出，元刊分类注用《四部丛刊》影印本，清刊分类注、查注用《文渊阁四库全书》本。《东坡七集》用清光绪重刊明成化本。

3. 所引孔凡礼先生校勘用各本简称参《苏轼诗集》卷首"点校说明"，此表不再一一注明。

4. 冯应榴的《苏文忠公诗合注》保存自注最全，表中所标卷、页皆据点校本《苏轼诗集合注》（上海古籍出版社，2001）。

注：〔1〕《合注》曰："王本作序，故题下标'并序'二字，查本则分注句下。今从施本仍列题下。"孔校云："集注、类本有引。集甲无引。施乙以此引入自注。"（《苏轼诗集》卷7校勘记，第354页。）

〔2〕《苏轼诗集》卷8校勘记，第418页。按：此诗宋施注残缺，元刊分类注不标注者，但同诗"朝见新荑出旧槎"句下赵次公注曰："此篇先生本注云：时贾欲再娶。则诗意皆涉夫妇事也。"由此可知，分类注虽不标明也当为自注。《合注》漏收，《集成》仍之，孔校补入。

〔3〕《苏轼诗集》卷13校勘记，第658页。按：元刊分类注和清刊分类注有所不同，前者作诗后跋语，后者作引。宋施注此诗残缺，清施注首次标为自注。

〔4〕《苏轼诗集》卷14校勘记，第710页。按：宋施注无此注，有云："《三国志·魏·武帝纪》：小字阿瞒。"（郑骞、严一萍编校《增补足本施顾注苏诗》卷11，台湾：艺文印书馆，1980。）

〔5〕《苏轼诗集》卷15校勘记，第780页。按：此两条注各本皆标为自注，惟分类注有所不同。元刊分类注标为"次公"注，疑分类注刊刻者将自注首字"赵"误为赵次公之简称，故标为"次公"，此两条注皆有极强的针对性，非他人能注也，当为自注。清刊分类注不标注者，或对前刊失误已有改正。

〔6〕《苏轼诗集》卷16校勘记，第856页。按：孔校所称"类丙"指元务本书堂刊《增刊校正王状元集注分类东坡先生诗》（见《四部丛刊》影印本），今检此书，不标明注者。由此可知，孔校将此不标注者认为自注。赵次公注云："清虚，王定国堂名也，子由尝为作记。"宋施注云："定国以清虚名堂。"清刊分类注、查注、《合注》皆取次公注，不标自注，赵注较之自注更为具体，故各本不取自注。

〔7〕按：苏诗句为"未学处仲忍"，分类注援曰："王敦字处仲，尝荒恣于色，左右谏之，敦曰'此甚易耳'。乃开后阁，驱诸妾数十人，并放出之，云云。"（元刊《集注分类东坡先生诗》卷18，《四部丛刊》本）援注仅撮举《王敦传》大意，宋施注则摘录《晋书·王敦传》原文，较之分类注更为详细，因此《合注》舍分类注取施注。经过分类注、施注的补充，苏轼自注就失去了意义，或许这是分类注、施注不再著录自注的原因。

〔8〕孔校云："集本无此条自注。"（《苏轼诗集》卷19校勘记，第1011页。）按：此条自注凡两见，另一处见同卷较前《次韵孙秘丞见赠》"不怕飞蚊如立豹"句下，除类本不标注者外，各本皆标为自注。《七集》、清施注、查注皆于此不再标注。参之孔校所引集本，可证此处原来并无自注，王本所云俌注，乃转引苏轼自注。孔凡礼所使用的宋刊集本，亦称集本，包括两种宋刊残卷《东坡集》和《东坡后集》。

〔9〕《苏轼诗集》卷20校勘记，第1071页。按：元刊分类注和宋施注同，但都不标明注者。一般情况下类注不标注者姓氏的皆可认为自注，冯注大概就是从元刊分类注中补入此自注，但宋施注中不标注者姓氏的一般认为是施顾注，非自注，但此处或有不同。施注乃补八家注之不足而作，绝少和类注相同者，此处全同，为自注的可能性较大，疑漏标"东坡云"字样。

〔10〕按：王文诰所云今题作《题和王巩六诗后》。（见《苏轼文集》卷68，中华书局，1986，第2132页。）

〔11〕按：苏轼凡四次咏及"水仙王庙"，注文大致相同，注者不同。除此处外，还有卷八《沈谏议召游湖不赴……》"水仙亦恐公归去"句下，类本为援注，除施注引《杭州图经》略同外，他本皆无。卷九《饮湖上初晴后雨二首》"一杯当属水仙王"句下，除类本不标注者外，各本皆作自注。卷十《次韵周长官寿星院同钱鲁少卿》"琉璃百顷水仙家"句下，类本作师注，他本皆无。冯应榴见过此诗墨迹，因此说"'湖上'墨迹作'西湖'"，当为自注，类注、施注皆据此为己注。

〔12〕《苏轼诗集》卷26校勘记，第1413页。

〔13〕按：所注苏诗句为"一言置我二刘间"，在宋施注本中，施宿于此诗题左注云曾见原为曾文清（吉甫）所藏此诗墨迹为"老刘"非"二刘"，并有自注云："公行轼告词引董仲舒、刘向事"，此清施注所本。但查注引周必大《二老堂诗话》云曾吉甫所藏真迹为"二刘"非"老刘"，自注乃云："穆父尝草某答诏，以歆、向见喻，故有此句。"相同的真迹所见却如此不同，所以查慎行认为其中必有一个是假的。各分类注本皆作"二刘"，厚曰："刘向、刘歆父子，俱以文章学术称。"邵长蘅认为分类注非是，冯应榴认为施注非是。孔校云："《二老堂诗话》云云，清刊《周益国文忠公集》及《津逮秘书》本《二老堂诗话》，均无此条。"（《苏轼诗集》卷26校勘记，第1418页。）孔校所言不确，此条见于《文渊阁四库全书》本《文忠集》卷177和《二老堂诗话》中的《陆务观说东坡三诗》条，不知孔校所用版本是否与此有异。又按：苏轼曾在《礼以养人为本论》中有云"昔者西汉之书，始于仲舒，而至于刘向，悼礼乐之不兴，故其言曰：……"（苏轼著，孔凡礼点校《苏轼文集》卷2，中华书局，1986，第49页），施宿所见自注当本于此，较可信。

〔14〕《苏轼诗集》卷31校勘记，第1673页。按：此自注或为查注据宋施注补入，原为题下注，不标注者，或为施元之注。又分类注本注尧卿云："时在有美堂宴集，而景文有诗云：……"尧卿所注较自注详细，或因之删自注。

〔15〕按：宋施注为题下注，不标"东坡云"字，或为施元之注或为自注。

〔16〕按：王文诰将此自注删去，孔凡礼先生据集甲、类甲、类乙补入。并云："类丙注文'虎'上有'相'字，或为'坡'之误。"（《苏轼诗集》卷31校勘记，第1675页。）又按：元刊分类注、清刊分类注皆没有标明为自注，句前标"相"疑为百家注人名简称。宋施注引《吴郡图经》"真娘墓在虎丘寺侧，真娘吴国之佳丽也"（郑骞、严一萍编校《增补足本施顾注苏诗》卷28，台湾：艺文印书馆，1980），此较自注更为详细。

〔17〕《苏轼诗集》卷32校勘记，第1725页。按：元刊分类注作"坡曰"，清刊分类注无注者。各本"碟"字有所不同，元刊分类注作"堞"，宋施注作"楪"，清施注同宋刊，清刊分类注作"碟"，《合注》从"碟"。"堞"指女墙，误。"楪"与"碟"意同，检白居易集题为《七年元日对酒五首》。（见谢思炜校注《白居易诗集校注》卷31，中华书局，2006，第2351页。）

〔18〕按：清施注据《七集》本补。

〔19〕按：分类注本不标注者。宋施注云："杜子美《北征》诗：'天吴及紫凤，颠倒在短褐。'子美以至德二年拜左拾遗，见本传。"（郑骞、严一萍编校《增补足本施顾注苏诗》卷30，台湾：艺文印书馆，1980。）较之自注更为全面。

〔20〕孔凡礼先生于此条校勘记下又引周必大《平园续稿》卷十《跋汪逵所藏东坡字》云："《浴室院东堂三绝句》，元祐六年六月作，集本但添注遂良事。"（《苏轼诗集》卷33校勘记，第1783页。）按：宋施注与元刊分类注皆不标注者。又，苏诗用褚遂良自发事者共有三首，元刊分类注本皆有与此大致相同之注。除此首，还有《柳氏二外甥求笔迹》"遂良鬓已成丝"，分类注缜注为"褚遂良有一帖，即日遂良须发尽白"；《次韵韶守狄大夫见赠二首》"华发萧萧老遂良"，句下注为"褚河南帖云：即日遂良须发尽白，盖谪长沙时也"，不标注者，宋施注亦不标注者，无后半句。

〔21〕按：宋施注和分类注皆不标注者姓氏。除此首外，还有两诗的自注与此大致相同：一为《次韵秦少章王仲至元日立春三首》"己卯嘉辰寿阿同"句，有注"子由一字同叔，元日己卯渠本命也"，各本皆标自注；一为《游罗浮山一首示儿子过》"还须略报老同叔"，有注"子由一字同叔"，除宋施注和元刊分类注外，其他各本皆为自注。

〔22〕按：此诗施注、宋元分类注皆不载，《七集》本载《续集·歌辞》卷内，清刊分类注采入，清施注不采，查注将其入编。又冯应榴在此注下案云："今考《七集》本诗末有'先生遗民，之子往字'二句，则全诗并未缺佚，特王本误刊旁注，又有残缺，且通首不拘用韵，以致后人误认作注耳。"由此可知，分类注将正文误刊为注，查氏又误认为自注。

〔23〕按：宋施注本与分类注本皆不标注者，施本"柑"作"甘"。

〔24〕按：《合注》所云周必大题跋指《跋秦少章诗卷》，其云："右秦少章古律诗一卷，宗人愚卿兄弟予求跋。昔东坡苏公《送少章》诗云'秦郎忽过我，赋诗如卷阿。句法本黄子，谓鲁直也。二豪与措磨，谓其兄少游及张文潜也。'"（周必大《文忠集》卷50，《文渊阁四库全书》本。）冯应榴以此处和周必大跋语相同就认为非公自注，似可再议。从周必大跋的语气来看，似乎全引苏轼诗句，包括两条注文也是引用苏轼的原话，因此自注说也有存在的可能。另外，此诗后句"近闻馆李生"句下也有公自注"李鹰方叔"，此条周必大题跋并未涉及，宋施注和元刊分类注皆收录此注，但都不标注为"公自注"。

〔25〕按：王文诰将第一条归为"施注"，第二条归为"王注"。又，孔校此两条云："集本为自注，类本此注文无注者姓名，或为自注。"（《苏轼诗集》卷36校勘记，第1980页。）此两条注宋施注本与元刊分类注皆收录但都不云为"公自注"，冯应榴将一条归为"施注"，一条归为"王注"，似乏依据。又分类注本题为《闻角》，施注题为《闻鸡》。

〔26〕按：分类注并不标明自注，但云"次公先生旧有本注云"，赵次公据墨迹或他书引入苏轼自注，原集本当无。施注云："东坡先有诗与颍叔云：须知羌卤是游魂。故申言之，而曰'诗谶'也。"

〔27〕按：孔校此注云："施乙无此条自注。集甲、集丁、类本有。"（《苏轼诗集》卷37校勘记，第2041页。）今检元刊分类注，有此注但不标注者。王文诰引纪评曰："事出《酉阳杂俎》，虽唐人书，乃魏人事。"（《苏轼诗集》卷37，第2017页。）

〔28〕按：此诗《合注》共有八条自注，宋施注本标明为"东坡云"者仅有四条。元刊分类注本皆不标明注者，并第一条分为两条，共九条，清刊类注同元刊。清施注将分类注中不标注者姓氏的九条全标为"公自注"，查本从之。《七集》本所存为八条，皆不标明"公自注"，按照《七集》惯例，句下注皆自注。由此可知，各本对自注的标注体例有所不同：检元刊所有自注可知，标明"公自注"的情况较少，而大多数并不标明，因此可以推定其中不标注者姓氏的皆为自注，清刊分类注同。清施注据分类注这一体例，多将无注者姓氏的标为"公自注"，查多从之。宋施注的情况较为复杂，一般情况下凡为自注者皆标明为"东坡云"，非自注者皆不标注者姓氏，默认为"施顾注"，自注数量与分类注本差别较大，冯应榴多据此对前注进行驳正。

〔29〕按：此诗宋施注、元刊分类注缺。清刊分类注及清施注补入诗及注，前注不标注者，后者不作自注。

〔30〕孔校曰："《七集·续集》、查注此句后有自注'周参军家多荔子'。《合注》谓除查注外'诸本俱无此自注'，盖未详考《七集·续集》。"（《苏轼诗集》卷40校勘记，第2227页。）按：郑羽重刊本亦有"公尝言周参军家多荔支"（郑骞、严一萍编校《增补足本施顾注苏诗》卷36，台湾：艺文印书馆，1980）。

〔31〕按：此乃苏轼《和陶桃花源》诗序中语，查引为自注。

〔32〕《合注》又曰："此诗《七集》本、王本作'公自注'亦止'渊明即我也'以上数句，至'绍圣三年'以下数句，诸本俱无，惟查本有之。今考《东坡题跋》标称《书渊明东方有一士诗后》，并不云书和诗也，故末云'既觉，写渊明诗一首示儿子过'。乃查氏增入'和'字而并作自注，非也。且恐《七集》本、王本以前段数句作公自注者亦非。今姑并存之耳。"可见，冯应榴反对引苏文为自注的做法。按：此诗宋施注和元刊分类注皆无，清刊分类注和施注补入诗及注。

〔33〕《合注》又云："今考《七集》本、王本自注止'古语'两句，故王本援注云：此本出《楞严经》之语。至宋刊施注本引《楞严经》'如一众生未成佛，终不于此取泥洹'，又云：'十方薄伽梵，一路涅槃门。梵语泥洹，此云涅槃。'则并古语二句亦不作公自注矣。要之，补施注、查注皆误也。"按：元刊分类注本标"自注"，清刊分类注本不标注者，清施注多出注文乃本宋施注。综合各本情况可知，宋施注乃补分类注（八家注）之不足而作（已见前章所论），此处王注已指明自注出《楞严经》，但没有详举，施注乃在分类注基础上补入《楞严经》正文，通过此种方式取代"自注"，这大概就是施注中"自注"往往比分类注中自注少的原因，因此冯应榴每据宋施注本驳正前注，足见他并没有注意到施注对自注的处理体例。

〔34〕按：此条《合注》作"施注"，《集成》从之。但王文诰有案云："此条邵注本已作公自注，合注专为查注之失，亦非也。但查注得影抄本，非不知施注引《杂记》者，特迁就邵本公自注之误，以作己编之海南之据，此其私意显然也。今考此诗与叙，皆惠州作，与海南气候不类，即施注引《杂记》亦误。诰欲改编惠州，正以自注牵混，此又甚赖合注之驳以分其劳也。"（《苏轼诗集》卷39，页2144。）可见此条是否为自注还与编年密切相关，王文诰不仅认为此非自注，而且指施注引《杂记》注此亦不确。

〔35〕孔校曰："施乙此注文，无'东坡云'字样。施注引贺诗，题作'杜幽公之子唐儿歌诗'。"（《苏轼诗集》卷42校勘记，第2331页。）

〔36〕孔校曰："施乙无此条自注。集乙'也'作'出'。集本、集丁'香涾'作'音诣'。集本、集丁此条自注在诗句'香涾'字后。"（《苏轼诗集》卷42校勘记，第2339页。）按：施注非无，而是将"公自注"转化为己注了。冯应榴在此自注后引施注云："《本草》：松脂。唐本注云：松取枝，烧其上，下承取汁，名涾'，音诣。"可以看出，施注在分类注基础上将自注进行了补充，不再标为"东坡云"，此为施注的通例，冯应榴多将其作为"施注"引用。

〔37〕孔校曰："集本、集丁、施乙无此注。"（《苏轼诗集》卷43校勘记，第2374页。）此注元刊分类注和清刊分类注皆标为"自注"，他本无，《合注》所为注家笺释之语，不知何据。

〔38〕孔校云："查注、合注疑非自注，盖未见集本耳。"（《苏轼诗集》卷43校勘记，第2381页。）按：此诗元刊分类注引《因话录》作程缙注，引文含有自注内容。宋施注亦引《因话录》，与程注略同。冯应榴又有案云："至五注本亦作程缙注，则洵非自注矣。至诸本于先生自注或详或略，或有或无，或字句不同，又不必画一论也。"可见，作自注者有孔校所引宋刊集本和《七集》本，特别是宋刊集本早于各注，可信度更高，颇疑分类注中也存在和施注一样补全自注而化为己注的情况。

〔39〕按：检宋郑羽补刊施注本亦作"东坡云"，结合冯应榴所言当为自注，分类注本误刊。

通过以上对争议较大自注的辨析可以看出，引起自注混乱和纷争的原因有以下几种情况。

一是题、序、跋和自注混淆，如例2、4、8、21等皆属此种情况。一般来说，这种情况并不妨碍诗意的理解，虽然各本位置、名称有所不同，但都指明为苏轼语，似无强求一律的必要。

二是引苏文作自注，如例12、34、35等属此种情况。总体来看，引苏文作自注的情况并不多见。引文作注在各本中都较常见，但径直标为自注则有失严谨。

三是各本自注有无情况不同，如例14、15、16、32、33、42等皆属此类情况，此种情况一般是《七集》本有而他本无，《七集》本属于白文本系统，和分类注、施注有所不同，其中真伪需要分别对待，不能因为不见于他本就认为非苏诗自注，特别是在所见版本未周的情况下更应该谨慎。如例33，查本作自注，冯应榴云诸本皆无，孔校指出《七集·续集》有，笔者检宋施注亦有，当为自注，《集成》据冯氏意见删去，不当。另外，孔凡礼先生对《集成》删去及《合注》漏收的自注多有补充，如例3、7、9等条，态度较前注严谨。

四是自注与施注、分类注相混的情况。此种情况最为普遍，最为复杂，是导致自注混乱的主要原因。从以上所举例子来看，自注混为他注的情况较为普遍，而他注混为自注的例子则极为少见。除了少数可以较明确是误刊外，如例6，除元刊分类注作赵次公注外，施注本、集本皆为自注，元本很可能是误自注"赵以徐妓不如东武"和"赵每醉歌毕"的首字"赵"为赵次公。更多的情况是各本对自注的标注和体例安排不同导致了自注的混乱，以下就各本的自注体例略作探讨。

考察苏轼所有自注，可以看出，对苏诗自注的著录可以分为三个系统。

一是白文本系统，即集本、《七集》本等，特别是孔校所用宋刊本与苏集原貌最为接近，具有较高的参考价值。

二是分类注系统，其中包括集注，即分类注前的四注、五注、八注、十注。元刊分类注和清刊分类注对自注的处理差别不大，可以纳入一个系统。

　　三是宋施注本系统，包括嘉定原刊本和景定补刊本。清施注则结合了分类注，和宋施注差别较大。苏诗自注的差别主要体现在这三个系统之间的差别上。

　　白文本系统对自注没有特别的标识，一般是在题下或句下直接引录自注，因此出现在白文本中不标注者的注皆可认为是自注，列表中《七集》的标注即遵循此原则。分类注对自注的标识颇不统一，明确标为"公自注""自注""坡曰"的可以确定为自注，但更多没有标明注者的同样是自注，对于这一点清人较为清楚，遇此皆标为自注，但孔校对此好像并不十分肯定，有些说是自注，如例3、7分类注本皆不标注者，孔校作自注补入。有时又不太肯定，如例11则云"类本注文无注者姓氏，或为自注。"因为分类注中存在这样的差别，所以本表也将分类注中不标明注者的标为"○"。宋施注凡遇自注皆标为"东坡云"，如不标注则默认为施、顾注。《合注》、孔校多据宋施注指出与分类注不合之处，孰真孰假难以判定。要想对此问题作进一步的解释，必须了解施注和分类注对自注的补充、化用方式。

　　一般来说，苏轼自注乃随手填注，并不严格，也不全面，甚至有失误之处，如例30，苏轼自注"唐人以荷叶为酒杯，谓之碧筒酒"，孔校云："集甲、集丁、类本有"，当为自注。但苏轼的说法有误，《合注》云："'碧筒'事非始于唐。此疑非公自注"，王文诰也引纪昀说"事出《酉阳杂俎》，虽唐人书，乃魏人事"，可以看出苏轼自注并没有细核原书，偶有失误也在情理之中，冯氏据此怀疑非自注就有失偏颇了。又如《今年正月十四日与子由别于陈州五月子由复至齐安以诗迎之》"早晚青山映黄发，相看万事一时休"句，自注云："柳子厚《别刘梦得》诗云：皇恩若许归田去，黄发相看万事休。"分类注次公曰："先生本注，盖自是两诗。柳云：皇恩若许归田去，晚岁当为邻舍翁。刘云：耦耕若便遗身世，黄发相看万事休。"《合注》也云："先生自注，误合二诗为一也。"① 苏轼作注，仅凭记忆，并不严谨。对于苏轼自注不确、不全、不注出处的地方，宋刊

---

　　① 《苏轼诗集合注》卷20，第1022页。

分类注和宋施注多有补充。大多数情况，经过补充的注从诗歌解读价值上已能取代原注，严谨者在自注后另行标注，但更多的是直接化为己注，这是自注消亡的一个重要方式，此种情况在宋刊分类注、宋施注中都有不少，其中以宋施注为最多。如例9，苏诗自注为"开合放出事见本传"，所注句为"未学处仲忍"，苏轼概言"见本传"，宋刊分类注、宋施注对本传具体内容进行了补充。分类注援曰："王敦字处仲，尝荒恣于色，左右谏之，敦曰'此甚易耳'。乃开后阁，驱诸妾数十人，并放出之，云云。"援注撮举《王敦传》大意进行说明，宋施注则摘录《晋书·王敦传》原文云：

> 字处仲。王恺尝置酒，敦与导俱在坐，有女妓吹笛，小失声韵，恺便殴杀之。一坐改容，敦神色自若。他日又造恺，恺使美人行酒，以客饮不尽，辄杀之。酒至敦、导所，敦故不肯持，美人悲惧失色，而敦傲然不视。导还，叹曰："处仲若当世，心怀刚忍，非令终也。"敦又尝荒姿于色，体为之弊。左右谏之，曰："此甚易耳。"乃开后阁，驱诸婢妾数十人，并放之。时人叹异焉。

宋施注较之宋刊分类注更为全面、详细，冯应榴舍分类注取施注，并曰："王本、宋刊施本无此自注。"王文诰据冯应榴意见删此自注，但孔凡礼先生据宋刊集本重新补入，从恢复自注原始面貌上说具有积极意义。有时分类注、施注只对苏轼自注作个别字的订正，便化为己注，殊为不当，冯应榴对此没有深究，例18中将两则苏轼自注分别标为"王注"和"施注"，失旧本之真。

值得注意的是，王文诰对施注中将公自注化为己注的现象有所注意，如《西山诗和者三十余人，再用前韵为谢》"云何解转空山雷"句，《七集》、分类注本有公自注云："韦应物诗云：水性本云静，石中固无声。如何两相激，雷转空山惊。"但冯应榴指出："宋刊施注本引韦应物《听嘉陵山水》诗，不作公自注。"① 王文诰于本诗下句"欲就诸公评此语"后案

---

① 《苏轼诗集合注》卷27，第1388页。

云："'此语'二字无着，故公自注明也。可见王本、《七集》本自注之不误。合注谓宋刻施注本引韦应物《听嘉陵山水》诗，不作公自注，此乃施注窃为己说，而合注又耳食也。"① 此处王文诰的判断是可信的，但他对此类问题并无全面认识。另外，一般情况下苏诗自注重复注的情况并不多，百家注者人物丛杂，重复之注颇多，其中有些是移苏诗自注为己注，如例13 即属此种情况。

总体来说，存有争议的自注有一百余条，占总量五分之一左右，大多数自注在宋刊分类注和宋施注中皆有著录，为确定无疑的苏诗自注。这些自注的主要形式和内容是什么，具有怎样的价值和意义？以下就这些问题作进一步的论述。

二　苏诗自注的形式与内容

（一）苏诗自注的形式

六百余条苏诗自注，形式多样，内容丰富。就自注位置而言，可以分为题注、诗后注和句下注三类。

题注和题、序的功能相似，一般是介绍作诗的时间、地点、人物、事件、缘起等诗歌要素，有时题注和题、序常相混淆，如《和陶游斜川》题下自注为"正月五日，与儿子过出游作"，孔凡礼先生校云："集戊为题下自注，……查注以此十一字为题。"② 其实题中含有此十一字的还有《七集》、清刊分类注等，皆不作自注。又如《甘露寺》题下注"欲游甘露寺，有二客相过，遂与偕行。……"，孔校云："集注、类本有引。集甲无引。施乙以此引入自注。"③ 题下注和题目、序差别不大，功能也很相似，各本在刊刻中常有不同，但这并不妨碍我们对诗歌的理解。

诗后注指出现在诗歌末尾，就全诗的内容进行说明的自注。如《次韵答顿起二首》其一，诗末自注云："顿君及第，时余为殿试编排官，见其

---

① 《苏轼诗集》卷 27，第 1460 页。
② 《苏轼诗集》卷 42 校勘记，第 2335 页。
③ 《苏轼诗集》卷 7 校勘记，第 354 页。

答策语颇直。其后与子由试举人西京，既罢，同登嵩山绝顶。尝见其唱酬诗十余首，顿诗中及之。"① 自注所言涉及整首诗的内容，非针对某句诗作出的解释，但这种自注形式较少。

和题下注、诗后注相比，句下注数量最多，内容更为多样，也是苏轼自注的特色所在，是本节讨论的重点。

（二）苏诗自注的内容

根据内容的不同，我们可将苏诗自注分为以下几类。

一是说明交游、宴饮人物和场景。苏轼重情谊，喜交游，自谓"上可以陪玉皇大帝，下可以陪悲田院乞儿"②，可见其交往的广泛程度。其交游人物据史传可考者就有 307 位，③ 其他传记无载的为数更多。苏轼常将和普通人物的交往入诗，并在自注中有所介绍。如《自金山放船至焦山》"老僧下山惊客至，迎笑喜作巴人谈"句，自注云："焦山长老，中江人也。"④ "中江"为蜀地名（今四川中江县），焦山长老和苏轼是老乡，所以两人见面都格外高兴。又如《送张轩民寺丞赴省试》"洗眼上林看跃马，贺诗先到古宣城"句，自注云："伯父与太平州张侍读同年，此其子。"⑤ 张轩民事迹不可考，仅据自注知其为太平府人。

另外，和苏轼交往较多的人物，通过自注我们可以了解到他们之间更为详细的交往情况及各人志趣。苏轼与弟苏辙感情甚深，每在自注中言及两人的往昔故事，如《辛丑十一月十九日既与子由别于郑州西门之外马上赋诗一篇寄之》"寒灯相对记畴昔，夜雨何时听萧瑟？君知此意不可忘，慎勿苦爱高官职"，句下自注云："尝有夜雨对床之言，故云尔。"⑥ 此诗作于嘉祐六年十一月，赴凤翔任时作，苏轼时年二十六岁，与弟苏辙首次长时间分别。自注所言情事，不仅是一种高逸情志，更是弟兄情深意笃的写

① 《苏轼诗集合注》卷17，第839页。
② 陶宗仪：《南村辍耕录》卷20引《漫浪野录》语，中华书局，1980，第249页。
③ 据《苏轼交游传》（吴雪涛、吴剑琴辑录，河北教育出版社，2001）目录统计。
④ 《苏轼诗集合注》卷7，第277页。
⑤ 《苏轼诗集合注》卷8，第375页。
⑥ 《苏轼诗集合注》卷3，第90页。

照。又如《中秋月三首》其二"六年逢此月，五年照离别"句，自注云："中秋有月，凡六年矣，惟去岁与子由会于此。"① 自注表明诗中所言"六年""五年"乃实写，反映了弟兄相见之难和中秋夜对弟弟的思念。再如《次韵孙莘老见赠时莘老移庐州因以别之》"龚黄侧畔难言政，罗赵前头且眩书"句，自注云："莘老见称政事与书，而莘老书至不工。"查注引《韵语阳秋》云："世之言恶札者，必曰罗、赵，东坡诗云云，盖讥之也。"② 苏轼指出莘老不工书的事实，以诗戏之，非恶意也。

有时自注还记录交游、聚会盛况和活动，如《九日黄楼作》"诗人猛士杂龙虎"句，自注云："坐客三十余人，多知名之士。"③ 此诗作于元丰元年重阳节，前一年苏轼刚到徐州任不久就遭遇了一场历史上罕见的大洪水，苏轼指挥全城军民抵御，保住了徐州城。次年苏轼又主持修筑防洪大堤，同时在城东门修建了"黄楼"以示庆祝，苏轼自注所说的三十余人都是从四面八方赶来参加庆典的亲朋故旧，可见出当日宴会的盛况。又如《次前韵送刘景文》"一朝寂寞风雨散，对影谁念月与吾"句，自注云："郡中日与欧阳叔弼、赵景贶、陈履常相从，而景文复至，不数日柳戒之亦见过，宾客之盛，顷所未有。然不数日叔弼、景文、戒之皆去矣。"④ 欢聚总是短暂，一朝分别令人感伤，更重要的是从此天各一方很难再有重逢的日子，有的可能是永别。冯应榴于此诗题下注云："此诗盖送景文知隰州，故云'西行八百里'也。先生于元祐七年十月《乞赙赠刘季孙状》云：近蒙朝廷擢知隰州，今年五月卒月官所。是其到任未久即卒矣。"此诗作于元祐六年末，可见此次分别不久刘即去世。

越到生命的后期，苏轼就越珍惜与朋友的每一次相聚。再如《次韵前篇》"去年花落在徐州，对月酣歌美清夜"句，自注云："去年徐州花下对月，与张师厚、王子立兄弟饮酒，作'莘'字韵诗。"⑤ 随着年龄的增长，

---

① 《苏轼诗集合注》卷 17，第 831 页。
② 《苏轼诗集合注》卷 9，第 417 页。
③ 《苏轼诗集合注》卷 17，第 840 页。
④ 《苏轼诗集合注》卷 34，第 1735 页。
⑤ 《苏轼诗集合注》卷 20，第 998 页。

亲朋故旧常有逝去，苏轼每在诗中沉痛悼念或回忆，自注中多有对前事的补记。如《孔长源挽词二首》其二"潮声夜半千岩响，诗句明朝万口传"句，自注云："长源自越过杭，夜饮有美堂上联句，长源诗云：'天目远随双凤落，海门遥麾两潮趋。'一坐称善。"① 苏轼回忆孔长源生前情事，自注解释诗句。又如《王郑州挽词》"京兆同僚几人在，犹思对案笔生风"句，自注云："予为开封府幕，与子难同厅。"② 由此可以见出苏轼对待朋友的深情厚谊。

二是对诗中特指内容的介绍。有些诗作针对当时某人和某事而作，有些仅据自己所见而作，私人化色彩很强，如不作注，后人很难明白诗句的具体所指，这种情况包括三类：一为对所唱和诗歌内容的介绍，二为对简括入诗人物的介绍，三为对奇闻、逸事的说明。以下举例明之。

先看对所唱和诗歌内容的介绍。在苏轼所有诗作中，唱和诗占了三分之一，其主要形式是次韵，虽然后人对此多有诟病，但苏轼的次韵诗创作并非纯属应酬，而是力求言之有物，这一点可以从自注中获得证明。苏轼次韵诗常针对来诗有感而发，如《次韵刘贡父李公择见寄二首》"岁恶诗人无好语"句，自注云："公择来诗皆道吴中饥苦之状。"③ 又如《寒食日答李公择三绝次韵》其三"欲脱布衫携素手，试开病眼点黄连"句，自注云："来诗谓仆布衫督役。"④ 再如《次韵蒋颖叔》"琼林花草闻前语，罨画溪山指后期"句，自注云："蒋诗记及第时琼林苑宴坐中所言，且约同卜居阳羡。"⑤ 除了对次韵诗作内容进行注释外，自注还有对作者相关情况的介绍。

次看对简括入诗人物的介绍。苏轼作诗善比喻和联想，少直叙，多曲笔，有些若不经解释，读者难以理解，如《次韵子由送家退翁知怀安军》"吾州同年友，灿若琴上星""今如图中鹤，俯仰在一庭"，自注云："吾

① 《苏轼诗集合注》卷13，第612页。
② 《苏轼诗集合注》卷31，第1547页。
③ 《苏轼诗集合注》卷13，第624页。
④ 《苏轼诗集合注》卷16，第773页。
⑤ 《苏轼诗集合注》卷24，第1217页。

州同年友十三人，今存者六人而已，故有‘琴上星’、‘图中鹤’之语。"①
经自注后仍有费解处，查注云："先生自注中‘琴上星’以比十三人，则
‘图中鹤’当是六数。"关于"琴上星"，赵次公注曰："琴上星，言十三
徽也。"冯应榴注"图中鹤"云："《宣和画谱》等书所载《六鹤图》甚
多，当是唐宋画家体格如此，查氏引《醉乡日月》并无图画事，非也。"
如此比喻，若不经注释，读者则难以知晓其意。又如《送李陶通直赴清
溪》"忠文文正二大老，苏李广平三舍人"句，自注云："司马温公、范蜀
公，君之师友。"又云："苏子容、宋次道与先公才元丈，熙宁中封还李定
词头，天下谓之三舍人。"② 由李陶联系到其他五人，可谓巧思妙对。

　　最后看对奇闻、逸事的说明。苏轼曾说"诗以奇趣为宗，反常合道为
趣"③，在题材取向上，苏轼特重"奇趣"④，因此他喜欢将不同寻常的见
闻裁炼入诗，增强诗歌的"陌生化"和趣味化效果，自注对此类题材常有
补充介绍。如《游金山寺》"江心似有炬火明，飞焰照山栖鸟惊。怅然归
卧心莫识，非鬼非人竟何物？"⑤ 自注云："是夜所见如此。"自注表明，诗
句只是直录所见，并非故弄玄虚。又如《同前》"已见天吴出浪头"句，
自注云："石中有似海兽形状。"分类注云："《山海经》：朝阳之谷，神曰
天吴，是为水伯。其为兽也，八首人面，八手八尾。"⑥ 苏轼一生爱石，每
得奇石视同宝物，如《仆所藏仇池石希代之宝也王晋卿以小诗借观意在于
夺仆不敢不借然以此诗先之》"盛以高丽盆，藉以文登玉"句，自注云：
"仆以高丽所饷大铜盆贮之，又以登州海石如碎玉者附其足。"⑦ 可以见出
苏轼对奇石的爱好。

　　三是对诗中典故的说明。这里所说的典故是一种广义的说法，包括俗
语、风俗、事典、语典等，苏轼对此多有说明。

---

① 《苏轼诗集合注》卷 28，第 1414 页。
② 《苏轼诗集合注》卷 32，第 1634 页。
③ 《书柳子厚渔翁诗》，《苏轼文集·苏轼佚文汇编》卷 5，中华书局，1986。
④ 可参看莫砺锋《论苏诗的"奇趣"》，《唐宋诗歌论集》，凤凰出版社，2007，第 294 ~ 308 页。
⑤ 《苏轼诗集合注》卷 7，第 275 ~ 276 页。
⑥ 《苏轼诗集合注》卷 37，第 1890 页。
⑦ 《苏轼诗集合注》卷 36，第 1838 页。

先看俗语、风俗。苏轼常引俗谚入诗，借以说明某种道理，自注对此多有说明，如《再游径山》"始信孤云天一握"句下自注云："古语云：'孤云两角，去天一握。'"① 又如《监洞霄宫俞康直郎中所居四咏·退圃》"只有黄杨厄闰年"句下自注云："俗说黄杨一岁长一寸，遇闰退三寸。"② 再如《万松亭》"十年栽种百年规，好德无人助我仪"句，自注云："古语云：一年之计，树之以谷。十年之计，树之以木。百年之计，树之以德。"③ 除了引俗谚说明道理外，苏轼还引方言、俗词入诗，自注常予以解释，再如《送乔施州》"鸡号黑暗通蛮货"句，自注云："胡人谓犀为黑暗。"④ 又如《和何长官六言次韵五首》其二"学道未逢潘盎"句，自注云："南海谓狂为盎，潘近世得道者也。"⑤ 再如《发广州》"三杯软饱后，一枕黑甜余"句下自注："浙人谓饮酒为软饱"，"俗谓睡为黑甜"。⑥ 这样的自注为后人阅读扫除了障碍，增加了作品的意趣。

另外，苏轼在诗中对各地民风、民俗多有表现，特别是对蜀地的风俗多有涉及，如《东坡八首》其三"雪芽何时动，春鸠行可脍"，自注云："蜀人贵芹芽脍，杂鸠肉为之。"⑦ 又如《送贾讷倅眉二首》其一"人日东郊尚有梅"句，自注云："人日出东郊，渡江游蟆颐山，眉之故事也。"⑧ 再如《次韵刘景文周次元寒食同游西湖》"遨头要及浣花前"句，自注云："成都太守自正月二日出游，谓之遨头。至四月十九日浣花乃止。"⑨ 体现出苏轼浓浓的思乡之情。

次看语典、事典。语典包括诗典、文典、佛典等，事典包括古典和今典。苏轼善于用典，其用典范围十分广泛。苏轼有时会在自注中注出所用前人诗句。如《除夜病中赠段屯田》"龙钟三十九，劳生已强半。岁暮日

---

① 《苏轼诗集合注》卷 10，第 475 页。
② 《苏轼诗集合注》卷 11，第 523 页。
③ 《苏轼诗集合注》卷 20，第 992 页。
④ 《苏轼诗集合注》卷 14，第 673 页。
⑤ 《苏轼诗集合注》卷 20，第 1028 页。
⑥ 《苏轼诗集合注》卷 38，第 1961 页。
⑦ 《苏轼诗集合注》卷 21，第 1041 页。
⑧ 《苏轼诗集合注》卷 27，第 1377 页。
⑨ 《苏轼诗集合注》卷 32，第 1589 页。

斜时，还为昔人叹"句，自注云："乐天诗云：行年三十九，岁暮日斜时。"① 苏轼化用乐天诗句，其主要原因是三十九岁时对生命的体验相同。又如《又次前韵赠贾耘老》"生事只看长柄械"句，自注云："杜子美诗云：长镵长镵白木柄，我生托子以为命。"② 再如《谢人惠云巾方舃二首》其一"黑雾玄霜合比肩"句，自注云："皮袭美《赠天随子纱巾》诗云：掩敛乍疑裁黑雾，轻明浑似带玄霜。"③ 除了诗典外，自注还有对文典的解释，如《和陶归园田居六首》其五"月固不胜烛"句，自注云："《庄子》云：月固不胜火。郭象曰：大而暗，不若小而明。陋哉斯言也。予为更之曰：明于大者，必晦于小。月能烛天地，而不能烛毫厘，此其所以不胜火也。然卒之火胜耶？月胜耶？"④ 苏轼还有引佛典入诗者，自注有所注明，如《和子由次月中梳头韵》"他年妙绝兼形魂"句，自注云："《传灯录》：有形神俱妙者，乃不复有解化之事。"⑤ 这些语典自注对我们了解苏轼的艺术渊源和情理内涵皆有助益。

苏轼还对生僻的事典进行自注，即对历史和当世事件进行注释，如《鳆鱼行》"两雄一律盗汉家，嗜好亦若肩相差"句，自注云："莽、操皆嗜鳆鱼。"⑥ 关于王莽喜食鳆鱼之事，本传可考，但曹操喜鳆之事历来无注，翁方纲注云："曹操嗜鳆鱼，注家不言所出。海宁陈竹厂以纲曰：曹植《请祭先王表》：先王喜鳆，臣前以表得徐州臧霸二鳆百枚，足自供事。"此类用典若没有自注指示门径，后人很难准确注释。又如《和王晋卿》"羡君真将家，浮面气可掬"句，自注云："袁天罡谓窦轨：君语则赤气浮面，为将勿多杀人。"邵注云："《唐书·袁天罡传》：见窦轨曰：'君方语，气浮入于大宅，若将，必多杀人，愿自戒。'"⑦ 此典前人极少使用，自注明之。

---

① 《苏轼诗集合注》卷12，第576页。
② 《苏轼诗集合注》卷19，第960页。
③ 《苏轼诗集合注》卷21，第1080页。
④ 《苏轼诗集合注》卷39，第2007页。
⑤ 《苏轼诗集合注》卷39，第2032页。
⑥ 《苏轼诗集合注》卷26，第1321页。
⑦ 《苏轼诗集合注》卷29，第1463页。

除以古事为典外，苏轼还以今事入诗，如《次韵宋肇惠澄心纸二首》其一"诗老囊空一不留，百番曾作百金收"，自注云："永叔以澄心百幅遗圣俞，圣俞有诗。"① 不经夫子自道，读者难以明了。

四是对行旅、览胜经历的具体说明。苏轼一生足迹遍及大半个国家，有时是主动的，有时是被动的，但每到一地他必抱有极大兴趣探幽访古，并作诗记之，自注对具体情况多有补充。如《壬寅二月有诏令郡吏分往属县减决囚禁自十三日受命出府……十九日乃归作诗五百言以记凡所经历者寄子由》，诗中共有十一条自注，记录自己从十三日到十九日所经之地和所访之名胜，例如"最爱泉鸣洞，初尝雪入喉。满瓶虽可致，洗耳叹无由"句下自注云：

> 是日游崇圣观，俗所谓楼观也。乃尹喜旧宅，山脚有授经台尚在。遂与张果之同至大秦寺早食，而别有太平宫道士赵宗有抱琴见送，至寺，作《鹿鸣之引》，乃去。又西至延生观，观后上小山，有唐玉真公主修道之遗迹。下山而西行十数里，南入黑水谷。谷中有潭名仙游潭，潭上有寺二。倚峻峰，面清溪，树林深翠，怪石不可胜数。潭水以绳缒石数百尺不得其底，以瓦砾投之，翔扬徐下，食顷乃不见。其清澈如此。遂宿于中兴寺。寺东有玉女洞，洞中有飞泉甚甘。明日，以泉二瓶归至郿。又明日，乃至府。②

注文不仅对诗句作了解释，还对当日行迹作了详尽记述，堪称一篇小的游记文，具有独立的价值。又如《濠州七绝》，其中《涂山》《彭祖庙》《逍遥台》《四望亭》《浮山洞》五诗题下皆有自注，如《四望亭》题下自注云："太和中，刺史刘嗣之立。李绅以太子宾客分司东都，过濠，为作记。

---

① 《苏轼诗集合注》卷29，第1452页。按：查慎行指苏轼自注不确，有案云："梅圣俞《宛陵集》有《永叔寄澄心堂纸二幅》诗云：江南李氏有国日，百金不许市一枚。又有《答宋次道寄澄心堂纸百幅》诗云：五六年前吾永叔，赠余两轴令宝之。我不善书心每愧，君又何此百幅遗。据二诗所云，欧阳赠圣俞纸不过二幅，寄百幅者宋次道也。先生自注偶合两事为一耳。"

② 《苏轼诗集合注》卷3，第112～113页。

记今存而亭废者数年矣。"① 再如《游罗浮山一首示儿子过》"南楼未必齐日观，郁仪自欲朝朱明"句，自注云："刘梦得有诗记罗浮夜半见日事。山不甚高而夜见日，此可异也。山有二石楼，今延祥寺在南楼下。朱明洞在冲虚观后，云是蓬莱第七洞天。"② 苏轼博闻强识，学识渊博，往往能将历史知识和游览之地结合起来，因此此类诗作具有浓厚的人文气息。

三 苏诗自注的价值与意义

数量可观、内容丰富的苏轼自注为我们研究其诗、其人提供了直接、可靠的依据，同时也为我们把握宋诗风貌及唐宋诗的演变轨迹提供了新的视角，具体来说苏诗自注具有以下几个方面的价值和意义。

首先，自注有利于确定诗歌编年和校订文字、史实。苏诗自注所提供的时间、地点、人物、事件等诗歌要素是确定苏诗编年的最可靠根据，历代注家在对苏诗进行编年时都对自注有所利用。如《次韵刘贡父李公择见寄二首》其一"岁恶诗人无好语"句，自注云："公择来诗皆道吴中饥苦之状"。查慎行于此诗案曰：

> 此诗公自注，有"公择来诗皆道吴中饥苦"之语。公择以熙宁七年自鄂州移知湖州，在任两年，改齐州。作此诗时，公择尚在湖。贡父时知曹州，二诗唱和既系同时作，其为熙宁八年无疑。《诗案》以为六年，《苕溪丛话》以为九年，当是传刻之讹。今依施氏原本，与后一首俱编密州卷中。③

查氏据自注提供的信息确定编年，纠正《诗案》及《苕溪渔隐丛话》中的错误，甚当。

又如《杂诗》"昔日双鸦照浅眉"，此诗宋施注不载，《七集》本为《杂诗二首》之一，清施注编入《续补遗》卷下，查慎行云"诗中有'蓬

---

① 《苏轼诗集合注》卷6，第264页。
② 《苏轼诗集合注》卷38，第1962~1963页。
③ 查慎行补注，范道济点校《苏诗补注》卷13，中华书局，2019，第522页。

莱老守'之句，疑为先生自常州赴文登时所作"，却从前首编入卷二十九苏轼任翰林学士时作。王文诰不同意此编年，他说："今屡复此诗，并以《徐州和赵成伯见戏》诗公自注合观，始知此为重过密州作。今改编，余详《韩康公座上书扇》诗题下。"① 王文诰所云《徐州和赵成伯见戏》公自注当为《和赵郎中见戏二首》题下自注"赵以徐妓不如东武，诗中见戏云：只有当时燕子楼。"② 可以看出，自注所提供的线索对确定编年起着不可忽视的作用。

同时自注还有利于校勘文字和订正史实。如《仆所藏仇池石，希代之宝也，王晋卿以小诗借观，意在于夺，仆不敢不借，然以此诗先之》首句"海石来珠（宫）浦"，冯应榴注云："何焯曰：陆放翁《剑南集》中作'珠浦'。云'海石'，英石也。则'宫'字乃不知者妄改。"③ 王文诰案云："珠江、珠浦，并在岭南，以公自注证之，信珠浦无疑也。义门看清此注，故以'宫'字为妄，非专主陆说也。"王文诰所说自注乃此诗"馈饷扬州牧"句下自注"仆在扬州，程德孺自岭南解官还，以此石见遗。"④ 王文诰以自注来证明"珠浦"乃岭南地名，非"珠宫"也，证据虽不甚确凿，但可聊备一说。

又如《送晁美叔发运右司年兄赴阙》诗，查慎行于题下注云：

> 先生受知于欧阳，在嘉祐丁酉，晁美叔与公同年，定交即在此时。时先生年二十二，而诗云"我年二十无朋俦"者，乃大概约略之词。王宗稷《年谱》云："至和二年乙未，先生年二十，游成都，谒张安道，有晁美叔者，求友于先生。"与本诗公自注一段相戾，特傅会起句而失之耳。今驳正。⑤

---

① 《苏轼诗集》卷 26，第 1383 页。
② 《苏轼诗集》卷 15，第 731 页。
③ 按：何焯所引见乃陆游《书适》"海石陈书几"句下自注"'海石'，英石也。东坡诗云：海石来珠浦"（钱仲联校注《剑南诗稿校注》卷 54，上海古籍出版社，1985，第 3187 页）。
④ 《苏轼诗集》卷 36，第 1941 页。按：孔凡礼先生校曰："集本、施乙、类本作'珠宫'。合注谓'宫'字乃'不知者妄改'，非。"（《苏轼诗集》卷 36 校勘记，第 1983 页。）
⑤ 查慎行补注，范道济点校《苏诗补注》卷 35，中华书局，2019，第 1436 页。

查氏所说公自注指此诗"尚欲放子出一头"句下自注"嘉祐初，轼与子由寓兴国浴室，美叔忽见访，云：'吾从欧阳公游久矣，公令我来与子定交，谓自必名世，老夫亦须放他出一头地。'"① 查慎行等人参考自注纠正《东坡纪年录》的附会，结论可从。此外，自注对不见史传载录的人物、地理和事件的标注都具有一定的文献价值，这方面还有待进一步的发掘、利用。

其次，通过自注可以更好地把握苏诗的准确内涵及其特点。苏轼给自己的诗歌作注，其中一个重要目的是帮助读者清除阅读中可能遇到的障碍，力图降低诗歌理解上的难度，希望读者能正确理解自己的表达意图。具体来说，苏诗自注在以下几个方面给读者理解提供参考。

一是词语意思的指示。词语理解的困难来自两个方面：一为文字显豁，意思难明；二为文字生僻，他人少用。苏诗自注很少对所用书面语中生僻字作解释，解释的重点在口语词方面，其中很多带有方言性质，如不作解释当时人已很难理解，对此宋人已有所注意，《西清诗话》云：

> 王君玉谓人曰："诗家不妨间用俗语，尤见工夫。雪止未消者，俗谓之待伴。尝有《雪诗》：待伴不禁鸳瓦冷，羞明常怯玉钩斜。待伴羞明皆俗语，而采拾入句，了无痕迹类，此点瓦砾为黄金手也。"余谓非特此为然，东坡亦有之，避谤诗"寻医畏病酒入务"，又云"风来震泽帆初饱，雨入松江水渐肥。"寻医、入务、风饱、水肥皆俗语也。又南人以饮酒为软饱，北人以昼寝为黑甜，故东坡云：三杯软饱后，一枕黑甜余。此亦用俗语也。②

苏轼求新求变，不主故常，他已不满足于只是点化"陈言"入诗，而

---

① 《苏轼诗集合注》卷35，第1800页。按：施注又云："子由志先生墓云：殿试中乙科，以书谢诸公，文忠公见之，语梅圣俞曰：'老夫当避此人，放出一头地。'"与美叔所云相似，美叔当为转述欧阳语圣俞语。

② 胡仔纂集，廖德明校点《苕溪渔隐丛话·前集》卷26《王君玉》，人民文学出版社，1962，第181页。

是引俗谚入诗，江西诗派诸人也有此方面的创作追求，但苏轼以自注标明，表现了他在这方面更为自觉的追求。

二是艺术技巧的展示。苏轼作诗常常巧妙地裁熔古典、今典入诗，自注对此常有说明，这一方面有助于读者理解；另一方面也是为了展示艺术技巧。苏轼善于想象和联想，常将多个事件、多个人物通过某种相似性联系起来，对此不作解释，他人恐难理解。如上举《鳆鱼行》"两雄一律盗汉家，嗜好亦若肩相差"句，苏轼自注对王莽、曹操皆嗜好鳆鱼的解释。又如《次韵子由送家退翁知怀安军》"吾州同年友，灿若琴上星""今如图中鹤，俯仰在一庭"，自注对"琴上星""图中鹤"的解释。这些都说明苏轼在用事、用语方面的精心锻炼。

三是诗意指向的阐明。在苏轼自注中还有一部分是对特指内容的说明，这些一般私人色彩较强，不作解释，他人难明。如上举苏轼对唱和诗所针对内容的介绍，对特定地点、人物、事件等情况的介绍，另外还有对诗句所指人物的说明，如《次韵答钱穆父穆父以仆得汝阴用杭越酬唱韵作诗见寄》"小冯慈爱且当门"句，自注云："轼本以舍弟亲嫌请郡"；同诗"豪杰虽无两王继"句，自注云："谓子直、深父"；同诗"风流犹有二欧存"句，自注云："谓叔弼、季默。"① 又如《次韵孙巨源寄涟水李盛二著作并以见寄五绝》其三"漱石先生难可意"句，自注云："谓巨源"；同诗"啮毡校尉久无朋"句，自注云"自谓"；同诗"故遣吟诗调李陵"句，自注云："谓李君也。"② 直接阐明诗句所指，避免了歧义和误解。

最后，自注还有助于了解苏轼的创作心态及其情感意蕴。苏轼自注的另一个重要目的是记录生活，抒发情感，补充正文，具有独立于诗歌之外的认识价值和意义。苏轼一生以诗自娱，作诗已经成为他传情达意、寄托哀思的寻常手段，他以自注的形式补正文之未足，这于前人还不多见。透过苏诗自注，我们更容易把握苏轼的创作心态和和诗中的情感内涵，这对于完整了解苏轼具有一定的认识价值，值得深入研究。

---

① 《苏轼诗集合注》卷34，第1712~1713页。
② 《苏轼诗集合注》卷12，第573页。

主要参考文献

（南朝梁）沈约：《宋书》，中华书局，1974。

（唐）房玄龄等：《晋书》，中华书局，1974。

（宋）王钦若等编《册府元龟》，中华书局，1960。

（宋）陈振孙：《直斋书录解题》，上海古籍出版社，1987。

（宋）傅干注，刘尚荣校证《傅干注坡词》，巴蜀书社，1993。

（宋）胡仔纂集，廖德明校点《苕溪渔隐丛话》，人民文学出版社，1962

（宋）黄庭坚：《豫章黄先生文集》，《四部丛刊》本。

（宋）黄庭坚撰，（宋）任渊、史容、史季温注，刘尚荣校点《黄庭坚诗
　　集注》，中华书局，2003。

（宋）姜夔著，朱友舟注评《续书谱》，江苏美术出版社，2008。

（宋）李焘撰，上海师大古籍所点校《续资治通鉴长编》，中华书局，2004。

（宋）陆游著，钱仲联校注《剑南诗稿校注》，上海古籍出版社，1985。

（宋）邵伯温著，李剑雄、刘德权点校《邵氏闻见录》，中华书局，1997。

（宋）苏辙著，曾枣庄、马德富校点《栾城集》，上海古籍出版社，1987。

（宋）杨齐贤集注，（元）萧士赟补注《分类补注李太白诗》，民国上海涵
　　芬楼影印本。

（宋）杨万里著，辛更儒笺校《杨万里集笺校》，中华书局，2007。

（宋）周必大：《文忠集》，《文渊阁四库全书》本。

（宋）周紫芝：《竹坡诗话》，何文焕《历代诗话》本，中华书局，1981。

（宋）朱弁著，陈新点校《风月堂诗话》，中华书局，1988。

（宋）祝穆等编《古今事文类聚》，《文渊阁四库全书》本。

（元）陶宗仪：《南村辍耕录》，中华书局，1980。

（元）脱脱等：《宋史》，中华书局，1977。

（明）归有光著，周本淳校点《震川先生集》，上海古籍出版社，1981。

（明）毛九苞编《重编东坡先生外集》，《四库全书存目丛书》影印明万历本。

（明）张岱撰，（清）王文诰评，栾保群校注《陶庵梦忆》，江苏凤凰文艺出版社，2019。

（清）查慎行补注，范道济点校《苏诗补注》，中华书局，2019。

（清）查慎行：《初白庵诗评》，民国上海六艺书局石印本。

（清）仇兆鳌注《杜诗详注》，中华书局，1979。

（清）冯应榴辑注，黄任轲、朱怀春点校《苏轼诗集合注》，上海古籍出版社，2001。

（清）纪昀评点《苏文忠公诗集》影印清道光十四年刻本，四川大学出版社，2007。

（清）纪昀著，刘金柱、杨钧主编《纪晓岚全集》，大象出版社，2019。

（清）刘锦藻：《皇朝续文献通考》，民国影印十通本。

（清）潘衍桐编纂，夏勇、熊湘整理《两浙輶轩续录》，浙江古籍出版社，2014。

（清）潘衍桐：《缉雅堂诗话》，光绪辛卯九月杭州刻本。

（清）彭蕴灿：《历代画史汇传》，清道光刻本。

（清）邵长蘅等删补《施注苏诗》，浙江大学出版社影印清康熙三十九年宋荦刻本，2019。

（清）法式善著，张寅彭、强迪艺编校《梧门诗话合校》，凤凰出版社，2005。

（清）王鸣盛著，顾美华标校《蛾术编》，上海书店出版社，2012。

（清）王为干：《王氏家乘》，宣统三年撰序本。

（清）王文诰辑注，孔凡礼点校《苏轼诗集》，中华书局，1982。

（清）王文诰：《韵山堂诗集》，清光绪十四年浙江书局刻本。

（清）王文诰撰，林冠群校点《苏文忠公诗编注集成总案》，海南出版社，2012。

（清）叶燮著，霍松林校注《原诗》，人民文学出版社，1979。

（清）张道：《苏亭诗话》，清光绪十九年刻本。

（清）张云璈：《简松草堂诗集》，清道光刻三影阁丛书本。

（清）赵翼著，霍松林、胡主佑点校《瓯北诗话》，人民文学出版社，1963。

（清）朱珪：《知足斋集》，清嘉庆刻增修本。

《东坡七集》，清光绪重刊明成化本。

《集注分类东坡先生诗》，《四部丛刊》影印元虞平斋务本书堂刻本。

范宁：《范宁古典文学研究文集》，重庆出版社，2006。

郭绍虞：《宋诗话考》，中华书局，1979。

郭绍虞校释《沧浪诗话校释》，人民文学出版社，1961。

柯愈春：《清人诗文集总目提要》，北京古籍出版社，2002。

孔凡礼点校《苏轼文集》，中华书局，1986。

孔凡礼：《三苏年谱》，北京古籍出版社，2004。

孔凡礼：《苏轼年谱》，中华书局，1998。

冷成金：《苏轼的哲学观与文艺观》，学苑出版社，2004。

李榕：《杭州府志》，民国十一年铅印本。

李灵年、杨忠主编《清人别集总目》，安徽教育出版社，2000。

刘尚荣：《苏轼著作版本论丛》，巴蜀书社，1988。

莫砺锋：《古典诗学的文化观照》，中华书局，2005。

莫砺锋：《唐宋诗歌论集》，凤凰出版社，2007。

莫砺锋主编《御选唐宋诗醇》，商务印书馆，2019。

钱锺书选注《宋诗选注》，人民文学出版社，2005。

苏轼研究学会编《东坡词论丛》，四川人民出版社，1982。

王水照编《宋人所撰三苏年谱汇刊》，上海古籍出版社，1989。

王水照选注《苏轼选集》，上海古籍出版社，1984。

王友胜：《苏诗研究史稿》，岳麓书社，2000。

吴平、张智主编《中国祠墓志丛刊》，广陵书社，2004。

吴雪涛、吴剑琴辑录《苏轼交游传》，河北教育出版社，2001。

谢思炜校注《白居易诗集校注》，中华书局，2006。

徐世昌：《晚晴簃诗汇》，民国退耕堂刻本。

薛瑞生笺证《东坡词编年笺证》，三秦出版社，1998。

袁行云：《清人诗集叙录》，文化艺术出版社，1994。

曾枣庄等：《苏轼研究史》，江苏教育出版社，2001。

张惠民、张进：《士气文心：苏轼文化人格与文艺思想》，人民文学出版社，
    2004。

郑骞、严一萍编校《增补足本施顾注苏诗》，台湾：艺文印书馆，1980。

中国科学院图书馆整理《续修四库全书总目提要（稿本）》，齐鲁书社，1996。

周裕锴：《中国古代阐释学研究》，上海人民出版社，2003。

邹同庆、王宗堂校注《苏轼词编年校注》，中华书局，2002。

赵超、曹辛华主编《苏轼诗集丛刊》，北京燕山出版社，2019。

张志烈、马德富、周裕锴主编《苏轼全集校注》，河北人民出版社，2010。

后　记

　　时光荏苒，一路向前。如果从 2003 年硕士研究生入学算起，我与中国古代文学结缘已二十年，其间几度求索，几度彷徨，甚至几度游离。这些年，我在学术上所获甚少，但所幸不曾放弃，因此在 2023 年岁初写这篇后记颇有些革故鼎新的意味。2009 年博士毕业后，我进入高校工作，先是参与了《中华大典·气象分典》的编纂工作，之后又参与了我校科学技术史硕士点的申报工作。有几年时间将主要精力投入气象科技史研究方面，这无疑开阔了我的学术视野，培养了我新的学术兴趣，但要真正实现研究上的转向并非易事。好在 2019 年我们开始招收中国语言文学硕士生，我的研究重心又回到了古代文学，时工作已满十年。

　　在南京大学读博期间，我有幸师从莫砺锋先生。莫师对学生的培养重视经典阅读和文本细读，写文章强调言之有物，杜绝游谈无根。在莫师的指导下，我认真阅读了李善注《文选》、仇兆鳌《杜诗详注》、王文诰注《苏轼诗集》等经典注本，对诗歌注释有了一定的认识。毕业论文选题时，莫师建议我对王文诰的苏诗注进行较为全面的研究，尽量给出一个客观允正的评价。我觉得这个题目好把握，容易将论点落到实处，因此欣然接受。

　　在唐宋诸大家中，如果从诗歌注释的角度来看，除了杜诗，恐怕当数苏诗受关注度最高。在清代王文诰注之前，已经有多种颇具分量的苏诗全集注本，想要在旧注的体系中有所发展，实际上已经相当困难。王文诰凭借三十余年对苏诗的热爱，以及超乎常人的自信，大胆冲破旧注体系，对前代注释的得失进行了全面总结，在多个苏诗研究领域进行了开拓。在王文诰眼中不存在权威，他的论断也下得自信而坚定。客观上讲，王文诰在梳理前代注释时确实发现了不少问题，取得了显著的成绩，但也留下了或者说制造了不少问题，留待我们继续研究。随着研究的深入，在对王文诰多了一些"了解之同情"后，我更能体会到他的坚持和勤勉，甚至理解了他的武断和自夸。但是，我也清楚地知道，过于偏袒自己的研究对象是研究中的大忌。"好而知其恶"，减少感情上的干扰，客观、理性地评判其得失，是我努力追求的目标。

因为同在南京，每年都有几次当面向莫师请益的机会，接触越多越能感受到莫师的坚守、智慧、温情和幽默。莫师为文不写一字空，做人常怀仁者心，他将学术研究与人格修养完美结合，是我一生的榜样。一直以来，学院领导时常关心、督促我的成长，让我在这个以理工科为主的大学里减少了几分边缘感。

总之，感谢师长指点迷津，感谢同事相互支持，感谢学生给我启发，感谢家人默默付出，感恩所有的相遇、相知和相守，这些都是我前行的动力。

特别感谢社会科学文献出版社杜文婕老师在编校过程中所付出的辛勤劳动！虽然拙稿几经修改，但限于个人学识，其中的疏漏和不足定有不少，敬请方家不吝赐教。

赵　超

2023 年于江畔初雪时

图书在版编目（CIP）数据

义理与考据之间：清代王文诰苏诗整理与注释研究 /
赵超著. -- 北京：社会科学文献出版社，2023.2
ISBN 978 - 7 - 5228 - 1498 - 8

Ⅰ.①义… Ⅱ.①赵… Ⅲ.①苏轼（1036 - 1101）-
宋诗 - 诗歌研究 Ⅳ.①I207.227.441

中国国家版本馆 CIP 数据核字（2023）第 048989 号

义理与考据之间
——清代王文诰苏诗整理与注释研究

著　　者 / 赵　超

出 版 人 / 王利民
责任编辑 / 杜文婕
责任印制 / 王京美

出　　版 / 社会科学文献出版社
　　　　　　地址：北京市北三环中路甲 29 号院华龙大厦　邮编：100029
　　　　　　网址：www.ssap.com.cn
发　　行 / 社会科学文献出版社（010）59367028
印　　装 / 三河市龙林印务有限公司

规　　格 / 开本：787mm × 1092mm　1/16
　　　　　　印张：14.5　字数：221 千字
版　　次 / 2023 年 2 月第 1 版　2023 年 2 月第 1 次印刷
书　　号 / ISBN 978 - 7 - 5228 - 1498 - 8
定　　价 / 128.00 元

读者服务电话：4008918866

版权所有 翻印必究